イマイキテル 自閉症兄弟の物語

知ろうとするより、感じてほしい

増田幸弘

明石書店

プロローグ

prologue

大きな木の下に1人でぼおっと立ち、ぶつぶつ言っている少年がいる。

「まったく！」

「だから！」

「もぉ！」

断片的な言葉が聞こえてくる。なにやら怒っている。ときどき右足で地面をどんどん蹴り、地団駄を踏んでいる。最初の言葉を強く言い、あとはなんだか消え入りそうに小さな声だ。こんなところで、なにをしているのだろう。中学生くらいに見えた。ちょうどぼくにも同じ年くらいの息子がいる。彼がもっと小さなころ、そう小学校に通いはじめたころ、自分の思い通りにならないと、決まって同じように怒っていた。きっと父親の趣味につきあわされ、退屈しているのだろう。これから出かけるギター工場を前に想像した。ぼくも似たことをしては、家族の顰蹙《ひんしゅく》を買っている。

「どうしたの？」

息子のことを思い出し、声をかけてみた。少年は目を伏せたまま、返事をしなかった。投げかけた言葉が、宙に浮いている。ちょっと気まずい気持ちになり、立ち去った。知らないおじさんに声をかけられても答えないなんて、いまどきはあたり前のしつけだ。なにをされるか、わかったものではない。

「変わった子だな」

もしかすると息子もそんなふうに人から見られているのかもしれないと考えながら、工場の事務所に行った。思った通り、父親とおぼしき男が1人、試奏室でギターを弾きまくっている。子どもそっちのけで、まったくどの家庭も、男のやることなんて同じだ。

ぼくは工場の社長と仕事の話をした。剛毅な男だった。彼のつくるギターを、ビートルズのポールも使っている。ちょっとだけ、自慢していた。そんな話が気になるのか、件《くだん》の父親はギターでデイ・トリッパーのイントロを弾きはじめた。そして、ちらりちらりとこちらを見ている。

話は1時間ほどつづいた。最後に社長の写真を撮っていると、父親が話しかけてきた。

「やっぱりキヤノンですか。ぼくもなんですよ」

おいおい、仕事の邪魔をしないでくれよ――。

しかし、そんなこと気にもせず、社長とはまるで百年来の知り合いといったふうに、しつこく話しかけてくる。

「ここのギターは世界一ですわ」

妙に人懐っこい男だった。客の出現に社長もつい引き込まれ、男の手にする新発売のギターを説明しだした。駐車場で出会った少年も、いつのまにか、父親のそばに立っている。独り言はもうしていなかった。せっかくなので、3人の記念写真を撮った。そうすれば男はきっと気がすむだろう。カメラを構えても、少年はつまらなさそうにしている。そんなもんだ。ぼくの家にだって、息子が笑っている写真なんて何枚もない。いつだって怒ったように、ぶすっとしている。しかし、暗い顔をしていたら、いい写真にはならない。こういうことは仕事柄、お手のものだ。くだらないことを言って、少年を笑わせようとした。

「ほら、ラクダが転んだら、鳩が鳴き出したよ」

自分でもなにを言っているかわからない。それでも少年は息を吐くように笑ってくれた。すっと1枚、シャッターを押した。

帰り際、男に名刺とCDを渡された。親子で不安定ユニットとかいうバンドを組んでいる。あいかわらず調子よく、自己紹介した。なにが不安定なのだろうと引っかかった。男はそれで満足したのか、立ち去った。静かになったのを見計らい、社長と5分くらい、立ち話をつづけた。いつも最後の最後に、いい話を引き出せる。仕事にはいちばん大切な時間だ。

帰りの高速で、渋滞に巻き込まれた。助手席に放っていたCDを思い出した。退屈しのぎに聞いてみた。なかなかリズミカルな歌だった。男の調子よさを思い浮かべ、苦笑いした。カマキリがどうしたこうしたという詞が耳に残った。普通なら、きっと、それで終わる出会いだった。忘れないうち、渡された名刺のメールアドレスに、写真を送った。ほどなく返事が届いた。

「写真、家宝にします、自閉症の息子2人をもつ父親として、息子のあんなうれしいそうな表情、感激しました」

家宝だなんて、いくらなんでも大げさすぎる。それにあの子には障がいがあったのだと、言われてはじめて気づいた。いや、言われてもよくわからない。とてもそんなふうには見えなかった。反抗期の子どもが、ふてくされているのだとばかり思っていた。でも、考えてみたら、自閉症って、どんな障がいなのだろう。名前は知っているし、知的障がいであるのはなんとなくわかるのに、それがなんなのかはわからない。漠然と、内面的な問題を抱えているのだろうとイメージした。

たしかに写真に写る少年は、満面の笑みを浮かべている。こわばった緊張が抜けた笑いだった。次のメールで、そのころ少年がずいぶん長いこと笑っていなかったのだと聞かされた。ラクダと鳩が少年の心を溶かしたとでもいうのか。少年になにがあったのだろう。バンド名にある「不安定」という言葉は、少年の揺れ動く心なのだという。

男の歌には、子どもを育てるむずかしさが、にじみ出ていた。聴けば聴くほど、身にしみた。ぼくもまた微妙な年ごろの子どもを2人抱えて悩み、苦しんでいた。子どもの教育環境を変えようと日本を離れ、2年目の春を迎えていた。

そんな出会いがあって以来、ときどき男とメールのやりとりをした。季節の挨拶程度の、他愛のないものだった。同世代ということもあってか、気が合った。音楽の話題で盛り上がった。新

プロローグ

婚早々、ぼくがリッケンバッカーの12弦ギターをお金もないのにこっそり買い、妻をあきれさせた話はばかウケだった。知らず知らず子育てや仕事の悩みを打ち明け合った。こうして取材のつもりはまったくないまま、ひとつの家族をめぐる、長い、長い関わりがはじまっていた。

本文では敬称を略しています。

Contents

プロローグ　3

第1章
兄弟
恋／誕生／虫少年／原因／いらずら盛り／わかり合う／ママ友／小さなノート／宣告
11

第2章
期待
地域／入学／療育／心の言葉／将来の夢／人づきあい／兄弟／期待の担任
59

第3章
混乱
バランス／イジメ／オウム返し／震える君に／アサギマダラ／「役に立ったか？」／〝不安定ユニットらも〟／特別支援学校
101

第4章
変化
我慢の拳／連携／友だち効果／つぶされる前に／はじめての外泊／1人暮らし／布を縫う／耳を触る
157

第5章
パターン
スクールバス・ウォー／かたちへのこだわり／約束は絶対／自傷行為／リズム感／パターン／大人になる準備／さなぎ
207

第6章
螺旋
大喧嘩／青いあざ／本能／大冒険／克服／うるさい！／遠い世界／退学
259

エピローグ
309

詞　垣内章伸
カバー・本文挿画　垣内楽守
表紙・扉挿画　垣内詞音

第1章

兄弟

brother

恋

惚れたのは女のほうだった。勤めの帰り道、男を待ち伏せ、「うしろに乗って」と誘った。うしろとはいっても、バイクでもなければ、クルマでもない。ただの古びたママチャリである。

「今度、ギターを聴かせてな」

女は自転車のうしろに向かって言った。

「２人乗りしたら、警察に捕まるで」

男は迷惑そうに言った。ズレながら、２人の恋は走りだした。積極的な女に、マイペースの男。そんな関係はその後、ずっと変わらない。お似合いのなれそめだった。

２人は故郷を離れ、大阪にある歯科技工所で働いていた。男は営業マン、女は技工士だった。男にはプロをめざすミュージシャンという、もうひとつの顔もあった。ライブハウスで歌い、そこそこファンもついていた。女は何度か、男のライブを覗いた。職場より、生き生きした男がそこにはいた。男のかもす音楽の匂いに、女は惹かれた。

「デビューできるとええなあ」

女は男の歌を楽しみにしていた。36回払いのローンで買った48万円もする高級ギターで、意気揚々コンクールに出た。

「ギブソンが泣いてる！」

審査員は男の歌をなじった。プロの壁は、呆れるほどにぶ厚かった。少しばかりギターや歌がうまいからといって、どうなるものでもない。才能の限界に、男はとうに気づいていた。曲をつくっても、思い浮かぶのは頭でこねくり回した歌ばかり。

男の名前は章伸《あきのぶ》。女は志《し》ほみ。28歳と25歳で、結婚したのを機に、三重県松阪市にある6畳2間のアパートで暮らした。章伸は外資系メーカーに転職していた。がんばって、少しでもたくさん稼ぐつもりだった。持ち前の調子よさで、すぐに地域のトップ営業マンになった。朝早くから夜遅くまで働いた。そんな姿が、志ほみには頼もしかった。

1991年、バブルは崩壊したが、世の中はまだ浮き足立っていた。ラジオから流れるヒット曲は、どれも浮わついたものばかりで、男をいらだたせた。

「なにも響いてこん」

昔の歌はあんなによかったのに、どうしていまどきの曲は空っぽで、心をつかまないのだろう。仕事の途中にそんな思いがこみ上げるたび、中古ギターを売る店に立ち寄っては掘り出し物を探した。新しい音に出会えば、自分の音楽をつかまえられるかもしれない。ミュージシャンは諦めても、音楽は捨てられなかった。頭のなかでは、音楽がいつも鳴りつづけている。

「どないするん、こんなにたくさんギター、買《こ》うて?」

押し入れはギターケースで一杯で、布団を仕舞うスペースもなかった。いつも畳のうえにたたんでいる。それが志ほみはいやだった。つい何度となく、電話口で母に愚痴った。

母のまきよは結婚前から、章伸の無駄遣いを内心、見かねていた。3人姉妹を育て上げたが、子どもは女の子ばかりで、男の子の気持ちはよくわからない。ついには突然、2人のアパートにやってきて、押し入れを思い切り開けた。聞いていたとおり、ギターケースが山と積まれている。畳のうえの布団も、母にはだらしなく見えた。

「いますぐ別れなさい！」

顔を真っ赤に大声を張り上げる義母を見て、章伸は慌てて謝った。〝とにかく謝る〟は、営業マンの得意技である。

「すみません、勘弁してください」

義母にしてみれば、ただの道楽にしか思えなかった。手は2本しかないのだから、ギターなんていくつも必要ない。母の気丈な性格を知りながら、愚痴ったことを志ほみは後悔した。

章伸は反省し、要らないギターを6本、処分した。押し入れはだいぶ片づき、布団を仕舞うスペースができた。

「これですっきりね。ありがとう！」

しかし、ギターを売ったお金で、ギターをまた買った。1本、また1本と増えていき、気づくと布団が押し入れに入らなくなった。ギターばかりではない。粗大ゴミの日、章伸はあれこれと拾ってきては、珍品だと喜んでいた。志ほみにはただのゴミにしか見えない。

収集癖にうんざりさせられ、よく喧嘩になった。

「離婚する！」

志ほみはカーッとなって言った。新婚とはいっても、他人同士の暮らしである。どこかぎこちない。喧嘩するほど仲がいいとはよくいったもので、そのたびに、互いを摺《す》り合わせていった。章伸が謝り、元の鞘《さや》に収まるのがパターンだった。

3年ほど、水入らずの生活を送った2人に子宝が恵まれる。すぐに章伸の頭に、名前がひらめいた。「楽しみ」を「守る」で、楽守。「音楽」を「守る」にもなる。それで「らも」と読ませる。夫婦は、はじめての子どもにそう名づけた。

「いつまでも楽しみをもっていて欲しい」

切なる願いを込めていた。楽守がおなかにいるときから、「らも、らも」と呼びかけるほど、章伸は生まれてくる子どもを楽しみにしていた。破天荒な作家、中島らもにあやかった。きまじめで、それでいて冗談と笑いにまみれた作品が好きだった。逆境のなかで不器用にあがき、「いいんだぜ」と言い放つ奔放な生き方に、章伸はあこがれた。自分にはとても真似できそうにない。そんな思いがどこかにあった。

誕生

日に日に大きくなる志ほみのおなかを見て、章伸は愛おしくてたまらなかった。親になることへの、なんともいえない恍惚とした気持ちが、2人にはたしかにあった。章伸はベビーベッドやベビーカーなどを、早々《はやばや》と買い集めてきた。おなかのなかで楽守の足がぐねりと動くのに感激し、「らも、らも」と一段と大きな声で呼びかけた。

「ひっひっふぅ〜、ひっひっふぅ〜」

章伸は志ほみと目が合えば、声をかけた。志ほみもつられて、「ひっひっふぅ〜」を繰り返した。２人にとって、それは明るい未来をひらく呪文だった。はじめてのお産を前に、志ほみに不安がないわけではなかった。自然のものとはいえ、なにが起きるかわからない。志ほみはひそかに覚悟をしたが、男の章伸は夢見るように、生まれてくる子どもをただただ楽しみにしていた。

楽守がおなかにいるころから、章伸は同じ夢を何度も見た。長くて暗いトンネルを、手探りでひたすら歩いていく。ようやく明かりが見えてきたら、そこに小さな子どもが立っている。楽守らしい。

「また同じ夢を見た」

隣に眠る志ほみに声をかけた。

「よほど待ち遠しいんやな」

「お父さんって言ってたで」

夢の場面はいつも同じだった。気配も、匂いも、音も、変わらない。最後に楽守と顔を合わせるときに交わす言葉と、そのときの気持ちだけがちがった。よいときもあれば、なんだかよくないときもある。まだ会ったこともないのに、夢に出てくる楽守の顔だちは、不思議なほど、はっきりしていた。子どものころの自分に似ていた。アルバムで見た幼い志ほみとも重なる。

志ほみの実家がある福井県の病院で、立ち会い出産をした。妊娠がわかってから、そうしようと2人で決めていた。ちょうどこのスタイルが注目されだしたころだった。周囲には体験した人がおらず、どんなものか、詳しくはわからない。怖い気持ちもあって躊躇した。付き添いたい気持ちがまさった。

1994年7月8日、3194グラム、48センチの元気な男の子が誕生した。

「よく笑う、かわいい赤ちゃんや。目に入れても痛くないとは、このことやな」

章伸は思わず病院の廊下を駆け出したいほど喜んだ。誕生を待ちわびる親族は、控え室で待っていた。従姉妹の真理奈はそのとき3歳。

「オギャーという泣き声が聞こえ、『あっ、生まれた』と感動しました。それが最初の出会いです。だから生まれた瞬間から、楽守を知っています」

章伸は仕事を早く切り上げては家に帰り、せっせと志ほみを手伝った。お風呂に入れた。一緒に遊んだ。泣き出したら、だっこした。それまでの音楽中心の生活から、赤ん坊を中心とする生活に変わっていた。

寝ているとき以外は、大きな声でひどく泣く赤ん坊だった。よくぐずった。はじめての子どものせいか、なにをするのもたいへんだった。ミルクは使わず、母乳だけにしたのもあり、熟睡できない。

「子どもを育てるって、こんなにもしんどいもんなんか」

繰り返し、志ほみは自問した。寝つかせる。おっぱいをあげる。おしめを替える。だっこする。おんぶする。だれもがやっているはずの、ほんのちょっとしたことさえ、一々、きつかった。かわいいはずなのに、どうしてそんな相反する気持ちがわいてくるのだろう。ずいぶん癇《かん》の虫が強い気がした。こんなときはやはり宇津救命丸がいいのだろうか。近所に同じ年ごろの子どもをもつ知り合いはいなかった。だれにも相談できず、子どもの成長を見比べることもできない。

志ほみのあとに出産した友だちに、「めっちゃたいへんやけど、がんばってな」と短い手紙を書いた。それはほんとうに、正直な気持ちだった。励ましているつもりでいた。「別になんでもないよ」と綴られた返事が届いた。それを読み、こんなことでたいへんだと感じいる自分がおかしいんだ。そう責められている気がした。母親失格なのかもしれない。志ほみは1人、思い悩んだ。

はじめて楽守が立ったとき、章伸と志ほみは大きな拍手をして、喜んだ。

「すごい、すごい。がんばれ！」

歩き出すまで、さほど時間はかからなかった。章伸は楽守に、命のたくましさを見た。しかし、それからというもの、志ほみは楽守から片時も目を離せなくなる。好奇心が旺盛で、どこに行くかわかったものではなかった。

楽守が2歳になるかならないころだった。台所で洗い物をしていた志ほみは、玄関が開いているのに気づいた。部屋で遊んでいるはずの楽守がいない。慌てて駆け出すと、楽守が家の前をふらふら歩いている。しかも道路を走るクルマに突進していた。

「楽守！」

自分でも信じられないくらい、大きな声が出た。クルマも楽守も、すんでのところで停まった。志ほみはその場にへたり込んだ。クルマに気をつけるよう、何度も言い聞かせてきた。なにも話さない楽守に向かって、「わかっとるんか？　危ないで！」と泣きじゃくりながら叱った。

「男の人は仕事に行って、ええなといつも思っとる。仕事の時間は、自分1人でいられるからや。でも、私にはそんな時間、あらへん。不公平や」

章伸は章伸なりに、育児に協力しているつもりでいた。一生懸命やっているのは、志ほみにもわかった。しかし、うわべのいいところだけ関わっているように志ほみは感じた。子育てがうまくいかず、育児ノイローゼにかかっていた。

楽守が3歳になったとき、一家は同じ県内の藤原町に引っ越した。転勤を機に、自然環境のよいところに住みたいと、章伸は家を探した。緑のなかで子どもを育てられたら、どんなにいいだろう。鈴鹿山脈の山並みがすぐ近くに迫る、麓《ふもと》の町だった。きれいな川には、魚がたくさん泳いでいる。山を隔て、琵琶湖が広がる。湖畔の道をそのまま行けば、志ほみの実家まで、クルマで2時間もかからない。これまでより、行き来がしやすくなる。心理的な距離も縮まる。志ほみの気持ちは、いくぶんかやわらいだ。

楽守を連れ、家族3人で近くの山や川に出かけた。楽守は自然のなかを走り回り、昆虫を追った。ルカと名づけた真っ黒いラブラドール・レトリバーも一緒だった。運動神経がよく、元気な野生児として、楽守は育った。ただ、どうしたわけか、どんなときも目を合わせない。いつも目をそらす。きちんと話せないのに、独り言が多い。なにを言っているのかはわからなかった。言葉の端を拾って、受け答えしようにも、話はつづかない。言葉が泡となって、どこへともなく消えていく。

目を合わせない。3歳になっても話さない。楽守は普通の子どもと、ちがうのではないか。最初に言い出したのは、志ほみの母まきよだった。

「この子、おかしい！」

ストレートな言葉が、ぐさりと志ほみに突き刺さる。身内だからこそ、言えることだった。そしてその分、余計に傷ついた。

「昆虫にものすごく興味をもっているんです。なにか虫を見つけると、だれがなにを言っても気にしません。普通なら呼びかけられれば振り向くのでしょうけど、まったく反応がないんです。それでなんかおかしいぞって思いました」

姉の子どもである真理奈の成長ぶりを目にしている母は推し量った。ちがいは明らかだった。

「男の子は言葉が遅いんやで」

志ほみの姉はフォローし、母の不安を打ち消そうとした。ほんとうは志ほみもなにか変だ、どこかおかしいと、ことあるごとに感じていた。それを認めたくなくて、なんの問題もない、大丈夫と、自分に言い聞かせていた。

虫少年

楽守が生まれて3年後の1997年9月18日。次男の詞音が誕生した。「詞」と「音」の2つの言葉を合わせ、「しおん」と読ませる。楽守につづき、音楽にちなんで名づけた。3576グラム、51センチと、楽守より大きかった。

夫婦にとって、新たな幸せな日々がはじまった。とはいえ、動き回る楽守の手をつかみながら、詞音をおんぶしてあやすのは、楽守が1人のときにもまして、たいへんだった。少しでも目を離したすきに、楽守はすぐどこかに行ってしまう。四六時中、いなくなった楽守を追いかけていた。

きっとどの母親も、同じようにしんどい思いをしている。母親になったからには、乗り越えなくてはいけない壁なんだ。そう志ほみはいつも自分に言い聞かせていた。詞音が歩き、2人でやんちゃをしはじめると、身体がいくつあっても足らなくなった。詞音は楽守以上に、とにかくものすごく動き回る。そのあいだ、楽守はアリを見つけては、1時間でも2時間でも、じいっと観察している。虫を見ては、ぶつぶつ独り言をつづけている。どうしたらよいかわからず、頭が破裂しそうだった。

気持ちはぱんぱんに張り詰め、孤独にさいなまれた。楽守は志ほみがこれまで接してきた、どの子どもともちがう。「なんかな、なんかな」と悩んでいた。

なにがどうなっているのか、少しでもはっきりさせようと、図書館や本屋をはしごした。育児についての本や雑誌をあれこれ借りたり、買ったりしては、読みあさった。そして、楽守に当てはまることがないか、必死に探した。そうではないところを見つけては安堵した。きちんと疑問に答えてくれる本は、１冊もなかった。

「この子はなんなんやろうと考えあぐね、曖昧な時期がつづいておった。子どもと過ごす時間が、苦痛でたまらんかった。３カ月健診のアンケートに、『子育ては楽しいと感じていますか？』という設問があったんやけど、迷わず『いいえ』に丸をした」

育児雑誌の投稿欄を読んでは、共感を覚えた。「そうそう」とうなずいた。子どもの状況が似てる人を見つけては、手紙のやりとりをした。疑問をぶつけ、確認し、慰め合う。口コミのほうが、立派な先生の書く本より、心に響いた。役に立った。なにより同じ母親の立場で話せる。それがうれしい。全国、何人かと、そうして文通した。パソコンや携帯電話は、まだあまり一般的ではなかった。

「楽守を早く、幼稚園に入れたほうがええと思うんや」

仕事から帰った章伸に、志ほみは思い切って相談した。文通相手とやりとりしているなかで、みんなにアドバイスされたことだった。志ほみもそうするのがいちばんだと考えていた。子どもたちのなかに入り、友だちと遊べば、楽守も落ち着くかもしれない。

「楽守の面倒を、見たぁないんか」

章伸は疲れた声で、吐き捨てるように言った。それを聞いた志ほみは、バーンと心を思い切り叩かれた気がした。

「ああ、そんなふうに思われているんや」

腹わたが煮えくりかえったが、言い返せなかった。なにもわかっていないのだから、言っても無駄である。新婚のころなら、「離婚だ」と言って、じゃれ合えたかもしれない。しかし、いまそんなことを口にしたら、ほんとうに別れてしまう。気持ちはとうにすれちがっていた。なにもかも志ほみは自分で背負い込み、しばらく章伸には愚痴ひとつこぼさなかった。志ほみの心はぎりぎりのところまで追い詰められていた。

もっともどの家庭もこの時期、夫婦の関係はぎくしゃくしがちだ。働く男は、会社で苦労しているのになんで女はわからないのかと思う。女は家事や子育てのたいへんさが、男にはわからないと思う。その溝は、ときに、埋められないほど深くなる。

それでもなんとか、楽守は幼稚園に通いだした。そこではじめて、夫婦は同じ年のころの子どもと、身近に接した。そうした子どもをもつ親に顔見知りもできた。家族だけで閉じられていた世界が、一気に広がったのである。

「どうしてうちの子はこんなに動き回るんやろ。ほかの男の子より弱々しく、なんだか女の子みたいや。様子がちょっとおかしいで」

これまで章伸は育児に疲れた志ほみが、怠けているのだと疑っていた。章伸の世代はなんでもかんでも、「気合いが足らない」と教えられて育った。

目のくりくりした、かわいい楽守は、幼稚園の女の子に人気だった。

「楽守ちゃん、楽守ちゃん」

女の子が全員、楽守のまわりに集まってきた。モテモテである。しかし、楽守はそんなことを気にもせず、仲よく遊ぶわけでもなかった。元気で、乱暴な男の子には、近づこうとしない。

楽守の受け持ちは、まち子先生という若い女性だった。

「おとなしいのに、気づくといなくなり、いつも探して回りました。思いもしないところにいるので、なにをしているのか、最初はさっぱり見当がつきませんでした」

一度は幼稚園の隣にある小学校の校庭まで行っていた。小さな子どもの足では、だいぶかかる。まち子先生が楽守の様子を注意して見ていると、どうやらマイマイカブリを追いかけているうち、気づくと遠くまで行っていたらしい。

「楽守くんはお友だちの虫さんと、一緒に遊んでいたのね」

まち子先生の言葉に、楽守はうなずいたように見えた。バッタでもなんでも、虫がどこにいて、どこに行こうとしているのか、楽守には動きが見えている。虫の先回りをして、じいっと待ち構える一人遊びをしていた。

「虫が好きというより、虫そのものなんです。仲のよい友だちのように、いつまでも虫とおしゃべりしていました。独り言かと思ったら、ちがうんです」

不思議な力を、まち子先生は楽守に見つけた。虫の気配を少しでも感じるや、教室にいても、園庭にいても、誘われるかのように、すうっと引き寄せられていく。そんなことが何度もつづいた。そして、殺すことも、傷つけることもなく、上手につまんでは、虫と話しはじめる。ほんとうに気持ちが通じ合っているようだった。

「やんちゃな子はたいへんですけど、言えばわかります。でも、楽守くんの場合、『ここにいようね』と言っても、どこまで理解しているか、わからないんです。言葉がふわふわしていて、やりとりができません。その点は、ほかの子と明らかにちがいました。意思疎通ができないわけではないのですが、なにか言っても返事はしません。いつもきょろきょろして、気持ちがそこにないんです」

楽守の傍らで、小さな詞音が動き回っている。そんな2人の子どもを暖かく見守る夫婦の姿が、まち子先生には印象的だった。

「小児心療センターで一度、診てもらったほうがいいのではないでしょうか」

まち子先生は思い切って、志ほみに話してみた。

「お母さんも楽守くんの様子を見て、わかってはったのではないかと思います。障がいをもっていると、どうしてもお母さんは子どもを囲ってしまいます。うちの子にかまわないでくださいと、身構えてしまうのです。でも、志ほみさんは、私の話を受け入れてくれました」

志ほみにしても、楽守にはなにか障がいがあるのではないかと内心、気づいていた。しかし、なにを言われるか、わからない。それが怖くて、病院に行けないでいた。

まち子先生に背中を押されるかたちで、児童相談所の出張相談に出向いた。そこで紹介された小児心療センターで、楽守はまず先生と会話し、それから知能テストをした。「どちらが多いか」といった、ごく簡単なものだった。テストはよくできた。しかし、医師の言っていることがわからず、まったく受け答えができない。そこで「自閉症傾向あり」との診断が下された。楽守が4歳3カ月のときである。

「自閉症って、いったいなんやろう？」

これまで自閉症という言葉を耳にしたことはある。しかし、改めて考えるとなんだかわからない。志ほみは背中に変な汗が流れるのを感じた。

原因

生まれつき、脳に機能障がいがある。脳の部位の連絡が、うまくいっていない。それでコミュニケーションが苦手になる。小児心療センターの医師は、自閉症を端的にそう説明した。だからといって、なにがなんだか、夫婦には飲み込めなかった。

「妊娠中にストレスを感じたのが影響したんかな」

原因があるから、結果がある。志ほみは自分を責めていた。

3人姉妹の末っ子として、志ほみは福井県に生まれ育った。若狭湾に面した海沿いの街で、京都と結ばれる鯖《さば》街道が古くから栄えた。聞き分けのよい、明るく活発な女の子だった。

妊娠は順調だった。お酒は飲んでいない。たばこも吸わない。食べるものにも、気をつかった。薬も飲まなかった。思いあたる節は、とくになにもない。だとすれば、母胎になにか問題があるのだろうか。

「私は女として、欠陥品かもしれへん。生まれてきて、しばらく経たないとわからない障がいやとすれば、出産時にトラブルでもあったんやろか」

出口のない問いが、頭のなかでぐるぐる回る。重たい気持ちに、押しつぶされそうだった。

章伸にしても同じだ。

「ぼくにはアスペルガーっぽいところがある」

もっともらしく自己分析をしてみせ、志ほみのせいではないと慰めた。調子に乗って、知らない人とでも親しくしようとする。なにかとものごとに執着してしまう。振り返れば、いまにはじまったことではない。小さな子どものころから、ずうっとそうだった。

章伸は三重県の海沿いの街で生まれ育った。ランドセルを背負わずに通学する、学校一のお調子者として知られた。父親も、強烈な個性と激しい性格の持ち主だった。約束を守らない章伸を叱りつけ、ギターを叩き壊したりもした。ウナギの稚魚を捕ったお金を貯め、自分で買ったはじめての大切なギターだった。

「遺伝が原因やとすれば、きっとそうした気質になんかあるんやろか？」

章伸は自分に流れる血を疑った。

障がいを知った志ほみの母は、心を痛める。

「親が障がいをどう受け止め、この先、生きていけるのかなと、ものすごく不安でした。私がこれだけつらい思いをしているのだから、親はどんなにか苦しんでいることでしょう。ですから、子どもを育てることで、自分らが育ててもらっているとの思いで、がんばって欲しいとだけ、言いました。前向きに生きな、あかんでって」

義母の言葉に、章伸はハッとする。原因をとやかく詮索《せんさく》したところで、なにもはじまらない。楽守の障がいがわかってからつづいていたもやもやが晴れる気がした。

「楽守が生まれたときに感じた、心の底から沸き上がる喜びは、どこに行ってしまったんやろ」

章伸は気持ちを切り替えるため、もっと自然の豊かなところに移り住もうと考えた。昆虫や動物の好きな楽守には、きっとそのほうがいい。内緒で大型犬を飼っているのが大家にばれて居づらくなり、引っ越すにはちょうどよいタイミングだった。どうせなら、自由にならない賃貸をやめ、家を買うのもいい。

田舎暮らしの雑誌を買ってきて、ぼんやりページをめくった。間取りをたしかめ、家族の暮らしを思い浮かべた。松阪の山峡にある古民家に目をとめた。新婚時に暮らした町なので、土地勘がある。雰囲気も気に入っている。いても立ってもいられず、さっそく1人で見に出かけた。買うにしてもまだ先だろうから、志ほみには黙っていた。理想の家を見つけ、驚かせるつもりだった。

市街地からクルマで1時間あまり。曲がりくねった細い道を、山の奥へ奥へ、ぐるぐるのぼっていく。途中、店らしい店は1軒もない。コンビニも、ファミレスもない。いくつかのひなびた集落を過ぎた、いちばんのどん詰まりに、雑誌の家はあった。

写真で見たままの家なので、すぐにわかった。茅葺《かやぶ》き屋根、透き通った清流、稲穂の揺れる水田、木々の緑、鳥の声。絵に描いたような田舎の風景が、目の前に広がっていた。空気もひんやり澄んでいる。

物件とまわりのロケーションに一目惚れした章伸は、その場で購入を決める。不動産屋からこれだけの出物はない、お買い得だと熱心に勧められた。

「今日、家を買うてきたわ」

帰宅した章伸は、志ほみに何気なく告げた。これまでギターを買ってきたときと変わらない、軽いノリだった。

「えっ、うそ！」

志ほみは言葉を失った。長く住むことになるのだから、買う前に、あれこれ見て回りたかった。せめて一言、相談して欲しかった。しかし、それも後の祭り。章伸は貯金をはたき、即金で払ってしまった。

「ローンも組まずに庭つきの一軒家が手に入るなら、安いもんやわ。ほかにも欲しがっている人がおるって言うんで、早めに手を打ったわ」

章伸は得意げに報告した。それにしても、どんな家なのだろう。章伸がひらいて見せる雑誌の広告記事を見る限り、悪くはない。惹かれるのが志ほみにもわかる。しかし、ほどなく、相場の5倍近く高い値段だったのを知って仰天した。それにリフォームをしていた職人も、買い手がついた途端、引き上げてしまった。壁には穴が開いたままで、すきま風が吹き抜ける。田舎暮らしにあこがれる人が陥りがちな落とし穴に、辣腕《らつわん》営業マンのはずの章伸が、まんまと引っかかっていた。

「よかれと思ってやっているのはわかります。でも、章伸の〝突然病〟はしばらくなしにして」

志ほみは子どもを諭すように言った。実際に家を見に来た志ほみは、あまりに街から遠く、そしてあまりに田舎家で、開いた口がふさがらなかった。台所は土間で、崩れかけた古い竈《かまど》がある。流し台のタイルはぼろぼろだ。どうやってお米を炊き、ご飯をつくればいいのか、志ほみはわからなかった。

「昔ながらの竈は、風情があってええなぁ。なんとかリフォームしよか」

章伸はいたって上機嫌だ。

「そんなの、家事を一切しない人の、勝手な幻想やで。せめて台所だけは、いまふうにしてください。章伸が竈でご飯を炊いてくれるなら、話は別なんやけど」

志ほみははっきり言った。これまで章伸には章伸の考えがあると思い、立ててきた。なにかと遠慮もしてきた。

「子どものこともそうやし、家のこともそうやけど、男の人って、どうしてなんでも表面的なんやろ。ほんとうに大切なことがなにひとつ、見えとらんのや」

志ほみは半ば達観していた。自分には楽守と詞音、それに章伸という3人の子どもがいるのだと思うようになった。

竈にこだわる章伸は、「もったいないなあ。なんとかならへんかなあ」とぶつぶつ言っては、せっせと田舎家に通った。そして、志ほみの望む通り、ちょっとしたシステムキッチンを自分でしつらえ、壁にあいた穴をふさぎ、家族が住めるように準備した。新しい家に引っ越すまで、1年がかりだった。

いたずら盛り

家族が山里に移り住んだとき、楽守は5歳、詞音は2歳になっていた。

「自閉症は病気ではないので、治りません」

たしか小児心療センターの医師は、そう言った。

「そっか、障がいは病気やないんや」

夫婦は顔を見合わせた。それはなんとも、とらえどころのない感覚だった。風邪を引いても、怪我をしても、なんでも治る。病院に行けば、医者がなんとかしてくれる。それが当然だと、これまで思っていた。しかし、どうやら自閉症はそういうものではない。

それでも、できることはなんでもしてみたかった。もしかすると、環境が楽守を変えるかもしれない。そんな焦りが、章伸の背中を押していた。新しく引っ越した山里に、子どもたちはすぐになじんだ。わがもの顔で村中を遊び回った。自然が兄弟を包み込み、育んだ。野や森で昆虫を追い、川で魚を捕まえた。ヘビやトカゲと仲よくなった。柿の木によじ登った。アケビをもいだ。栗を拾った。楽守はなにかを見つけるたび、子ども図鑑で調べた。字はまだ読めないのに、真剣なまなざしで、「わかった！」という表情を浮かべた。なにはさておき、生き物に強いこだわりを示した。

父は子どもと一緒にはしゃいだ。母は顔をくしゃくしゃにして笑った。ルカが元気に走り回った。アルバムの写真も、家族はみな笑ってる。はじけんばかりの笑顔を浮かべている。山里で暮らしはじめ、家族はようやく1つになろうとしていた。

住民のほとんどが高齢者という、限界集落だった。バスは通っているが、学校の登下校に合わせ、7時台、12時台、15時台の1日3往復しかない。不便な村で肩を寄せ合って暮らすお年寄りは、新たに村人になった若い家族を、喜んで迎えた。小さな子どもたちと、孫のように接した。

しかし、兄弟はいたずら盛り。楽守は自転車の前カゴに、家で飼っているニワトリを乗せ、ヘビを首に巻いて走り回った。異様な姿に、村のお年寄りは目を丸くし、気味悪がった。そんな村人の家に潜り込んでは、庭の水道で遊んだ。水にも強いこだわりがある。

「あんたんとこのぼんが水遊びしてたから、やめなって何回も言うたんやけど、きかんかったんや。そいで、回せんようにひもで縛ったら、その紐ほどいて、また水遊びするんや。そやから、取っ手をはずした」

詞音は畑のダイコンを抜いては、道ばたに並べた。近所の家に上がり込み、テレビを見た。てっきり家でおとなしくビデオを見ていると思ったら、こっそり家を抜け出していた。畑仕事から帰ったその家の人が気づき、連れてきた。

「『帰んなー』となんべん言うても帰らへんから、ちくわをもたせて連れてきたんや」

やさしい顔をしたおばあちゃんが、玄関口で笑っていた。それを見て、志ほみはホッとした。ちくわをくわえた詞音の顔がおかしくて、笑いが止まらなかった。

しかし、いったん村から出れば、世間の目が突き刺さる。どこに行っても、きびしい言葉を浴びせるのは、60代半ばの女性が多かった。スーパーで買い物をしているとき、よく注意された。息子の嫁の顔や、孫のいたずらが頭に浮かぶのだろうか。

楽守も詞音も、欲しいものを見つけては、まっしぐらに飛んで行く。気になるものを、手あたりしだいに触る。追いかけて、その前に止めなくてはならない。あるときは目を離したすきに、ブドウをつまんでいた。

「いま、おたくの子がそのブドウに触ったでしょ！　汚らしい！　自分で買いなさい！」

知らない人から、頭ごなしに言われた。しつけができていない、声がけが足らないと叱られた。似たようなことが、何度もあった。そのたびに謝り、要らないものでも、言われるがままに買った。ほんとうに買うかどうか、最後まで監視されたこともある。

とにかく楽守も詞音も、1秒たりとも、じっとしていない。どこに行くかわからないので、片時も目を離せない。道路を走るクルマにさえ、そのまま向かっていってしまう。いつでもどこでも、手首をしっかりつかんでいた。手をつないでいるだけでは、するっと抜けてしまう。

志ほみが謝って回っているのを、日中、仕事に出ている章伸は、なにも知らない。山間に移り住んでから、通勤に時間がかかり、朝早くに家を出て、帰宅するのは真夜中になった。子どもたちの様子を聞いてもらうにも、疲れ果てて、すぐに寝入ってしまう。

その分、週末になると、章伸は2人の子どもを連れ、自然のなかで一緒になって遊んだ。そうやって精一杯、家族のことを考えているつもりでいた。しかし、肝心な障がいのことは避け、いいとこ取りばかりしているように志ほみには思える。

「普段の様子を見てへんから、かわいいだけなんや。そやから、子どもたちがなにしても、『ええやんか』となる。こっちとしては『そこ、ちがうやろ』と思い、腹が立つ」

章伸は村の寄り合いに顔を出しては、持ち前の調子よさで、みんなと仲よくなっていった。閉鎖的で保守的な隣人に、そうやってなんとか取り入った。少しでも家族が村で暮らしやすいように根回しをしていた。そんな努力を、志ほみはなにも知らない。章伸が好きで、出かけているると思っている。こうして、夫婦の気持ちはこれまでとはちがう方向に、すれちがっていった。

「障がいなんてどうでもええ。子どもたちとはきちんと向かい合えとる。家族一緒に、楽しく過ごせとる。なんの問題もあらへん」

章伸は強く言った。それでも家族で外食にでも行けば、現実を見せつけられる。自閉症の楽守に、まだ小さな詞音。2人が暴れて、食事をひっくり返すのではないかと気が気ではなかった。なにを食べても、食べた心地がしなかった。味さえまったくわからない。

子どもたちがなにもしないよう、しっかり目配りした。それでも、テーブルにある醤油で遊んで床に垂らし、塩や楊枝をばらまいた。そのたびに、まわりの客から舌打ちされた。店の人ににらまれた。夫婦は平身低頭、謝って回った。

気づくと、外食を避けていた。おいしいものを食べようなんて、思いもしなくなった。子どもたちの行儀が悪いのは、しつけのせいなのか、それとも楽守の障がいのせいなのか、夫婦にもわからなかった。

「自閉症ってなんなんやろ。やっぱり治らへんのかなあ」

章伸は頭を抱え、志ほみは楽守の手を必死につかもうとしていた。

わかり合う

楽守は山の麓にある幼稚園に通った。園児6人の、小さな幼稚園だった。志ほみが毎日、送り迎えした。クルマで10分ほどだが、山道が曲がりくねっている。

暖かい時期、暗くなると、鹿が山から下りてきた。群れをなし、道で遊んでいる。鹿が現れる場所を、楽守は覚えていた。近づくとそそくさ窓を開け、うれしそうに外を見る。

「あ、鹿さんがおるんやな。ありがとう！　お母さん、運転、下手やから、ぶつけないですむ。助かるわあ」

志ほみは大げさにほめた。楽守はニヤリとした。言っていることが、楽守にはちゃんとわかっている。志ほみはホッとした。

冬のあいだは、道の陰ったところが凍る。楽守は凍結する場所をなぜかちゃんと知っていて、近づくと窓を少し開けた。冷たい空気が車内に入ってくる。

「わかった、わかった。ゆっくり走るね。ありがとう！」

パワーウィンドーで遊んでいるだけかもしれない。しかし、そんなことが何度も重なれば、教えようとしているのだと思いたくもなる。

楽守を育てるうえで、なんでも最初が肝心だった。なにをどう教えるか、志ほみはまずはじっくり考えた。感覚で教えると、思わぬ失敗をする。言葉を省いたり、言葉の順番を後先、逆にしたら、そのまま、まちがえて覚えてしまうのだ。ほんの些細なことでも、だめだった。そして、一度、覚えてたら最後、修正にはとても時間がかかる。

はじめのうちはそれがわからなかったが、どうもそういうことらしい。そして、「お母さんがそう言った」とばかりに、頑固に変えないのだ。ものごとをわざとちがうように解釈しているのではないか、勘ぐりたくもなる。

「ゴミは、ゴミ箱に捨てます」

あたり前のことを、あたり前に教えているつもりでいた。シンプルすぎて、ほかに言いようがない。しかし、楽守にはそれでは不十分だった。ゴミ箱の位置が変わるだけで、どうしたらよいのか、わからなくなる。ゴミが出たのに、そこにゴミ箱がなければ混乱してしまう。

なまじ「ゴミをゴミ箱に」という決まりを覚えたばかりに、楽守は生きづらくなる。ゴミをポケットに入れておくなど、ゴミ箱がなければどうするのか、ほかの選択肢を具体的に示しておく必要があった。

「自閉症は、脳の部位の連絡がうまくできていません」

小児心療センターの医師の説明を、志ほみは噛み砕いて反芻した。医学的なことはわからない。しかし、楽守と関わるうえで、この言葉には重要なヒントがある気がしていた。普通なら状況を見て、瞬時に判断するのに、それが楽守にはむずかしい。障がいが、次第になんとなくイメージできてくる気がした。

わかったところで、ひたすら子どものあとを追いかける日々には変わりない。予期せぬ行動の連続に、志ほみは戸惑ってばかりいた。

「楽守に比べ、詞音はごく普通の、元気な子どもやった。幼いうちから、なんでもよくわかっとった。『あれ、取って』と言うだけで、『あれ』がなにか、詞音にはわかったんやけど、楽守はだめやった。『あれ』で通じるのは、普通という証拠やで」

章伸は言うが、志ほみは反対のことを感じていた。

「『あれ』や『それ』では、詞音はなにも理解できてへん。抽象的な言葉を避け、なんでも具体的に言わなあかん」

こうした認識のズレが、章伸と志ほみのあいだにはいくつもある。そっくりそのまま、子どもとの関わり方のちがいだった。男女のちがいであり、父親と母親のちがいでもある。それを埋めるのは、そう簡単にはいかなかった。

なにか悔しいことがあると、楽守も詞音も自分の顔を叩く癖がある。気持ちをうまく言葉にできないからだった。詞音は楽守よりさらに言葉が遅く、独り言もしない。「詞音はどんな声をしとるんやろ」と考えるほどである。

意志が通じなければ、詞音は楽守にあたった。しかし、詞音が叩いても、楽守はやり返そうとしない。

「やられたら、やりかえしてええで」

おとなしい楽守に、志ほみはときどき言ってみた。やさしすぎると生きにくいと思ったからである。他害をしてよいと詞音が思うのも避けたかった。我慢できずに手を出せば、３つ年上の楽守は簡単に勝ってしまう。そのたび、楽守は自己嫌悪に陥った。

そんな楽守の葛藤に気づかない章伸は、詞音を叩いたことで叱った。

「お兄ちゃんなんやから、我慢せえ」

父と母で言うことが逆だった。それではどうすればよいか、楽守が判断できないのも無理はない。見ているのがかわいそうなくらいに取り乱した。

志ほみなりに、日々、子どもたちと接するなかで、「こうしたほうがいい」「こうしたい」との思いが固まってきていた。それなのに章伸は、志ほみの思いとはちがうことを平気でする。このままではなにもかもが、なし崩しになってしまう。せめて親だけは、一緒の方向を向いて、子どもを育てたい。

「私がだめやと言うとるのに、章伸はええと言う。逆に私がええと言うと、だめやと言い出す。どうしてかわからへんけど、夫婦で真逆なんや。できるだけ、同じ考えをもつようにはしとるんやけど」

楽守と詞音の性格はずいぶんちがう。お菓子の袋がうまく開けられないと、楽守はすぐに諦め、「開けて」と志ほみに言いにくる。詞音はなんとか自分でやろうとし、できなければ、最後は歯で袋を破った。

叱られて泣いても、詞音はすぐにけろりとした。楽守は聞き分けはよいものの、いつまでも引きずる。だから楽守を叱るときには、言葉を注意して選ばなくてはならなかった。頭ごなしに怒っても、なぜ叱られているのか、楽守にはさっぱりわからない。ただ叱るのではなく、具体的になにが悪いのか、ていねいに説明する必要がある。それになにかあったらその場ですぐ叱らなければ、楽守には叱られる理由がわからなかった。あとになって「あのときは……」と言ったところで、混乱するだけである。

こうした兄弟の差は持って生まれたもので、障がいのせいではないだろう。そこははっきり線引きしないといけないと、志ほみは考えた。

ママ友

幼稚園の運動会を前に、志ほみは楽守と2人で、お遊戯のけいこをした。毎日毎日、音楽をかけ、踊ってみせた。

「はい、手は腰。身体を上下に」

「アイアイ、アイアイ」

「右手を上、左手を上。楽守はお猿さんやで。お猿さんみたいに動いて」

「右に回って」

「はい、ジャンプ」

志ほみが元気に踊る横で、楽守はもじもじしている。やりたくなさそうだ。なにをどうすればよいのか、わからないようでもあった。音楽に身体を合わせる。志ほみの動きを真似る。どうもそれが楽守にはむずかしいらしい。

「リズム感がないなぁ」

志ほみは首をかしげ、またはじめからやり直した。

「アイアイ、アイアイ」

楽守はまるっきり興味を示さなかった。それでも根気よく、志ほみは大きな声で歌った。楽しそうに踊った。そのうち楽守もノってくるだろう。

「野山は自由に走り回るのに、なんでやろ」

志ほみは自問しながら、楽守の手をとり、一緒に踊った。やりたくないわけではない。でも、やりたいわけでもない。曖昧なそぶりを、楽守は示した。やれるだけの練習をやってはみたが、お遊戯をちゃんと覚えられたか、志ほみは自信がなかった。すべてはあやふやなのである。

運動会当日、志ほみは楽守につきっきりでいた。体操でもなんでも、横から手を貸した。かけっこでは手を引いて走った。そうしなければみんなと一緒に、ゴールに向かっていけない。

「この子の世界は、どう見えとるんやろ。きっと楽守なりの理由があるんやろうけど、わかってあげられへん。それが歯がゆい」

お遊戯のとき、だれかが楽守の動きを笑った。ほんとうはちがうのに、楽守はそう受け取った。それをきっかけに不安が一気に膨れあがり、ぷつんとはじけてしまった。笑われたのをいつまでも引きずった。よくある子どもの癇癪《かんしゃく》とは、様子がちがっていた。志ほみはパニックになった楽守と2人で、ぽつんと園庭に取り残されている気がしていた。

「みんなと同じにすることが、楽守には苦しいんか、しれへんなあ」

志ほみは、応援の声を張り上げる章伸に問いかけた。章伸にとって、幼稚園の行事が楽守の普段の姿を見る、数少ない機会だった。

「張り切って応援にきて、ひどくショックを受けとったな。みんながあたり前にできることやのに、楽守にはまるっきりできてへん。それを目の前でいやというほど見せつけられ、ほんとうにしんどそうやった」

淡々と話す志ほみに対し、

「ほかの子どもと、こんなにも差があるんかって思ったんや」

章伸は動揺していた。

志ほみはとにかく目の前のことで、精一杯だった。楽守が歩きはじめてからずっと、手首をしっかりつかまえていないと、どこに行くか、わかったものではなかった。それがある日、突然、手をつなげるようになった。

「あ、つなげるって、感覚でわかった。〝手首をつかむ〟から、〝手をつなぐ〟に変わったんや。心が通じ合えたようで、それがとにかくうれしかった。人は必ず成長すると思えた瞬間やで」

楽守とつないだ手を、離したくなかった。障がいと診断されてからはじめて、先のことが見えてきた。とはいえ、詞音がその傍らで、これまで以上に動き回っている。一時たりとも、じっとしていない。

そんな詞音が3歳児健診で引っかかる。ただ元気のよい子なのか、それとも多動からきているのか、経過観察の診断だった。そこで保健師に声をかけられ、市の保健センターでひらかれるポッポ教室に出かけた。教室には15人くらいが集まっていた。なにか気になることのある親が、子どもを連れてきていた。

「なんで鳩なんやろ。コアラ教室もあるらしいなあ。灰色のものばかり選んで、グレーゾーンってことなんやろか」

いかにも役所の考えそうなことに、志ほみは苦笑いした。

みんなでパラバルーンという遊びをした。大きな布を親がもち、ふわっとさせたり、回したりするなかを、子どもたちは大喜びで走り回る。教室に歓声が響き渡った。

1人の子どもが大泣きしはじめた。大きな布の動きが怖いらしい。そのうちパニックを起こし、手足をばたばたさせた。つられた詞音が暴れ出した。慌てた志ほみは詞音を連れ、廊下に出ていった。小柄な女性が泣いている子どもを抱え、後を追った。ほかの親や子どもが、その様子を呆然と遠巻きにしている。

「楽守くんのお母さんですか。保健師さんからお名前を伺っていました。いろいろ相談に乗ってくれるかもしれへんって」

それが志ほみと妙《たえ》ちゃんとの出会いだった。楽守を見ている志ほみなら、自閉症の子を育てる知識と経験がある。それで保健師は志ほみの名前を出したらしい。

「うちの子、瑞希《みずき》と言います。パニックになってんのに、『帰ります』とも、『このままいます』とも言えへんかった」

「うちらの子だけ、ピンポイントで目立っておったなあ。ほかの子はなんてことないのに、どうしてやろ」

志ほみは早口で言った。がりがりの詞音に、ふっくらとした瑞希。対照的な2人が、妙に惹かれ合っていた。詞音は瑞希の耳が気になり、触ろうとしている。

以来、志ほみは妙ちゃんとよく電話で話すようになった。子育ての悩みを打ち明けあった。たわいのない、世間話をした。

「詞音がな、アイアイ、上手に踊るんよ。楽守とやった練習を見とったらしいんや。楽守はちっともせんかったのにね」

「詞音くんは賢いんや」

「それがな、また畑でダイコン、抜いて、道に並べとったんよ。さっきまた謝ってきた」

「私もな、子どものころ、畑のダイコンとか、ニンジンとか、抜いてみたいと思ったんよ」

「普通の子は、やりたくても、我慢するやろ」

「近所の柿がおいしくてな。こっそりもいで、食べたことがある。別に詞音くん、普通やで。問題ないって」

志ほみは妙ちゃんの屈託のない明るさに助けられていた。妙ちゃんは志ほみの裏表のない性格に救われていた。住んでいる地域がちがうので、会う機会はなかなかなかった。それでも電話で声を聞くだけで、気晴らしになる。これまでなんでもかんでも、1人で抱え込んできた2人は、互いにかけがえのない存在になっていた。

瑞希は詞音のひとつ下で、1998年8月15日に生まれた。赤ん坊のころ、夜泣きがひどかった。近所迷惑になるからと、妙ちゃんは夜通しドライブした。楽守と詞音はそれほど夜泣きはしなかった。なんだろう、なんか変だなともやもやした時期を経て、1歳半健診で障がいがわかる。

「耳がちょっと悪いかもしれないので、診てもらったら?」

保健師はショックを与えないよう、そう言った。名前を呼んでも振り返らないことから、自閉症はまず「耳が悪い」と、遠回しに診断されることがある。真《ま》に受けた妙ちゃんは、瑞希を耳鼻科に連れて行った。耳は聞こえていた。それから頭部のCTスキャンなど、いろいろ検査した。診療中は瑞希が暴れないよう、医師は睡眠薬で寝かせつけた。

「小児科の先生から、自閉症やろうと診断を受けた。『育てるの、たいへんやろうけど、犯罪者にならんように育てな』と先生に言われ、腰が抜けたんよ」

自閉症ってなんだろう。犯罪者になるかもしれないとは、どういうことなのだろう。妙ちゃんの耳に、先生の言葉がこびりついて離れなかった。

小さなノート

詞音も楽守と同じ、山の麓の幼稚園に通いはじめた。園児は男の子３人、女の子２人の５人。それなのに詞音はいつも１人で遊んでいた。なんでもやりたいことを、やりたいようにやった。ひとしきり、好きな遊びをしたころ、

「絵のカードで遊びましょう」

受け持ちの池村先生が園児にカードを配りはじめた。先生が自分で絵を描いたカードだった。

「しおんくん」

「チューリップ」

子どもの興味を惹くよう、身近なことをテーマにした。カードを見た子どもたちは、大喜びしている。

「この絵、詞音くん、そっくり！」

「花壇のチューリップ、詞音くんがこの前、抜いちゃった！」

１人の子どもがそう言うと、詞音は先生の並べたカードをばらまいて、園庭に飛び出した。自分のことでなにか言われたのに、腹を立てていた。そして、１人、砂遊びをはじめた。おいてあった容器で型抜きし、プリンをつくっている。

「お部屋に入る時間ですよ」

先生の声に詞音はびくりとした。注意されたのかと思い、花壇に寝転がって泣いた。チューリップはそれで全部、折れてしまった。

「ほんとうにおもしろい子」

顔まで泥だけの詞音を見つめ、「早く詞音くんと仲よくなりたい」と先生は思った。子どもに対する好奇心で一杯だった。

「詞音をおもしろいなんて言ってくれる人、はじめてです」

志ほみは先生の感性に、驚いた。楽守や詞音をそんな目で見る人は、これまでだれもいなかった。親でさえ、たいへんだと感じてきた。章仲は腫《は》れ物にでも触るように、子どもと接している。

「父親はまずわかろうとしない」

妙ちゃんが電話で言っていたのを思い出した。どの家庭も、似たようなものらしい。

「わかろうとするからわからなかったけど、そうだ、この子たちはおもしろいんや。言われてみれば、その通りやな」

志ほみは先生から大切なことを教えられた気がした。さっそく妙ちゃんにそのことを伝えたところ、

「なるほど、瑞希もおもしろいわ」と笑った。

入園して半年ほどして、詞音は友だちの輪にいることが多くなった。先生が詞音と遊ぶので、友だちも自然とそのそばにいるようになった。

詞音はそんな友だちのまわりを走り、ボール遊びやブロック遊びをした。触れ合ううち、友だちと遊ぶ楽しみを見つけていた。ただ、みんなと同じ遊び方はしない。

「気になって、様子を見ていました。すると、詞音くん、自分なりのルールを考えていたんです。そんなこと、よく思いつくなあと感心しました。たしかにそのほうが、ずっとおもしろいんです」

先生の言葉に、志ほみは思いあたることがいくつもあった。何度注意しても懲りずに、畑のダイコンを抜くのも、人の家の水道で遊ぶのも、楽守との喧嘩にも、詞音のルールがきっとある。詞音にはそれがおもしろくて仕方ないのに、うまく言葉で人に伝えられないでいる。そんなふうに思えてきた。

それにしてもどうしてこんなに言葉が遅れているのだろう。志ほみは気が気ではなかった。

「詞音にもなにかあるのかもしれへん」

そう思うたび、志ほみは必死に打ち消した。認めたくなかった。浮き沈みの多い日々のなか、幼稚園から家に帰った詞音が、人形相手になにやら話し出した。なにを言っているのか、はっきりとは聞き取れない。しかし、とても楽しそうにしている。志ほみはそのとき、はじめて詞音が話すのを目にしていた。それまで独り言さえしなかった。

志ほみは、ホッと胸をなでおろしていた。詞音のなかに、言葉はたしかに詰まっている。やはり男の子だから、遅れているだけなのだろう。志ほみはうれしくて仕方なかった。幼稚園でなにがあったのか言えない詞音になりかわり、先生と交換日記をして知らせてもらおうと志ほみは思いついた。目の前のことに必死で、そんな単純なことに気づかなかった。

「先生、幼稚園で1日あったこと、簡単でいいので、連絡帳に書いていただけませんか。よいことも、悪いことも、詞音のありのままを知りたいんです」

それから志ほみと先生のやりとりがはじまる。小さなノートにびっしり、毎日、互いに思いを書き込んだ。志ほみは救われる気がした。

「池村先生、詞音を守ってください！　お願いします」

志ほみは少し乱れた、大きな字で書いた。肩に力が入ったのか、勢いのある字だった。自分の考えをきちんと言葉に表すたび、気持ちの整理になった。先生もそれに応え、幼稚園であったことを細かく報告し、自分の考えを綴った。文字にしながら、志ほみも先生も、詞音のことを一生懸命に考えた。

言葉ばかりではない。トイレも遅れ、おむつが取れなかった。先生の勧めで、トレーニングパンツを使ってみた。失敗つづきだったが、変化はほどなく訪れた。詞音が友だちと園庭で遊んでいたときである。

「おしっこー」

突然、詞音が大きな声で言った。

「えっー、おしっこ、したいの？」

詞音が言葉を口にしたことにびっくりした友だちは、遊ぶ手を止め、慌ててトイレに連れて行った。トイレでは友だちがおしっこするのを見て、詞音は真似をした。はじめて自分でトイレに行けた瞬間である。それから何度も失敗しつつ、ちゃんとできるようになった。

できるとなると、詞音は自分のやり方を、あれこれ思いついては試した。便器から遠く離れ、おしっこを飛ばした。元気よく出るおしっこが、だんだん勢いを失い、トイレの床を濡らした。そうかと思えば、トイレにある便器一つひとつに、少しずつおしっこをして歩いた。切れが悪く、パンツを濡らした。トイレも遊びだった。

幼稚園の子どもたちは、いつしか詞音がなにを考えているのか、察するようになった。言葉にならない言葉を、とらえだした。

お弁当の時間、水筒を詞音が手にしたときのことである。うまくできない詞音を助けようと、1人の子どもが気を利かせ、ふたを開けようとした。すかさず別の子がそれを止めた。

「待って！　詞音くん、開けて欲しいときは言うで」

詞音との関わりのなかで、どこでどう手を貸せばよいのか、子どもたちなりに理解していた。そんな日常のちょっとしたひとコマに、池村先生は子どもの成長を感じた。

「詞音くんの見ている世界と、私たちの見ている世界は、少しちがうのだと思います。ですから、発想を転換させ、いろんな方向から見て接するのが大切です」

先生は、詞音の心の言葉に耳を傾けようとした。

宣告

詞音からほんの少し、言葉が出るようになった。途切れ途切れの単語が、こぼれ落ちてきた。「ブッブッ」「プシュプシュ」といった擬声語を口にした。ブランコが好きで、「ヒュウヒュウ」と甲高い声をあげて喜んだ。

家ではピコという幼児向けの電子知育玩具で遊んだ。自分でテレビにケーブルを接続し、準備した。いじっているうちにひらがなばかりか、英字まで覚えたらしかった。ただゲームとして遊んでいたのかもしれない。電子機器にはなんでも強い関心を示し、章伸の携帯電話やパソコンに触りたがった。

「手づくりの木のおもちゃが、子どもにはええんとちゃうか」

ゲームにばかり興味を示すのを危惧した志ほみは、妙ちゃんに電話で相談した。

「詞音がなにかやろうとする気持ちを、奪わんほうがええで。瑞希もな、家からふらりと消えては、近所の公園でブランコに乗っとる」

たしかに詞音は機械いじりをしているときがいちばん生き生きしている。妙ちゃんの言うとおりだ。男の子なんて、そんなものなのだろう。楽守が虫が好きなのも、章伸がギターに夢中になるのも一緒である。

ほとんど話さない詞音に、幼稚園の友だちは、ある日、手紙を書いて渡した。お手紙ごっこがはやっていた。

「しおんくん、しゃべらんけど、おともだちよね」

「しおんくん、ちょっといじわるだけど、だいすきだよ。おてがみ、かいてね」

ゆうすけ、けいた、まい、ちひろの4人はそろって、詞音をかばい、守った。園外保育で散歩に行けば、詞音を真ん中に、手をつないだ。みんな、いつも詞音を気にかけていた。

食べるときだけは、どうも別らしい。

「おいしいね、おいしいね」

お弁当の時間、詞音ははっきりした声で繰り返していた。いつもは話しても、もごもご、なにを言っているのかわからないのに、「おいしい」だけは別なのだ。それがおかしくて、詞音が「おいしい」と言うたび、友だちはくすくす笑った。

ときどき早弁をした。そそくさと鞄からお弁当を取り出し、食べはじめる。自分のを先に食べてしまった詞音は、お弁当の時間にはお腹をすかせ、友だちのお弁当を狙った。素早くふりかけごはんをつまんで口にし、「やったー」のポーズをして見せた。

連絡帳のやりとりで、先生は自分の写真を詞音に見せて欲しいと、志ほみに言ってきたことがある。先生をきちんと認識しているか、知りたかったのである。

「この人、だれ?」

「かーちゃん」

すかさず詞音は答えた。みんなが同じに見えるのか、言葉を知らないだけなのか、わからなかった。女の人であるのは、少なくともわかっていた。

「いけむらせんせぃ」

志ほみは訂正した。

「いけむ、てんてぃ」

詞音は早口で、言葉を滑らせながら口にした。「ら」と「せ」が言いにくいらしい。

「いてんてんてぃ」

先生の名前をそれらしく、舌足らずに繰り返した。それでどうやら覚えたらしい。はじめて詞音が名前を口にしたとき、先生は舞い上がる心地がした。

しかし、志ほみにとって詞音との日常はいつまでもたいへんだった。どこでも動き回り、してはいけないことばかりした。わざとしているように、志ほみには思えた。

「反抗期なんかなぁ」

スーパーに買い物に行って欲しいものが手に入らないと、居合わせた人が驚くほど、駄々をこねた。床に寝そべり、泣きじゃくる。

テレビのドラマを家族で見ていて、自閉症の幼稚園児が八百屋の軒先に並ぶ野菜や果物を、次から次に落とす場面があった。

「詞音と一緒だ！　詞音は自閉症だ！」

楽守が大声で叫んだ。たしかに似たようなことを詞音がしては、志ほみは店の人に謝っている。楽守はそれを覚えていたのだろう。

おいおい、おまえが言うな——。

志ほみは言いかけた言葉を慌てて引っ込めた。

年少組の終わりに近づくにつれ、どうしたわけか、詞音は赤ちゃん返りした。おんぶやだっこを志ほみに求めてきた。四六時中、べたべたした。志ほみは戸惑いながら、できるだけ応えた。

そんなある日、事件は起きた。園庭で遊んでいた詞音の姿が見えなくなったのである。すぐに気づいた先生は、子どもたちと詞音を探した。

「詞音くん、どこやろう」

「下の畑かも」

「よし、行ってみよう」

みんなでよく散歩に行く広い畑だった。

「詞音くーん」

大きな声で呼んでも、返事はない。畑には水を貯めた大きな瓶《かめ》もある。落ちたらたいへんだと思い、先生はめまいがした。そのとき、子どもたちが詞音を見つけた。木と木のあいだから、ちょこんと顔を出したのだ。

「よかったぁ」

先生は息を切らせて駆け寄り、抱きしめた。当の詞音はけろりとしている。

「幼稚園に門がないので、内と外がわからないのかもしれません。行動範囲が広がり、境界を飛び越えてしまったようです」

迎えにきた志ほみに、先生は報告した。そこで志ほみは先生と、園長に門を設置するように頼んでみた。しかし、防災センターでもあるので、出入りをしやすくしておかないといけない決まりがあるとの返事だった。

あまりの多動に意を決し、志ほみは詞音を小児心療センターに連れて行った。しかし、詞音は興味のある問題には反応するものの、テストがまったくできなかった。それでいて時間が来てテストが片づけられると、パニックを起こした。先生は自閉症と診断した。言葉の遅れは、障がいから来ていた。

「ほんとうにショックやった。『え、私、なにか悪いこと、したかな』って、思わず口走ってた」

志ほみは、そのまま診察室にへたり込んでしまった。

証言１

多様性を生きる

池添友一（農家）

　農業大学校で学んだあと、しばらく鹿児島で農業をしていました。両親が移り住んだのに合わせ、三重の山間での暮らしを選びました。２００２年春のことです。垣内さんがこの村に住んで２年後になります。高齢者ばかりの閉鎖的な村ですが、農作業を手伝ったり、草むしりをしながら、ごく自然と地域に溶け込んでいきました。

　近くに住んでいるのに、垣内さん一家のことはだいぶ長い間、知りませんでした。犬の散歩に、軽トラに乗って来ているのを見かけ、元気な子どもがこの村にもおるなあと見ていたくらいです。アケビを探していると声をかけられ、教えたのが最初でした。

　楽守くんと詞音くんが自閉症だとは、とくに意識せず、ごく普通に接していました。素直で、話しやすい子どもとの印象だったんです。詞音くんはいつも１人で虫取りしたり、ゲームをしていて、話した記憶がほとんどありません。垣内さんは詞音くんに手を焼いていました。

　農業を通じ、生物の多様性の大切さを、肌で感じています。自然界にはいいも悪いもなく、これは雑草とか、あれは害虫だとか、人が勝手に区別しているだけです。自然の世界では生きとし生けるもの、すべてが必要であり、それではじめてバランスを保っているのです。

証言2

特別支援教員をめざす

山口真理奈（志ほみの姉の長女）

小学校のころ、「どうぶつの森」というゲームを楽守くんと詞音くんとみんなでやったのを覚えています。お母さんも楽守くんとこのおばちゃんも、「今日は楽守を1位にさせてあげて」と言うのだけど、私も負けず嫌いなものだから、「なんでせなあかんの？」って思い、楽守と競い合いました。そうしたら、「負けてやったらいいじゃないか」と、お母さんに怒られました。「なんなのこのちがいは？　男女の差っていうやつ？」なんて思いました。そのころは2人の障がいのことを全然、知りませんでした。

楽守くんの障がいを理解したのは中学2年のときです。おばあちゃんに病気だと聞かされ、それならその病気を治す医者になりたいって思いました。でも、どんな病気なのか、詳しくはわかりません。

中学を卒業したころ、『光とともに…』っていう漫画を読んで、ああ、そうなんだとはじめて理解しました。自閉症が先天的なもので、治らないのを知り、それなら医者になるのではなく、その子たちに関わっていきたいと思いました。楽守くんと詞音くんがほんとうにかわいかったので、助けたいという気持ちが強かったんです。私のエゴなのかもしれません。

特別支援教諭の資格をとるため、大学は教育福祉科に進みました。同級生には身内に肢体不自由のお兄さんがいるとか、脳性麻痺の妹がいるとかいう人が多かったです。入学したときに自己紹介するのですが、みんな泣きながら話していました。

大学では、障がいの詳しい特性や、支援の関わり方について学びました。幼稚園の現場研修では学生３人でグループとなり、就学前の障がい児を保護者と支援しました。授業を聞いてわかったつもりでいても、現場に出てみると、なにもわかっていなかったと痛感しました。自閉症と一口に言うけれども、１人ひとり、こだわりがちがうし、好きなものもちがいます。

いまは念願だった特別支援学校で講師をしています。そこで関わっている子も１人ひとり、全然ちがいます。その子たちを少しでも楽しませたいという気持ちが強いです。

第2章

期待

expect

地域

家族の暮らす古民家から歩いて5分のところに、村の小学校はある。楽守が生まれる少し前に休校となり、2階建ての鉄筋校舎だけが残されていた。生徒9人の小さな学校だった。校舎はまだ新しく、いまにも子どもたちの歓声が聞こえてきそうだった。引っ越しを決めたとき、子どもたちはこの学校で学ぶのだろうと、章伸は思っていた。あくまで休校で、廃校したわけではない。古民家を買った不動産屋から、そんなふうに聞いていた。

古い峠道に集落が点在する村だった。村とはいってもとうの昔、章伸が生まれる少し前に合併し、大きな市の一部になっていた。それでも住人はかつての村の名前をいまも使う。山深いこともあり、「伝説の村」などとささやく人もいる。

楽守宛てに、山の麓《ふもと》にある小学校から、入学通知書が届いた。

「あー、やっぱり再開しないんや」

章伸ははがきを手に嘆いた。障がいのある楽守が町の大きな学校に行くことに、漠然とした不安があった。家から路線バスで20分近くかかるからだ。それに章伸自身が子どものころに感じた学校への不信感が加わった。お調子者の章伸は、いつも先生に叱られていた。ふざけるのは、章伸なりに理由があった。大人に対して釈然としないことがあるたび、道化《おどけ》て反発を示した。

「なんなん、それ？ よう、わからへん」

志ほみには、章伸の屈折が理解できなかった。学校で教わった先生に、志ほみはいい思い出しかない。叩かれたことはもちろん、叱られたことさえなかった。

「村の小学校のほうが、先生の目がよく行き届く。生徒数が少ないのも、楽守にはいい環境やと思ったんや」

章伸が移り住んだのは、そんな思いがあったからだと言い足した。衝動買いをしたことは、都合よく忘れていた。

「町の学校のほうが、いい先生がおるはずやで。山の学校なんていまどき、飛ばされた先生ばっかちゃうやろか。章伸はむかしの映画かドラマでも引きずっとるんや」

志ほみは小さな学校で生徒と先生が和気藹々《わきあいあい》、楽しそうに学ぶ映画の一場面を思い浮かべていた。なんの映画だったかは思い出せなかった。

「まったく章伸はいつもセンチやな」

的外れなことを夢見る章伸に、志ほみはいらだった。

村の小学校は、公民館に生まれ変わった。そうなってからでは、もうどうにもならない。子どものことをほんとうに考えているのであれば、休校した学校を再開できないか、具体的に動いてみるべきだったと志ほみは思った。しかし、章伸はいつも口ばかりで、問い合わせさえ、していないのだ。

「個人の力では、どうにもならへん」

章伸は反論するが、詞音の通う幼稚園は廃園が決まっていたにも関わらず、存続させることができた。園児の母親が結束して交渉したのである。

障がいの度合いによる判定で、学校が振り分けられていた。中度と診断される楽守は、とりあえず自分の身の回りのことは、なんでも自分でできる。

「特殊学級がないので、楽守くんが来てくれるならつくります」

学校に出向いた志ほみに、先生からそう説明を受けた。

「お願いします」

志ほみはほかに言うべき言葉が思いつかなかった。障がい者と呼ばれることになった子どもの進学をどうすべきか、志ほみは実際のところ、よくわかっていなかった。なにか意見や要望を言おうにも、学校のことになると、志ほみもつい受け身になった。

障がい児のための学校として、特別支援学校があるのは志ほみも知ってはいた。対象になるのはもっと障がいの重たい子どもで、楽守には選択肢として与えられていなかった。小児心療センターに勧められることもなかった。これまで行ったことはなかったし、接点もない。どんな学校か、なんの情報もない。

章伸も志ほみも学校のことを、「地域の学校」と呼ぶ。私立への進学を考える親が、公立校を「地元校」と言うのに似ていた。しかし、「地域」と「地元」では、ニュアンスがだいぶちがう。そこから離れまいとしているか、離れようとしているかで、見ている方向が逆なのである。障がい児にとっては、「普通校」か「特別支援学校」の線引きになる。

実際、特別支援学校に指定された子どもが、地域の学校に受け入れてもらえるように交渉するケースは少なくない。小さなころから一緒に遊んだ近隣の子どもたちと同じ学校に進ませたいとの思いからである。支援学校に行ってしまうと、地域に暮らす同じ年齢の友だちとは、決定的にちがう道を歩むことになるからだ。

ちょうどそのころ、戸部けいこによる漫画『光とともに…　自閉症児を抱えて』というマンガの連載が、女性漫画雑誌『フォアミセス』ではじまった。主人公の光を楽守に、母親の幸子を自分に重ね合わせ、志ほみは夢中になって読んだ。光はまさに楽守と詞音そのものだった。いくら本を読んでも自己投影できなかったが、これならすうっと頭に入ってくる。これまで自閉症のことで親身に相談したり、打ち明けられる人は、妙ちゃんくらいしか周囲にいなかった。章伸も理解しているとはとても思えない。そんななか、連載は志ほみにとって一条の光になっていた。つづきを楽しみに、志ほみは雑誌の発売日を待った。

入学

賑やかなざわめきが、ひんやりと湿ったコンクリートの壁に吸い込まれ、身覚えのある匂いが廊下の向こうから漂ってきた。久しぶりに感じる学校の匂いに、章伸は懐かしさを覚えていた。楽守の入学する地域の学校に特別支援学級ができるのは、開校以来のことである。

教室では自己紹介がはじまっていた。新入生ならではの華やいだ雰囲気が教室にあふれる。子どもたちはみなよそ行きの服を着て、こぎれいにしている。棚にあるランドセルはまだどれも真新しい。おばあちゃんに贈られたランドセルを喜んで背負う楽守の姿を見て、志ほみが涙ぐんでいたのを章伸は思い出した。

教室のうしろに立つ志ほみに、章伸は手で合図した。志ほみは気まずそうに顔をそらした。たしかに授業中だ。舌を出して返した章伸は、楽守を探し、教室を見渡した。

「かきうち　らもです」

ちょうどそのとき、楽守が席を立ち、自己紹介をした。ハッキリ、大きな声だった。章伸は心のなかで拍手し、志ほみに目配せした。そのとき、クラスの1人が素《す》っ頓狂《とんきょう》な声をあげた。

「らもやって！」

珍しい名前がウケていた。なにが起きたのか事態がつかめず、楽守は教室をちらり、ちらりと見回した。つぶらな瞳を大きく開けて困った表情を浮かべ、落ち着きを失っている。入学式で緊張していた子どもたちのあいだに、クスクス笑いが広がった。

「はいはい、静かに！」

担任が注意しても、すぐには収まらなかった。楽守は顔を真っ赤にして、立ちすくんでいる。足が震えている。このまま放っておいたらパニックになる。そんなところを入学式早々見られたら、楽守は学校にいづらくなるだろう。なんとかしなくてはと章伸は焦った。

「はい、楽守くん、ありがとう。次は？」

　担任はなにもなかったように、自己紹介をつづけさせた。楽守はホッとして椅子に座り、窓の外をぼんやり見た。目線の先に、モンシロチョウが飛んでいた。

　志ほみと章伸はそっと廊下に出た。たったいま起きた出来事がこれから先も起きるだろう。そんなとき楽守は1人で乗り越えられるのだろうか。楽守のそばについていてやりたくても、小学校では幼稚園のようにはいかない。不安は尽きなかった。

　志ほみはクラスメイトの親と知り合うたび、自閉症について知ってもらおうとした。学校という世界に楽守が飛び込んでいくにあたり、それが自分にできる精一杯のことだと考えていた。子どもの理解を得るには、まずは保護者からである。

「引きこもりなの？」だとか、「鬱の一種よね？」だとか、「ゲームのやり過ぎ？」だとか、いろんな反応があった。そのたびに、『光とともに…』を読んでもらおうとした。漫画なら勧めやすい。テレビ番組で自閉症や発達障がいの特集があれば、見て欲しいと呼びかけた。理解を深め、楽守を見る目が変わる人がいる一方、「ますますわからなくなった」と言う人もいた。

「出産のとき、なにかあったんですか？」

　看護師をしているある母親から何気なく言われた一言に、志ほみは頭のなかが真っ白になった。楽守と詞音が自閉症と診断されてから、自分でもさんざん苦しんできた疑問である。なにかすぐに言い返さなくては心が折れてしまうと思いながら、言葉が見つからない。障がいのことを知っているはずの人に限って、なぜか言うことが辛辣だった。

話を聞いてもらおうと、志ほみは妙ちゃんに電話した。面と向かって言えなかったことを、電話口でぶつけた。志ほみはいつも妙ちゃんに救われていた。

「瑞希がな、人の家に上がり込んでミカンを食べてたんや。そんで、どんな迷惑をかけたかわからんから、菓子折をもって謝りに行った。そしたら、『あんた、こんなことがあるたび、菓子折、もってくるんか？　そんなん、いらん』と近所のおばさんに言われ、涙が止まらんかった」

妙ちゃんはそう言って、理解してくれる人も世の中にはいると志ほみをなぐさめた。

しかし、親の心配をよそに、楽守は毎日、元気よく学校に通った。なんでもきちんきちんとする性格だった。忘れ物がないように、時間割とプリントを何度も確認し、明日の準備を完璧にした。テスト前の勉強も欠かさない。

楽守はみんなと同じ教室で勉強しつつ、遅れがちな国語と算数の2科目だけ、特別支援学級で先生とマンツーマンで学ぶ。勉強について行けないわけではなかった。逆にできるほうで、とくに漢字テストではよく満点を取る。

「楽守くん、１００点取らないと、気がすまないんですよ。80点でも取ろうものなら、悔し泣きしています」

担任は学校での様子を志ほみに伝えた。体育のかけっこでは途中で抜かれ悔しがり、パニックを起こしてしまった。先生があれこれ手を尽くし、なんとかゴールまで楽守を誘導した。

「できたできないより、勝った負けたより、大切なことはあると楽守には言い聞かせとる。テストでまちがえたら、そこを直せばええと教えとる。でも、その場ではわかったと言うんやけど、気持ちがついていかんみたいなんや」

さっそく楽守についたあだ名が「一番病」。競争にこだわりながら、みんなと仲良くしたい。相反する思いが楽守を苦しめていた。なんとかしてやりたいが、どうすればいいのかわからず、志ほみも苦しんでいた。

療育

詞音はいつも1人でなにをして遊んでいるのだろう。気になった志ほみは、こっそりあとを追ってみた。家を出てすぐ、詞音は道に落ちている木の枝を拾った。長い枝と、太い枝があった。選んだのは、長いほうだった。

「おもしろいかたちをしてるからやろうな」

志ほみがそう考えるまもなく、詞音は枝でコンクリートの苔を削りだした。右に左に枝の向きを変えながら、丹念に根気よく、一面の苔をこそいでいく。

「きれいにするんが、楽しいのかもしれへん」

それから今度は木を道に立て、どっちに倒れるか、見ていた。飽きもせず、何度も繰り返している。子どものころ、同じことをして遊んだのを、志ほみは思い出していた。なんでそんなことをしたのか、覚えてはいない。楽しかった感覚だけが、心に残る。

詞音の遊ぶ姿を見て、忘れていた子どものころの気持ちがよみがえってきた。想像を膨らませ、詞音の気持ちに寄り添えば、きっと見えてくるものがあるだろう。

詞音も楽守と同じ自閉症かもしれない。志ほみはもうずいぶん前から気づいていた。疑ってきた。目を合わせない。言葉が出ない。多動が目立つ。どこから見ても、「自閉症まるだし」だ。しかも楽守よりひどい。それなのに現実を受け入れられず、結果を先延ばしにしてばかりいる志ほみがいた。

「あやしいなって感じてはいても、2人目やから、病院に行くんが怖かった。楽守とはちがうタイプやし、そのうちなんとかなると自分に言い聞かせておった。まさか2人とも自閉症なんて、思いもせえへんし」

認めたくない。認めたくなんてない。診断を受けるのが遅れたのは、その一心だった。楽守のときは、「おかしい」と言われながら、病院に行く足が重かった。詞音のときは、楽守の障がいがわかっているだけに、もっと行きづらかった。楽守が自閉症とわかるのは4歳3カ月だが、詞音は5歳5カ月のときである。1年近い遅れはそのまま、志ほみのためらいだった。いざ詞音も自閉症とわかってしまえば、もっと早く診てもらうべきだったと悔いた。先延ばしにしたところで、事態はなにも変わらない。

詞音にも自閉症の診断がくだされて、夫婦は顔を合わせれば、泣きたくなった。

「神さまがいたずらをして、ぼくらを選んだんやろか」

章伸が弱々しく呟いた。

「やはり母胎になにか問題があるんやろな。産んだのは自分やし、周囲もそんな目で見る」

志ほみはいっそう深く思い悩んだ。

だれもが楽守と詞音のことで、しつけが悪いと夫婦を責めた。家族で川遊びをしたとき、お弁当を広げる知らない家族に向け、詞音が手にした砂を投げてしまったことがある。同じ年ごろの女の子がいるのが気になったらしい。ほんの少し、その子の足に砂がかかった。弁当をめがけたわけではない。一緒に遊ぼうとでも、言いたかったのだろう。

「うちの子、障がいをもっていて、自閉症というのやけど、許してやってください」

章伸は、丁重に謝った。しかし、女の子の父親は逆上し、声を荒げた。

「それがどうした。ちゃんと見とれ、ぼけっ」

障がいを大目に見てくれる人はまずいなかった。自閉症のことなんて、だれも知らない。わかっていない。それにしても謝っているのに、どうしてこんなきついことが言えるのだろう。許せない気持ちが収まらず、章伸は向かっていこうとした。そうするしか詞音を、助けられない。

肩を震わせる父を、楽守が止めた。

「お父さん、やめてください」

小さな子どもに仲裁され、2人の大人は握った拳を緩めた。楽守は争いを嫌った。

「これまで子どもたちの障がいに対し、受け身に流されすぎとったんやないか。子どもを守るには、戦うしかないと思うんや」

志ほみは決意を示すかのように、章伸に言った。長いこと、自問自答してきたことである。なんでも積極的に考え、行動しなくては、とても子どもたちを守れない。障がい者の母として目覚めたのだ。

「楽守と詞音のいいところや〝らしさ〟だけは、とにかく大切にしたいんよ」

志ほみの言葉を、章伸はきょとんと聞いていた。

気持ちを入れ替えた志ほみは、小児心療センターでの療育に、熱心に通った。自閉症に関する本を読み、これまでにもまして、正しい知識を身につけようとした。障がいに関する講演があるたびに足を運び、耳を傾けた。

「うちの子どもたち、みんなと仲よくできません」

志ほみは療育の先生に悩みを打ち明けた。

「どうしてみんなでいるのがいいと思うのですか？　楽守くんも詞音くんも、1人でいるほうが心地いいんだと考えればどうでしょう？」

志ほみはそれを聞き、目からウロコとはこのことだと思った。これまで志ほみは療育にはどこか半信半疑で、距離を感じていた。子育ては子育て、障がいは障がいだと分けて考えていた。

「1人でいるのが楽しく、みんなといるのが苦痛なのに、どうしてみんなのなかに入れようとするのでしょう。そこがそもそもの間違いではないでしょうか」

先生の話を聞き、いちばんの味方であるべき親からも、周囲と同じ目で見られる子どもは、考えてみたら相当にしんどいはずだと気づかされた。大人がよってたかってイジメている印象を、楽守も詞音ももっているにちがいない。

「ダメ」と言われても、なにがダメなのか、子どもたちは理解できていないのも知った。なにが問題か、はっきり、具体的に示さなければ、いつまでもわからないのである。肯定文にして話すほうが、否定的に言うより、わかりやすい。「〇〇してはダメ」ではなく、「〇〇します」と注意する。そうすれば、楽守にも詞音にも通じる。

こうして志ほみは頭を整理し、自閉症を客観的に理解しようとした。

「療育で教えられたことを、しっかり家で心がけているので、幼稚園でもできるだけ、同じにして欲しいと思います。そうしないと、詞音が混乱します」

志ほみの指摘に、池村先生はなるほどと思った。そして、志ほみが療育で教えられたことをできるだけ知り、詞音と関わっていこうと思った。

「早弁しそうになったら、『おなか、すいたのね。でも、お弁当はまだよ。もうちょっと待って』と、やさしく言い、気分転換を図ってみました。詞音くんはしばらくキョトンと椅子に座っていましたが、言っていることがわかったのか、お弁当をしまい、自分の好きな遊びをはじめました」

声を荒げず、淡々と注意するのが肝心である。

詞音が積み木に落書きをしたら、「えーん、えーん」と泣く真似をした。詞音も「えーん、えーん」と言って、描くのをやめた。トイレができたら、大げさなくらいにほめた。言い方ひとつ、接し方ひとつで、詞音に大きな変化が出てきた。

「その場その瞬間で判断するのが大切なんやと思う。楽守と詞音、それぞれに応じたやり方もある」

志ほみは小さな気づきをひとつ、またひとつと積み重ねていった。

朝、幼稚園に送ったとき、詞音はいつも帰ろうとする志ほみのあとを泣いて追った。しかし、「お母さんは帰ります」と言うだけで、おとなしく保育室にいるようになった。それも療育で受けたアドバイスである。そのたった一言で、大きな効果があった。うれしいはずなのに、追ってこないのは少しさみしい気持ちが母親としてはあった。

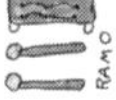

心の言葉

本棚から図鑑をもってきた詞音は、机のうえで恐竜が載っているページをひらいた。詞音のお気に入りのページだ。それから紙に恐竜の絵を描き、ハサミで切り取った。詞音はハサミを使うのが上手で、素早く、躊躇せず、すうっと切っていく。機嫌がよいのか、歌を歌い出した。

「詞音くん、楽しそうね。なんの歌？」

どうやら英語の歌だった。園児はだれも知らない。詞音はかまわず歌いつづける。歌とはいっても、鼻歌交じりに、言葉の粒が泡となって消えていく。先生がメロディーを追うと、ビートルズらしい。章伸がクルマで聞いているのを、いつのまにかそらんじていた。家でビデオを見るときは、早送りと巻き戻しのボタンを交互に押し、気に入った場面ばかり繰り返している。そして、耳に入る言葉を真似て、しゃべった。

言葉がわずかでも出るにしたがい、詞音はまわりの状況を少しずつ理解しだした。意思疎通もしやすくなった。

お遊戯の準備で先生の両手がふさがり、扉が開けられないときだった。

「詞音くん、開けて」

先生の言葉に反応し、詞音はちゃんと開けられた。なんでも言葉にしながら、動作や行動をしてきた成果である。

「言葉と動作が結びつき、パチッと電気がついたようになる瞬間があるんです」

と先生は喜ぶ。ものごとを耳から覚えてきた楽守に対し、詞音は言葉では入りにくい。頭ではなく、心で言葉をとらえようとしているように先生には思えた。同じ自閉症でも、コミュニケーションのありようがずいぶん異なっていた。

「私も自閉症に関して、まだまだ勉強中です。自閉症は十人十色で、みんなちがいます。私が自信をもって言えるのは、詞音のことならなんでも知っている。ただそれだけです。先生は詞音のよいところを見つけてはほめてくれるので、ありがたいです」

志ほみにとって先生は、はじめて親身に寄り添ってくれる人だった。連絡帳で細やかなやりとりを重ね、一緒に子育てをしていた。

たとえ話さなくても、詞音はちゃんと人の話を理解している。そのことがはっきりしてきて、これまでのように「どうせわからない」と考えるのではなく、なんでもわかっているのを前提にしなくてはならなくなった。わかっているのに、わかってもらえない。気持ちが噛み合わない場面が重なると、詞音はパニックになって、思いもかけないことをはじめるからだ。そうなると落ち着くまで、手がつけられない。なにをしても、どうにもならなくなる。収まるのを待つしかなかった。

遠足でパニックになった詞音は、突然、リュックを川に投げ捨てた。あっという間の出来事だった。幼稚園に迎えに来た志ほみに、先生はまだ乾いていないリュックを渡し、事情を説明した。

「詞音にしてみれば、理由がないわけではないんやと思うんです。詞音にとって大切なのは、リュックに入っているお弁当です。食べ終われば、リュックはもう必要ありまへん。目的を失ったリュックは邪魔なだけやから、捨ててしまったわけです」

志ほみは、詞音の気持ちを代弁してみせた。ほんとうはちがうのかもしれない。しかし、あたらずとも遠からずだと、志ほみは思っていた。詞音のおかげで、志ほみはものごとをいろんな方向から見たり、考えたりするようになった。

「なるほど、そう考えれば、詞音くんのやったことがわかります」

先生はうなずいた。しかし、やりとりをそばで聞いていた園長は、

「きちんと家庭でのしつけをお願いします」

と言って、去って行った。園長のかたくなな態度が、志ほみには解《げ》せなかった。隣で池村先生が身をちぢこめている。詞音をめぐり、大人も子どもも、いろんな思いを衝突させていた。

ある日、ほかの園児のつくった積み木の家を、詞音がいじろうとして、喧嘩になった。

「壊すつもりはなく、つくりなおしてくれたんだよ」

先生が言っても、

「壊さないで！」

と、泣いて怒る。

「詞音くんは、積み木を使いたいだけなんだ！」

壊された子はそう言って、詞音を責めた。先生は一緒に謝ろうかと詞音に言った。

「ごめんね」と、先生が先に言った。

それがいけなかった。なぜ謝らなくてはいけないのか、詞音には理解できない。よかれと思ってしている気持ちが通じなかったことで、詞音はパニックになった。

「詞音くん、きっとすごく言いたいことがあったんやと思うわ」

先生は友だちに言った。言葉がわかればわかるほど、うまく話せないことに、詞音は苦しめられた。

幼稚園にある鶏小屋を掃除しているとき、詞音はニワトリに話しかけながら、

「ウンコ、くさーい！」

と大きな声で言った。詞音の話した、はじめての2語文だ。それから「食いねえ」と言って、餌をあげた。時代がかった言葉を、アニメかなにかで覚えたらしい。家にもニワトリがいるので、扱いは慣れたものである。さらには「ウンコがくさい」と、助詞を使いはじめた。だれかが教えたのではない。先生や友だちの言葉を真似ただけである。なんでもかんでもウンコやおしっこに結びつけた。とはいえ、幼稚園児に共通することで、詞音が特別なわけではない。詞音のお気に入りは、いたずら好きな子どもが主役のアニメ『クレヨンしんちゃん』だった。とてもひょうきんで、ユニークな詞音の素顔がこうしてだんだん見えてきた。

1人でウンコもできるようになって自信をつけてきた詞音は、自分から進んでなにかをするようになった。詞音なりに自発性が芽生えたのである。切羽詰まることがあれば、なんとか言いたいことを言えるようにもなった。

「詞音くんのおかげで、たくさんのことを学びました。5人のお友だちが毎日ぶつかり合って、思いを強く主張したり、やさしさや思いやりに気づいたり、譲ったりしながら、成長してきました。その場で考え、行動できることこそ、生きる力です」

池村先生は詞音との出会いを通じ、大きなキャンバスに絵を描きはじめた。

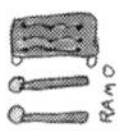

将来の夢

学校で楽守がどんなふうに過ごしているのか、志ほみは気が気でなかった。濃い霧がかかったように、肝心なところが霞《かす》んでいる。学校での1日を細かく知りたくとも、楽守はうまく説明できない。表情から学校の様子を読み取るしかなかった。

つらいことがあったときだけ、楽守はぼそりと断片的なことを口にした。なにがあったかではなく、そのとき言われた言葉や、そのときの気持ちがよみがえってあふれてくる。志ほみは言葉のパッチワークを組み立て、楽守をおもんぱかった。

できたら毎日、授業を見学し、家庭と学校が手を携え、楽守を守っていきたかった。楽守をもっとよく知ってもらいたい。先生に伝えたいことは山ほどある。なんとか時間をつくってもらい、担任に気持ちをぶつけても、先生という役回りを決して踏み越えようとはしなかった。どこまでも表面的だった。連絡帳に思いの丈を書き込んでも、数行の返事で終わるなど、反応は鈍い。悲痛な叫びを綴っても、「忙しくて、また後日」と逃げられてしまう。学校を追いかければ追いかけるほど、志ほみの気持ちは空回りした。

「楽守だけが生徒やない。おおぜいの生徒を受け持っているのやから仕方ない」

志ほみは諦めずに連絡帳に言いたいことを書き、楽守の情報を知らせた。ただ1人、特別支援学級の先生だけはいつも親身になってくれた。その先生を通じ、学校での楽守を少しでも知ろうとした。

「楽守は将来、なんになりたいん？」

志ほみはときどき、独り言のように呟いた。子どもたちの障がいがわかって以来、２人がこの先、どう成長していくのか、未来が見えてこなかった。それが志ほみにはなによりつらい。親が死んだら子どもたちはどうやって生きていくのか。別にいい学校に行って、いい会社に就職するなんてことは望んでいない。とにかく生きて欲しかっただけである。

「パイロット！」

楽守は無邪気に、大きな声で答えた。その姿に、志ほみはなんともいえないものを感じた。障がいのある楽守は、パイロットには絶対なれない。身長にさえ制限があるのを、なにかで読んで知っていた。それがわかっている分、心が痛む。漠然とした焦りを章伸に訴えても、なんとでもなるとしか、考えていないらしかった。

「障がいがあろうがなかろうが、自分の子どもであるのには変わらへん」

章伸はきっぱり言った。利那的に考えられる性格が、志ほみにはうらやましかった。

「そのうちバスや宅配便の運転手と言い出し、ホッとした。そんなら言葉が足らんでも、隣に座って、なにかできることがあるかもしれへん。そんなふうにあれこれ考えては、自分を慰めておった」

志ほみの思いが通じたのか、担任は楽守を上手に誘導し、ヤル気にさせようとした。期待に応えようと、楽守もがんばった。やればやるほど、実際、なんでもよくできた。先生の見つけた鍵は、生き物だった。楽守は昆虫や爬虫類のことならなんでも知っている。自分のことはうまく言えないのに、図鑑をそらんじているように言葉が出てくる。そこで先生は生き物の話題を楽守に振った。

「楽守くん、この虫、なんて言うの?」

「カブトムシはどんなところにいるの?」

なにを聞かれても、楽守はすらすら答える。それで楽守はクラスで一目置かれる存在となり、「一番病」の自尊心をくすぐった。

「楽守くん、すごいです。生き物に詳しいので、みんな、喜んでいます。楽守くんはクラスのリーダーですよ」

保護者会で担任は楽守をほめた。先生はとてもうれしそうだった。モヤモヤした気持ちを言葉にできないまま、志ほみは感謝した。

いつもぱんぱんに膨らんでいる楽守を見るのが、志ほみには不憫でならなかった。先生の期待に応えようと、いつも図鑑を眺めていた。

「カブトムシは、クヌギに集まります」

「昆虫の王様です」

「180ミリ以上になります」

「北海道にはもともといません」

壊れたテープレコーダーみたいに独り言をしていると思ったら、昆虫のことだった。予行演習でもしているらしい。そんな家での様子を先生に伝えるべきか、志ほみは躊躇した。言ったら最後、先生はヤル気をなくすかもしれない。楽守の居場所が教室になくなってしまうかもしれない。それが怖くて、なにも言い出せない。章伸が口にする学校への不信感をはじめて理解した。

「楽守、ほどほどにしとき。無理したら、あかんで」

志ほみはときどきそうやって声をかけた。10できるとわかっていても、8くらいでやめさせた。なにも100点なんて取らなくとも、80点で十分だ。さもなければ、ピンと張った糸がいつか切れ、楽守がつぶれてしまう。

章伸は章伸で、楽守が気になって仕方なかった。通勤途中に回り道しては、学校のそばを通る道を選んだ。運転しながら、フロントガラス越しに学校を見た。教室では楽守ががんばっている。そう思うだけで、少しは安心できた。

学校のまわりには目に見えない壁が高くそびえ、中がまったくうかがい知れなかった。気配さえ、つかめない。もっと見えるようにしたいと思っても、なにがどうなるものではない。不安を抱えながらなにもできず、1年が過ぎ、2年が過ぎていった。

楽守が小学校3年生のときだった。章伸はいつものように遠回りをして学校の前の道をクルマで通り過ぎた。校庭では生徒がドッジボールをしていた。若い女の先生が、生徒と楽しそうにしている。楽守の担任だ。それなのに楽守はどこにも見あたらない。おかしいと思って見渡すと、サッカーゴールのところで楽守が1人、ポツンと立っていた。「あれっ」と思い、路肩にクルマを停めた。楽守も父の赤いクルマを認め、笑いながら小さく手を振った。まわりに気づかれないようにしているのだと章伸は感じた。その手が楽守の心をなにより表している気がしてならなかった。

「おもしろくないのに愛想を振りまいているんだと思ったら、なんともいえない気持ちになったんや。もしかすると楽守は自分の世界に入っていて、気持ちがよかったのかもしれへんけど、切ないものがあった」

学校で楽守のおかれた現実を、はじめて目《ま》のあたりにしていた。急に章伸の心に、詩とメロディが滝のように降ってきた。プロのミュージシャンをめざしていたときは、いくらがんばっても、まともな歌ひとつできなかった。子どもが生まれ、障がいがあるとわかり、すっかり音楽から遠ざかっていた。あれだけ好きだったギターにも、ほとんど触っていない。

忘れかけていた音楽に再会し、章伸ははじめて自分の歌と出会えた気がした。ちっともうれしくはなかった。ただただ胸が痛かった。

ぱっちわーく

キミの話はツギハギで
ぱっちわーくのように温かい
だけど寂しい時もあるんだ
やりとりが出来ない
学校の休み時間に見つけたよ
キミが一人で遊んでるとこ
周りではドッジボール　みんなとても楽しそう
僕を見つけて照れくさそうに
サッカーゴールで手を振ってたよ
小刻みなバイバイは　言葉よりわかりやすい

キミがいつか大人になって
自分の事に気づいて
そのまま転がり続けて欲しい

自分を責めることなく
僕が夢に描いてることは
まだキミに　言わないようにするよ
キミが思ってるよな事は出来ないかもしれない
一つ山を越えたならば　胸を張って
ぱっちわーくの服を着よう
その服が周りをみんな　温めるといいね

人づきあい

音楽を取り戻した章伸は、長らくケースにしまいこんでいたギターの弦を新しく張り替え、古民家の壁に吊した。しかし、章伸がギターを弾きはじめたとたん、

「終わりー」

詞音はそう短く言って、やめるように促した。自分の遊びのなかに、いらない音が入るのがいやなのだ。

近所に家族ぐるみで行き来する家があった。田舎暮らしにあこがれ、都心から移り住んできた夫婦だった。ひと回り年上だが、ギターが趣味なことから、集まってはギターを弾き、歌って過

ごした。

ある日のことだった。

「楽守、ちょっとハーモニカ、吹いてくれへんか？」

音楽にちなんだ名前であるにもかかわらず、楽守は音楽の授業が大嫌いだった。ハーモニカやリコーダーがうまくできず、いやになっていた。押さえて吹く。吸って吐く。楽守は２つのことを同時にするのが、とにかく苦手だった。やりたくても、うまくできない。つらくて、パニックになった。２つのことが同時にできないのは、自閉症の特性の１つである。

楽守が音楽に苦しんでいるのを、章伸は志ほみから聞いていた。別の意味で章伸も長いこと、苦しんでいた。だから、上手に吹けなくとも、音を楽しめるようにはしてやりたいと思った。

「やるよ」

ぶっきらぼうに答えた楽守はハーモニカを手に、章伸のギターに合わせ、『チューリップ』の演奏をはじめた。集まった人たちが手拍子をした。楽守は目をきょろきょろさせ、がんばっている。章伸に思わず笑みがこぼれる。楽守のたどたどしさを、章伸がさりげなくカバーした。ちょっとしたグルーブが生まれ、回りもノってくる。

「音楽は上手下手やないで。楽しめれば、それでええ」

章伸は演奏しながら楽守に言った。演奏に一生懸命で、楽守には聞こえていなかった。章伸はもう一度、同じ言葉を繰り返した。今度は自分に言い聞かせた。

和気藹々とした雰囲気のなか、一緒にギターを弾いていた男が、なぜか怒り出した。

「俺より目立つな！」

やっとの思いでハーモニカを吹く楽守に向かって言ったのである。冗談のつもりかもしれないが、章伸は困惑した。座は一気にしらけ、楽守はいまにも泣きそうだ。

夫婦には障がいがある。夫は足が悪く、妻は手が悪い。障がい者だから、きっと障がいに理解があるだろう。章伸は心の内を吐き出し、相談に乗ってもらいたかった。この先どうすればよいのか、第三者の意見を聞きたい。しかし、障がいについて腹を割って話すことはできなかった。楽守と詞音の障がいを根掘り葉掘り聞いてくるのに、自分の障がいについては、なにも言わずに隠した。

別の日のこと、楽守が山で転げ落ち、大きなたんこぶをつくってしまった。ひどい怪我だった。2、3日するとたんこぶが青くなり、鏡に映る顔はフランケンシュタインみたいである。それを見て、楽守は「明日になったら死ぬのか？」と不安げに、志ほみに尋ねた。しかし、腫《は》れた楽守の顔を見た近所の夫婦は、

「頭を打ったから、障がいが治ったのとちがうの。あ、そうじゃないんだ。残念だったね」

と言って、小さく笑った。章伸には夫婦の言葉がまったく解《げ》せなかった。またしても冗談にしては、あまりにきつい。心が痛む。世間がいくら無理解でも、障がい者同士なら助け合えると思っていたが、どうもそうではないらしい。それに障がいと一口に言っても、知的障がいと、身

体障がいでは、障がいに対する感覚がちがうのにも気づかされた。知的障がいは一段低く見られていた。気のせいかもしれない。しかし、その夫婦はそう態度で示していた。それでもご近所の手前、なにも言い返せなかった。

村にはほかにも何人か、移住してきた人がいた。少し癖のある人が多かった。田舎暮らしの夢と現実のギャップは大きく、ほとんどの人は長続きしなかった。豊かな自然を喜んでいたのもつかの間、山の斜面で山菜採りをしている最中に転げ落ち、わずか2週間で断念した人もいる。ほどなく障がい者夫婦も、山を下りていった。買い物ひとつするのに町まで1時間かかると、ぼやいていたのを思い出した。別れの挨拶はなかった。

苦い気持ちを残したが、その間に知り合った一美と利江子との交流はつづいた。クルマで1時間ほど離れた町に住む夫婦だった。テレビ番組のロケがあるとの噂を聞いて山中の村に迷い込んで以来、毎週のように訪ねてきた。家族の暮らす古民家と、自然に囲まれた村の雰囲気に惹かれていた。みんなでよくバーベキューをして楽しんだ。

障がい者施設で働く利江子の身近には、いつも障がい者がいる。それでも楽守の障がいには最初、気づかなかった。ただ落ち着きのない子どもだと思っていた。みんなで話しながら食べていても、楽守はあっちに行ったり、こっちに行ったり、片時もじっとしていない。カエルや昆虫を捕まえては、大人に見せにくる。ポケットからいきなり大きなカマキリを出したこともある。一美はカマキリが嫌いだった。

「カマキリ野郎は、武器をもっている！　奴は世界征服を企んでいるんだ！　すぐにみんなで逃げよう！」

大げさに驚いてみせると、楽守は大喜びした。行き来を重ね、気心が知れてきたころだった。

「子どもが学校でも地域でも浮いていて、悩んどる」

章伸は2人に、ぼそっと言った。志ほみ以外、これまでだれにもさらしたことのない、心の叫びだった。強面《こわもて》な印象とは裏腹に、一美はとても聞き上手で、相手の言葉を繊細に包み込むところがあった。利江子は障がいへの深い理解がある。それで気を許したのだろう。楽守が低学年のうちはまだよかった。みんなと一緒になって、校庭を走り回っていればいい。しかし、毎年毎年、差が歴然とひらいていく。それはみんなと生きられないということなのか。章伸は自問自答を繰り返していた。

志ほみと詞音は集まりに顔を出しても、輪には入らなかった。

「志ほみさんはとても暗かったんです。ほとんどものを言いません。1歩も2歩も下がって、詞音くんを見ていました。目を離した隙に水遊びをはじめては泥んこになり、びしょ濡れになります。とてもしんどそうでした」

志ほみに対する、利江子の第一印象である。多動の詞音は、目を放したら最後、どこに行くかわからない。なにをするかわからない。志ほみは詞音につきっきりだった。楽守は大人の間にも入っていけるが、詞音は近づこうとしなかった。子どもならおいしいものにつられてきそうなものだが、「一緒に食べよう」といくら誘っても、ダメだった。自分が認める人には少しは心をひらいても、知らない人はかたくなに拒むところが詞音にはある。

「利江子さんも一美さんも、うちらの子どもを差別せえへんのです。そういう目で見ず、一緒にいてくれる。それがものすごくうれしかった」

志ほみにとって夫婦は、障がいを色眼鏡で見ない、はじめての人だった。

周囲の印象とはちがい、家族の前では志ほみはいつでもどこでも笑顔を浮かべていた。家族は楽しく過ごしていた。それだけはたしかである。

兄弟

楽守が4年生のとき、詞音も同じ地域の学校に入学した。幼稚園の友だちも一緒だった。「みんな兄弟やったらええのに」と言い合うほど、仲がよかった。そんな友だちの存在を頼りにしつつ、詞音が学校でうまくやっていけるのか、章伸と志ほみには強い懸念があった。

「詞音は楽守に比べ、ほかの子とは明らかにちがう。楽守があれだけ学校で浮いているのやから、詞音はもっと浮いてしまうやろう。でも、みんなのなかに混じって、言葉のシャワーを浴びているうち、感化されるんやないかとの期待もある」

詞音は多動がひどく、章伸の手には負えなかった。いつも志ほみに任せっきりでいた。いつでもどこでも動き回り、片時も目が離せない。おとなしい楽守とは、まるでちがう。やることなすこと、なんだかわからない。そんな詞音から章伸はいつも逃げていた。距離を置いた。親でさえそうなのだから、先生や友だちはそれ以上だろう。浮かないはずがない。

「詞音は楽守とぜんぜんちがいます。お願いします、覚悟してください」

志ほみは入学前、先生にハッキリ伝えた。そこまで言わないと、わかってもらえない気がした。素直に言うことを聞き、割と扱いやすい楽守に比べ、詞音はかんしゃく玉のように爆発する。意志を言葉にしないまま、わが道を突き進む。人の意見に耳を傾けることはない。それでいて思い通りにならないと、パニックになる。その繰り返しだ。

志ほみが1週間ほど入院したとき、福井の実家から母のまきよが手伝いに来た。

「とにかくたいへんやから覚悟してな」

志ほみはあらかじめ、何度も念を押した。実家に遊びにいくたび、ちゃんと孫を叱れるのを見ているので、「大丈夫、任せられる」と思っていた。しかし、入院中、母は一度も病院に顔を出さなかった。家がどうなっているのか、ずっと気になっていた。楽守は大丈夫だろう。問題は詞音だ。

「お前の言うとおりやったよ。これでもか、これでもかというほど、次々にやらかしてくれた」

退院して帰宅すると、母は気の毒なほどくたびれはてていた。志ほみを見舞うどころではなかったと、母は声を絞り出した。

地域の小学校に通いはじめた詞音を、先生は驚きをもって迎えた。たしかに聞きしにまさるものが詞音にはある。

「ほんと、全然、ちがいますね」

楽守と詞音を比べ、自閉症とはなんなのか、考えあぐねる先生もいた。

悪さやいたずらにかけては、とにかく強烈だった。そのたびに、支援学級の先生はやってはいけないカードを見せ、注意した。楽守は言葉で言えば通じる。詞音は言葉ではむずかしい分、絵カードが効く。学校に関するカードは、先生がパソコンで自作した。

新しい問題が生じたら、志ほみも絵カードをつくった。池のなかに入って濡れ鼠になり、着替えたときは、「池に入らない」カードをさっそく先生に渡した。カードを見せれば、詞音は聞き分けのよいところを見せる。

「なあんだ！　できるんじゃない！」

カードの通りに行動する詞音を見て、先生は安心した。しかし、効果の持続時間は思いのほか短い。注意されたあと、立てつづけに池に入ったこともある。水へのこだわりが尋常ではなかった。幼いころから、まったくなにも変わっていない。それも自閉症の典型的な特性だと、志ほみは知った。きらきら光るものに惹かれるらしい。楽守は興《きょう》が乗ると陽の光に手をかざし、うれしそうな顔でひらひらさせる。そうして光の変化を楽しんでいる。自分の世界に入っている現れでもあった。かといって、詞音はそんなこと、まったくしない。

あるときは、ベンチにおいてある女の子のランドセルを、池に投げ入れた。それだけでは飽き足らず、水に浮いたランドセルを足で踏んで沈めた。ランドセルを池から出した先生は、濡れた教科書を広げ、少しでも乾かそうとした。担任と話していた志ほみが騒動に気づいて駆けつけると、集まっていた先生と子どもたちがみんな変な顔をして一斉に見た。

「なに、したん？」

事態を知った志ほみは愕然とした。男の子が女の子にちょっかいを出すのは、好意からくることが多いが、詞音の場合はどうもちがう。それもこれも水への執着なのだろう。

志ほみは女の子の家まで、謝りに出向いた。詞音も連れて行った。怒鳴られても仕方ないと思っていた。たまたま障がいに理解があり、担任がきちんと説明してくれていたせいか、大目に見てもらえた。しかし、そんなことは稀だった。

水溜まりに友だちのジャンパーを投げ入れた。メガネのうえにボールを落として壊した。教室の窓ガラスを割った。そのたびに菓子折をさげて謝った。クリーニング代を払い、同じものを弁償した。いくらお金があっても足らないほどだった。ものを壊したら補償される自閉症向けの保険を知ると、さっそく加入した。

「相手のことを考えて行動できないのでしょうね。投げたボールを受けてはくれるのですが、返してはくれません」

詞音の行く末を案じる担任は、けじめをつけるため、「はじめましょう」と言って授業をはじめ、「終わりましょう」と言って授業を終えるようにした。詞音に学習の開始と終わりを意識させるためである。

「こくごのべんきょう、はじめます」

先生に促され、詞音はみんなの前で言った。集中して机に向かいさえすれば、きちんと勉強に取り組んだ。とくに興味のあることには、思いもかけない才能を示した。学校でパソコンの使い方をほんの少し習っただけで、クラスのだれより早く、上手に使いこなした。章伸が使わなくなった携帯電話をあげると、大人の知らない機能までたちまち見つけた。カメラで写真を撮り、音声を録音し、なにかをつくろうとした。

「詞音は自分で意味があると思えないものが、とにかく苦手なんや。なぜしなくてはいけないか、その意味を瞬時に判断し、行動に結びつけとる」

志ほみは詞音の行動原理を鋭く見抜いていた。端《はた》で見ていたらなにかわからないことが、そう考えると見えてくる。運動会でやるダンスの練習を詞音がいやがるのも、なぜやるのか、意味がわからないからだ。

先生は練習をダンスの場面ごとにしていた。右の手を上げるだとか、前足を出すとかいった動作を、みんなで少しずつ積み重ねていくのである。普通は部分からダンス全体がイメージできるので、苦にはならない。しかし、詞音にはそれがまったくできず、なにがなんだかわからない、無意味なものに思えていた。

「詞音くんはダンス、できないかもしれないけど、輪のなかにいてくれればいいからね」

担任は詞音に言った。観客席で応援していた志ほみも、きっと詞音は1人ぼおっとして、踊りの輪にさえ入らないと踏んでいた。

しかし、運動会の本番で、詞音は最初から最後まで、1つもまちがえずに踊ってみせた。動きは少しぎこちなかったが、それを見ただれもが驚いた。練習の後半、ダンスを通しで踊るようになったのを見て、詞音はイメージとして全体をつかんでいた。部分がはじめて全体に結びつき、詞音にとって意味のあるものになったのだ。

「欲しいと思えば、詞音はいかなる手段を使ってでも、自分で行動しよる。いいように解釈すれば、生きる力があるんや。その点は楽守とはちがう」

志ほみは章伸に耳打ちした。しかし、楽守もこの運動会で大きな成長を示した。徒競走をゴールまで1人で走ったのである。1等賞がいいのではなく、最後まで走りきることが大事だと言い聞かせてきたのが、4年生になって実を結んだ。

「小さいころから楽守を知っている親は、走り切ったと大喜びし、一緒に泣いてくれた」

志ほみははじめて観客席から運動会を応援していた。それまではずっと子どもたちにつきっきりで、見たことがなかったのである。

期待の担任

「楽守の今度の先生、自閉症児を1人、6年間、受け持ったらしいんや」

志ほみは保護者から耳にした噂を、嬉々として章伸に伝えた。

「そか。これで楽守も救われるな。そういう先生とついに巡り会えたんやな」

夫婦はこれまでにない光を感じていた。経験と知識をそなえる先生のもと、5年生になって楽守がどう変わっていくのか、楽しみだった。実際、4年生になって楽守は急激に成長していた。心もこれまでになく、安定している。もしかすると自閉症がよくなるかもしれない。そんな期待さえ抱いていた。

新学期がはじまるとすぐ、担任は山奥の家まで家庭訪問に駆けつけた。そして、楽守のことを生い立ちから熱心に耳を傾け、ノートに細かく書き記した。30代はじめで、誠実さとヤル気に満ちあふれていた。

「そこまでしてくれる先生、はじめてです。障がいをきちん理解する先生に受け持っていただいて、感謝しています。楽守のこと、どうぞよろしくお願いします」

志ほみは思わず担任の手を取り、頭を下げた。「任せてください」と、担任は大きくうなずいた。支援学級の先生も、「この先生なら」と太鼓判を押した。

学校から帰宅した楽守のにこやかな顔を見るたび、志ほみは先生の顔を思い浮かべた。これまでは言わなくてはやらなかったお手伝いやお片づけも、喜んでした。勉強も自分からやった。先生次第で、子どもはこんなにも変わるのだと志ほみは思った。

新学期がはじまる少し前くらいから、不安定になっていたのが嘘のようだった。ちょっとのことで泣いていた。新しい先生がだれになるのか。新しい教室はどんなところか。そんなことばかり気にしていた。それも新しいクラスの様子がわかったら、すぐに落ち着いた。

「とてもいい先生だよ。友だちも仲よくしてくれる」

楽守は志ほみにほほ笑んだ。

最初の授業に、校長が参観した。楽守への対応について、何度かフォローがあった。それが引き継ぎといえば引き継ぎだった。担任も「これならいける」と手応えを感じていた。

担任は自分なりの考えを、少しずつ授業で試してみた。楽守はなにをどのように理解しているのか。どれくらい勉強ができるのか。授業についてこられるのか。ほかの生徒とうまくやっていけるのか。疑問はたくさんある。

算数では、百ます計算をやらせた。しっかりできている。となると、九九は大丈夫だ。もっと実力を試そうと、同じことを2回、繰り返させた。ちゃんとできたはずなのに、なぜもう一度やらなくてはいけないのか。楽守は意地悪されていると感じ、気持ちが苦しくなった。納得できず、軽いパニックになった。それでもぎりぎりのところで踏んばり、泣きもせずに最後までやりきった。この先生とならがんばれるとの思いが心の支えになっていた。

楽守は春休みから、セキセイインコを飼いはじめた。生まれて間もない雛《ひな》を、自分のお金で買った。「パーシー」と名づけ、かわいがった。楽守は自分の持ち物にも、周囲の生き物にも、なんにでも名前をつけている。楽守の目にはすべてに命が輝いて見えた。

「力、ふりしぼったね」

いつもは学校から帰ると鳥かごに直行する楽守が、百ます計算のことで志ほみに愚痴った。よほどつらかったらしい。勉強に遊びに、楽守はなんでも一生懸命、力を出し切る。子どものころからそんな性格は変わらない。加減を知らないのは、自閉症の特性でもある。がんばりすぎないで欲しいと志ほみは願っているが、ほどほどを言い聞かせるのはなによりむずかしい。それでもこれまでのように泣いてやめることなく、最後までできたのは前進である。

「私は教師として、生徒1人ひとりの力を信じています。楽守くんの可能性を、少しでも伸ばしていきましょう。そうすればきっとだれより個性的な、より豊かな生き方ができるはずです。楽守くんには生きる力があります」

家庭訪問のとき、担任の言った言葉を志ほみは思い出していた。先生を信じ、任せるしかない。志ほみは思った。

このころから、楽守はふらりと家出するようになった。百ます計算の日もそうだった。なにかを引きずったり、パニックになりそうなとき、そうやって頭を冷やした。家出とはいっても、黙って近くに出かけるだけで、遠くには行かない。気分転換しながら、楽守は親を試していた。

「家出してたよ。心配してたか?」

楽守がまたいないと思っていたところ、そう言って帰ってきた。いつものセリフだ。

「心配しとったに決まっとるやん!　お帰り〜」

志ほみはとぼけた声で言った。家出のたび、楽守は花を摘んで、花束にして志ほみに渡す。照れ隠しなのか、悪いことをしている自覚があるからなのかは、わからない。そんな楽守が志ほみにはいじらしかった。

楽守は学校であった出来事を、細かく報告するようにもなった。ほとんどいやなことばかりなのは気になるが、それでも大きな一歩である。ふと、過去のことを思い出し、言いはじめることもあった。よみがえった記憶が急につながるらしい。

「アリをつぶして、イジメてたんだよ。アリの巣を壊したんだ」

楽守がなにを言っているのか、志ほみは最初、飲み込めなかった。話をよくよく聞いているうち、1年生のとき、男の子に小石を投げ、怪我をさせてしまったときの話なのがわかった。家まで謝りに行っても、楽守は庭に咲くヒマワリをげらげら笑いながら折っていた。わが子ながらあまりに強烈な態度に、啞然とさせられたのを覚えている。どうして石を投げたのか合点がいかず、心にずうっと引っかかっていた。

「謝る必要なんか、ないんだよ」

どうやら楽守はアリの仕返しをしたらしい。イジメをやめさせるため、石を投げたのを、いまさら知った。人に石を当てるなんて、もちろん悪いことだ。しかし、どんなことであれ、訳もなくしているのではないのだと、志ほみは気づかされた。「問題行動」ばかりに目が行くが、なぜ投げたのか、1つひとつ理由を探るのが楽守をより理解することにつながる。

原因がはっきりしているときは、できるだけその場で解決した。どうしてパニックになったのか、わからなければ、それとなく聞き出した。ほんの些細なことでも引きずらせないほうがいい。

「ノート忘れて、暴れた」

帰って来るなり、楽守が言い出す日があった。表情は久しぶりに暗かった。忘れたのは社会と算数のノートだという。楽守が準備したランドセルを、志ほみはいつも確認し、忘れ物がないようにしている。忘れ物がパニックを引き起こすからだ。それでも忘れ物をしてしまう。学校で先生の言っていることを、楽守が聞き落としたり、理解できなかったりするからだ。時間割の変更があっても、それでは対応できない。

担任が機転を利かせ、自由帳を忘れたノートの代わりにした。その場はやり過ごせたものの、しっかり引きずっていた。ほかのもので代用したり、友だちに借りる自分に楽守は納得できなかった。なんでもきまじめに考え、パーフェクトをめざす、完璧主義者だった。自由帳に書けたことを志ほみはほめたが、楽守が自分を許す気持ちになれるまで、ずいぶん時間がかかっていた。許すのもまた成長のはずである。

「楽守くん、すごくがんばりました。ちがうノートを使うなんて、これまで受け持った自閉症の子どもには、できないことです」

担任は志ほみに連絡帳で伝えた。たしかにその通り、楽守はがんばった。いつもなら大泣きして、パニックになるところだ。それもこれも先生のおかげである。いい先生に恵まれてよかった。志ほみは幸せな出会いを噛みしめていた。

Ramo Shion's Room

いつも弟思いの楽守８歳(左)と、詞音５歳

飼い猫のコビとニワトリを
仲よくさせようとする楽守

楽守が古民家の近くで
つかまえたヘビと遊ぶ

自閉症と診断されたころの楽守５歳と、多動の詞音を見守る志ほみ

証言3

わが子のように感じる

福西一美（村に遊びに来たおじさん）

知り合ったとき、楽守くんは5歳くらいだったと思います。詞音くんも一緒にいましたが、障がいについてはじめはなにも気づきませんでした。私はタイル職人なのですけど、1人でいるほうが楽しいと感じる変わり者だから、そう感じるだけかもしれません。

楽守くんと詞音くんはいつも2人で遊んでいました。村には子どもがほとんどいないので、目にするのは大人ばかりだったと思います。そのなかで虫を追ったり、田んぼに入ったり、元気に走り回っていました。お母さんがいちばん暗い顔をしてはった。「そんな顔しとったらあかん。もっと元気に前向いて」と励ましたって、うちの奴がよう話してました。

兄弟でずいぶん印象がちがいました。詞音くんのほうが、自分の殻に閉じこもっているように感じました。家に遊びに行っても、まず出てくるのは楽守くんで、そのあと詞音くんが追っかけてきました。私のことはわかっていたとは思います。「やあ」と言えば、「こんにちは」と返してくれました。2人は子どもでも孫でもないけど、それに近い感じなんです。小さかったころのことを思い出すと、お父さんお母さんのがんばりももちろんあったけど、それ以上に子どもたちががんばったんだと思います。

第3章

混乱

confusion

バランス

詞音の成長は見るからに遅れていた。多動がひどく、〝手首をつかむ〟から、〝手をつなぐ〟になったのも、小学校に入ってからだ。ほどなく外出時に1人で男子トイレに行けるようにもなる。どこに行くかわからないので、それまでは志ほみが女子トイレに連れていっていた。それも多動のためである。しかし、大きくなるにつれ、そうもいかなくなってきた。詞音を見て、いやな顔をする人もいた。とくに同じくらいの年の女子がいると気まずくなる。どうしたらよいのか困っていたところ、「あ、大丈夫」という瞬間がふいに訪れた。

「ここで待ってて」

詞音に言い聞かせ、志ほみは1人でトイレに行った。そのあいだ、詞音を外で待たせた。絶対大丈夫という確信など、もちろんない。一か八《ばち》かの賭けである。どうなるか心配しながら、慌てて用をすませた。

「『あ、おった』と、思わず声が出たんよ。すごく、うれしかった」

家族で出かけるときは、章伸が子どもたちと男子トイレに行った。しかし、ちゃんと見ていなくてはいけないと思うあまり、章伸は一緒に用を足せなかった。いったん外に出て子どもを志ほみに預け、1人でまたトイレに行った。どうして一緒にできないのだろうか、志ほみはいぶかった。

「子どもたちにとって親は、いちばん身近な支援者やで。だから、一貫して同じ意見をもっていなくてはあかん。療育でもそう教わったんや。夫婦がぶれとったら、子どもは混乱しよる。私がダメと言ったら、『いやいや、それは』などと、章伸が口を挟んだらだめなんや」

志ほみは一事が万事だと考える。たかだかトイレで、なんでそんな大事《おおごと》になるのか、章伸にはわからず、反発を覚えた。それだから章伸はまだ、子どもたちの障がいをちゃんと理解していないのだと、志ほみは不満をつのらせる。実際、章伸は療育なんて、なんの役にも立たないと常々、疑問に思っていた。いつも家での様子を報告するだけで終わる。たったそれだけのことで、医者に振り回されるなんてばかげてる。

「子どもたちをとてもかわいがっとる。このあたりの感覚は、母親と父親のちがいかもしれへんな」

章伸は章伸で、志ほみは細かなことを気にしすぎると感じていた。よかれと思ってしていることさえ、否定されてむかついた。とはいえ、仕事に追われ、子どものことは志ほみに任せっきりなのもたしかである。仕事が認められれば認められるほど、指示される目標が高くなって苦しんだ。大きく膨らんだ風船をさらに膨らませるような日々に、身も心もぼろぼろだった。

家族は危ういバランスのなかで漂っていた。楽守は必死にそれを支えようとしているのか、なにかにつけて詞音を気にかけた。乱暴な詞音が学校で喧嘩でもするのではないか、心配だった。学校で弟を見かけなかった日は、とりわけ不安になる。

「詞音、今日、なにか、悪いことしたか?」

家に帰ってくるなり、志ほみに聞いた。悪さをすればするほど、先生には叱られ、友だちには嫌われ、クラスで浮いてしまう。居心地が悪くなる。居場所がなくなる。学校という社会の「先輩」として、楽守なりに弟を思いやっていた。

学校で大暴れし、問題を起こした日のことである。

「詞音、よい子になる薬を注射しよう」

楽守はそう言って、台所で「魔法の薬」を調合した。オレンジジュースにココア、抹茶、砂糖、塩を混ぜていた。そして、その「薬」をおもちゃの注射器に入れ、詞音の顔を押さえて飲ませたのである。よい子になりたいのか、詞音は〝診察〟にしたがった。

テストの点が悪かった日は、「お利口さんの薬」を飲ませようとした。詞音はいやがり、逃げ回った。「よい子の薬」がよほどまずかったらしい。仕方なく、楽守は自分で飲んだ。100点が取れなかったのを引きずっていた。

「ぼくがお利口になります」

おいしいはずのない薬を、詞音の前で涼しい顔をして飲んでみせた。仕事に疲れて朝起きられない章伸には、「目が覚める薬」を〝服用〟させた。章伸は「やっかいスープ」と名づけ、苦笑いした。

停電に楽守はひどいパニックを起こした。台風の夜、家が何時間も真っ暗になったのがきっかけだった。以来、雨が降りだしたら、停電を心配して泣いた。大声で泣きわめいた。天気予報をいつも気にし、「停電しないか?」と何度も聞いてきた。このまま世界が終わると思い込み、本気で怖れていた。「地球は滅びないか?」とまで言い出した。

授業中、大雨が降りはじめたときは、担任に不安をぶつけた。

「地球は滅びません」

先生はすかさず言い切った。楽守はホッとした表情を浮かべた。同じ質問を楽守はしつこくした。担任はそのたびに否定した。1日でいちばん多くの時間を過ごす先生のたった一言で、生徒は不安にもなり、安心もする。そんな担任の姿勢に、志ほみは「さすがこれまでの先生とはちがう」と信頼を強めた。その先生を楽守はどうしたわけか、試すようなことをした。

いつもは村に遊びに来る一美と利江子の住む町を、家族で訪ねたのは大雨の翌日だった。サンショウウオを観察できる水族館に、動物好きな楽守と詞音を誘ったのである。水槽にいるサンショウウオを見て、子どもたちは喜んでいた。その帰り道、渓谷沿いの道を歩いていると、

「いました」

そう言って楽守が指さす先に、天然のオオサンショウウオが横たわっていた。楽守の声につられ、周囲の人たちが集まってくる。

「すごいぞ。よく見つけたな」

一美は、楽守をやさしくほめた。

「はじめて来て見つける人なんて、まずおらんよ」

驚く地元の人もいた。それを聞き、楽守は気をよくしていた。しかし、駐車場まで引き返す途中、

「男にばかにされた」

楽守は一転、腹を立てて言った。なんでも擦れ違ったカップルが、楽守に悪口を言ったのだという。表情がひどくこわばっている。

このころから楽守は周囲の人の言葉に、過敏に反応するようになった。別に楽守の話をしているわけではないのに、自分のことを言われていると受け取った。いらつく楽守を見て、「反抗期なんやろか」と章伸は志ほみに声をかけた。

スーパーで買い物したときも、似たようなことが起きた。お菓子売り場で欲しいものを探していたら、小さな子に見られたと言って、1つ返してきたのである。

「大きなお兄ちゃんなのに格好悪い」

そんなふうに言われたと、楽守は悔しがった。

楽守が訴えてきたら、志ほみは内容を詳しく聞いた。しかし、空耳にしか思えない。

「楽守のことなんてだれも言ってへんから、気にせんでええよ」

人を気にするのは、まわりが見えてきた証《あかし》でもある。これまでは自分以外、ほとんど意識しなかったことからすれば、それはそれで成長なのだろう。しかし、なんでも悪いほうに受け取り、

解釈するのが志ほみには気がかりだった。

イジメ

5年生から授業内容が、ぐんとむずかしくなった。教科書の文字が小さくなり、覚えなくてはならないことが一気に増えた。

「つらかったねー」

「きついねー」

「耐えたねー」

5年生になった楽守の口癖である。わからなくて泣いた。できずに泣いた。これまではなんとか授業についていけたけれども、それができなくなっていた。

「泣くのはほかの子どもと交わっているからなんや。楽守が自分のずるいところに気づけたんも、みんなと一緒に過ごせたからやと思う」

志ほみはなんでもよいように解釈し、自分に言い聞かせた。

「今日、暴れた」

学校まで迎えにきた志ほみの顔を見るなり、楽守が言い出した。興奮して途切れ途切れになる、言葉の断片をつなぎあわせてみる。どうやら得意の漢字テストがまたできなかったらしい。それで友だちと喧嘩でもしたのだろうか。心配になる。

「給食のオレンジゼリー、イジメた」

友だちを叩いたわけではなかった。志ほみは胸をなでおろした。

「ぷるぷるさせたら、ゼリーの奴、ぐったりしてた」

ゼリーにやつあたりした楽守は、喧嘩にでも勝ったかのように言った。新学年以来、前向きになろうと抑えてきた感情が、楽守のなかでほころびはじめていた。

別の日は算数のテストができず、自己嫌悪に陥った。

「床に投げつけた鉛筆に謝った」

引きずっている様子はあまりなかったが、点数へのこだわりがぶり返していた。4年生のとき、点数が悪くても、一番になれなくても、自分で折り合いをつけられたのに、すっかり逆戻りした。

「楽守が一生懸命やったんなら、100点でも40点でも、いい点数だと、お母さんは思うで」

志ほみは楽守に言い聞かせた。しかし、楽守がどう受け止めているのか、不安を覚えた。楽守にとって世界は良いか悪いかのどちらかで、中間も普通もない。ほどほどの感覚を教えようにも、それが楽守にはなによりむずかしい。

「お母さんも40点、取ったことあるか?」

へこんでいる楽守が聞いてきた。

「あるよ、40点! でも、間違えたところを復習したで」

志ほみは見直しの大切さを教えるつもりでいた。楽守はにんまりして聞いていた。

「お父さん、40点、取ったことあるか？」

仕事から帰ってきた章伸にも、楽守は同じことを聞いた。

「0点を取ったこともある。お母さんには内緒やで」

耳をそばだてた志ほみは、章伸がまたいらんことを言っていると思った。

「楽守、がんばらないと、がんばれないはちがうで。無理したらあかん」

章伸は楽守を諭した。

「わかった、ありがとう。がんばる。おやすみなさい」

楽守はかしこまって言った。章伸の言わんとしていることを理解するのは、楽守にはいささかむずかしすぎる。

「章伸はいつも言葉が足らへん。もっと言葉を補わなければ、楽守には通じんのやで」

仕事で疲れていた章伸は、志ほみの小言を聞き流した。

楽守は文字から意味をとらえられなかった。9引く1が8なのに、なぜ9引く8が1になるのかが、わからない。まったくちがう数式が、楽守には同じに見える。

「ほら楽守、ここに10円玉が9枚あるやろ。1枚、とったら、残りは何枚や」

志ほみは机に10円玉を並べ、学校から帰った楽守の勉強を手伝った。

「8枚」

「じゃあ、9枚から8枚とったら？」

「1枚」
できないわけではない。これまでもきちんと解けていた。テストだってよく100点を取ってきた。だからわかっているものだと、だれもが思っている。それなのに、9－1と9－8が隣り合わせた途端、混乱がはじまる。せっかく覚えた九九もとっくに忘れていた。ただ覚えるだけでは、楽守の場合、身につかないのだ。

国語のプリントがとくに苦手だった。そもそも設問の意味がつかめない。だからいくら考えても、なにをどう答えればよいのか、さっぱりわからなかった。理解できていないので、機械的に答えを埋めるしかない。なにかにつまずき、考えだした途端、できなくなる。その乖離《かいり》が混乱を招く。

詞音は全体を理解できるが、楽守は部分しかとらえられなかった。そんな楽守が映画『トイ・ストーリー』を見て泣いたことがある。みんなで力を合わせて救いに行くストーリーに感動していた。志ほみは楽守にも全体がわかるようになったのかと喜んだが、それきりだった。考えることのキャパを越えたらパニックになり、なにもできなくなってしまう。いままでできていた問題さえ、わからなくなる。「考えてるね～」と口走りながら、頭のなかは真っ白だった。

毎日、志ほみが勉強を見られればよいのだが、楽守がいつも受け入れるとは限らない。調子がよければ自分から志ほみの前でノートを広げるが、頭のなかがパンパンなときはひどく不機嫌だった。家に帰ってまで、勉強するのがきついらしい。

家の近所にクラスの友だちが1人、住んでいた。女の子ということもあって、普段、一緒に遊ぶことはなかった。それでも忘れ物がないように声をかけてきたり、気にはしてくれた。学校での様子も、ときどき志ほみに知らせた。

「家で勉強、どうしとる？　予習復習は？」

友だちと村ですれちがったとき、志ほみは何気なく聞いた。友だちのやり方を知り、「こうするんだ」と楽守が自分で納得すれば、親が言うより効果はある。

「そんなもん、せんでもええし、してもええし」

友だちはいつになくつれなく言い、走り去った。そんなこと、これまでなかったので、志ほみは面食らった。やりとりを横で聞いていた楽守は、険しい顔をしている。

勉強がたいへんなのは、なにも楽守だけではない。だれもが自分のことで精一杯だった。しっかり勉強しないと、落ちこぼれてしまう。塾に行く子もたくさんいた。できる子は中学受験を考えはじめる。楽守にかまっている余裕を、みんな失っていた。

「お互いに助け合いましょう」

担任は楽守のことで、子どもに呼びかけた。しかし、その言葉にある矛盾を、子どもたちは見逃さない。そこに大人のずるさを嗅ぎ取った。

「楽守を助けるというけど、先生はいったいなにをしているんだ？」

子どもは先生に疑いのまなざしを向ける。それにお互いとはいっても、面倒を見る子はいつも面倒を見て、面倒を見られる子はいつも見てもらうばかり。しわ寄せは必ず片方に寄る。それでは不公平だ。入学したときからずっと一緒で、言われなくても楽守をかばっていた人間関係のバランスが、5年生になって一気に崩れた。

いつしか楽守は教室で孤立していた。これまで密に関わってきたクラスメイトとのあいだに微妙な距離が生まれ、関わりが淡泊になった。やがてはっきりした無視や、遊びと称するイジメに変わる。イジメは巧妙で、大人の目の届かないところでおこなわれた。

高学年がイジメるのを見て、低学年も真似する。汚い言葉を浴びせては、からかった。抑制が効かない分、低学年のほうが単純だが、残酷で、しつこい。

「兄弟そろってみんなとちがう」

笑い物にする矛先は楽守に向かった。おとなしい楽守は、まず手を出さない。そこにつけいれられた。これまでやさしく接してくれた女の子も、急に冷たくなった。

「楽守くんの世話なんてしたくない」

本人の前で言い出す子もいた。楽守は唾をかけては、イジメに抵抗した。それで防御しているつもりでいた。楽守にとって唾はこの世でもっとも汚いものだった。口に溜まった唾液を飲み込めず、ティッシュに包むほどである。汚い唾こそ、いちばんの武器だと楽守は信じていた。しかし、みんなの前でそんなことをするから、ますます疎まれ、イジメられる。悪循環だった。

もちろんみながみな、イジメるわけではない。男の子にからかわれて泣いているときは、女の子が助けてくれた。家に帰ってからその場面を急に思い出した楽守は、志ほみに訴えてきた。

「だれやったん、助けてくれたの。名前は?」

「あやかちゃんと、かりんちゃんだよ」

楽守は即答した。イジメられたつらい記憶の裏で、助けてくれる友だちのことは覚えている。志ほみはそれがうれしかった。

イジメが広がっていることに、学校も気づいていた。イジメをなくそうと、授業内容を変え、担任は生徒に言い聞かせた。楽守をイジメた子に、なぜそうしたのか、考えや思いを尋ねた。それから楽守に謝らせ、許しを乞うた。次の休み時間、楽守はイジメっ子と追いかけっこをして遊んだ。けろっとしたものである。それでいて、授業中、手を上げて答えようとする楽守を、担任はあからさまに無視した。

「せっかく手を上げているんやから、楽守くんを指せばええのに」

そう言って楽守をかばう女の子もいるにはいた。つらい日々を過ごす楽守は不安定になり、ますます神経質になっていった。ちょっとした擦り傷でも、「ばい菌、入っていないか?」「朝起きたら、死んでないか?」と震えながら志ほみに尋ねた。「気にしないよ~」と志ほみに声をかけられるたび、「楽しいことだけ考える」と楽守は自分に言い聞かせ、気持ちを切り替えようとしていた。

オウム返し

楽守が混乱のさなかにいるとき、詞音は2年生の教室で勉強していた。言葉でうまく伝えられない詞音は、人を叩いて意思表示した。それにいたずら心が加わる。クラスでデコパッチンが流行ると、詞音は率先してやった。低学年のよくやる悪ふざけだ。相手が痛がるのがおもしろいし、工夫次第で痛みが増す。痛みに耐えるのが、我慢比べになっていて、互いにやりあった。

「詞音のは痛いからいやだ！　やめて！」

調子にのった詞音は人より多く、デコパッチンをやろうとする。そればかりではない。洗濯ばさみで腕の肉を挟むなど、次から次にいたずらを思いついては、実行に移した。

暴力と受け取られかねないのを懸念した志ほみは、デコパッチンをやめさせるにはどうしたらよいか、担任に相談した。

「ハイタッチはどうでしょう」

先生は具体的な提案をした。デコパッチンをかまってほしい合図だと考えたのである。なるほどと志ほみは思った。そうであれば、ハイタッチに置き換えるだけで、自ずとデコパッチンをしなくなる。

「先生がハイタッチをして見本を示し、みんなを誘導してください。そのうち楽しくなってくるのではないでしょうか」

志ほみの提案に、担任も納得した。

特別支援学級では1人の先生が、楽守も詞音も見ていた。生徒は兄弟2人で、遅れがちな国語と算数を学ぶ。

「兄弟だから、よく似ていますが、ずいぶんちがうところもありますね」

先生は2人を教えてきた実感を、志ほみに伝えた。たとえば積み木で遊ぶとき、詞音は見本通りにきちんと並べる。一方、楽守は自分で考えながら、好きに並べた。行動が正反対だった。

ある日のこと、詞音の授業中、楽守が特別支援学級の教室にふらりとやってきた。普段は時間割の関係で、兄弟2人が同じ教室にいることはまずない。

「5年生のクラスでなにかあったかな」

先生は心配した。

「先生、ちょっといいですか。自習時間なので、いさせてください」

楽守は先生に事情を説明した。ランドセルから下敷きを出そうとして、なにかの拍子に下敷きが折れてしまった。それで一気にテンションが下がり、楽守は暗く落ち込んだ。それからずっと引きずり、ぶつぶつ独り言をしていた。

「まったく！」

「もぉ！」

「お母さん、グリグリ！」

頭の左右をげんこつで締め上げる、アニメの叱られる場面を思い浮かべた楽守が泣きだした。志ほみはそんなことをしたことないのに、楽守の意識にアニメが侵入していた。引きずりながら、気持ちの整理をするのが常だった。なにも手がつけられない楽守を尻目に、詞音は淡々とプリントをこなしていた。1年生のときは授業中でも、よく教室の外に出てしまった。集中をなくしたり、いやになると、ぷいと席を立ち、どこへともなく消えたのである。2年生になってだいぶ落ち着き、集中力は楽守より幼い詞音のほうがある。

「授業です。中へ入ります」

席を立とうとしたり、外に出ようと扉まで行ったら、先生はすかさず声をかけた。それだけで席に戻った。

特別支援教室の先生は、教室の隣にある読書室から詞音が気に入りそうな絵本を選んで、読み聞かせをしていた。いつしか読書に楽しみを見つけた詞音は、絵本を家に持ち帰っては、飽きずに読んだ。いちばんのお気に入りは『10わのインコどこいった!』（クェンティン・ブレイク）で、インコを探し、数えながら、楽しそうに繰り返し読んでいる。絵柄は大人っぽいが、子どもの心をとらえるなにかがあるのだろう。

家にもたくさんの絵本がある。志ほみが楽守と詞音に読ませようと買ってきたものだ。すでに100冊くらいは集めていた。しかし、詞音はまったく見向きもしない。志ほみの好きな作家の作品や、気に入った絵本が詞音には合わないようなのである。名作といわれる絵本だからといって、喜ぶとは限らない。

読書を通じ、言葉をたくさん覚えているはずだった。しかし、大きなつまずきがあるのに先生は気づいた。

「名前はなんですか」

先生が聞くと、

「垣内詞音です」

ちゃんと答えられる。しかし、言い方を変えるとおかしくなるのだ。

「名前を教えてください」

と尋ねても、

「名前を教えてください」

そう言って、同じ言葉をただオウム返しする。詞音は言葉の意味を理解して話しているのではなく、反射的に答えていた。

指摘を受け、志ほみはさっそく家で試した。なるほど言われてみればオウム返しばかりしている。楽守はきちんと答えられるので、兄を手本に、なんとか自分の名前を言えるようになった。

しかし、時間をおくとすぐ元に戻ってしまう。応用も利かない。

「お兄ちゃんの名前は？」

試しに聞いてみた。

「お兄ちゃんの名前は？」

同じようにオウム返しする。指摘されるまで志ほみも気づいていなかった。気になって学校の名前や、自分の学年を聞いても、やはりわかっていない。頭に入っているとばかり思っていたので、志ほみは慌てた。

何度も繰り返しているうち、「教えてください」という言い回しを覚えた。「名前を教えてください」と聞くと、オウム返しはせず、「教えてください」と答えたのである。一瞬わかっているのかと思ったが、略しただけで、オウム返しに変わりはない。しかし、不思議なことに、同じ質問をプリントに書くと、自分の名前も学校名も、まちがえずにきちんと答えられる。

詞音にとって言葉は話すものではなく、読んだり書いたりするものとして、発達していた。口でうまく説明できないので、人に頼み、なにかをしてもらうのが苦手だった。なんでも自分でやろうとするのは、そのせいもあるだろう。

歌を歌うときは、「ウーウー」と低い声を大きく出した。日本語の歌も英語の歌も同じだった。歌いたい気持ちは強く、曲に合わせ、抑揚もつけている。詞音には、歌が「ウーウー」と聞こえているのかもしれない。

「ウーウー」

詞音に合わせ、志ほみも歌ってみた。

「お母さん、歌へた」

そんなことを言いたげな顔をした。

同じ自閉症でも詞音のほうが症状が重く、たいへんなのだが、なんでも引きずり、問題が深刻になりがちな楽守に比べ、さっぱりしていた。そのちがいに、志ほみはいつも戸惑わされる。

自閉症の勉強のため、志ほみは地域の自閉症協会に入り、支部のブロック会に参加した。会は毎月、催され、親子で参加するイベントもある。自閉症児を育てる先輩から得ることが多く、積極的に顔を出した。同じ悩みをもつ親と触れ合い、世界が広がるのを感じた。

「人に接するのは、経験として子どものプラスになると、前向きに考えたらいい」

支部長にアドバイスされた言葉の意味を、志ほみは何度も考えた。いろんな友だちと関われる地域の学校は、たしかに楽守にとってプラスだった。しかしいま、逆に人との関わりのせいで、不安定になっている。この先どうしたらいいのか、志ほみはわからなかった。

震える君に

5年生になって3カ月が過ぎたころ、楽守はものにあたりちらすようになった。教室の壁を叩き、ゴミ箱を蹴っ飛ばした。そんなこと、これまでしたことなかった。いつもはカラフルな絵を描くのに、真っ黒な絵ばかりになった。その絵を見て、志ほみは涙が止まらなかった。新学期当初の期待とは逆の方向に、楽守は引っ張られていた。

それでも楽守は家で穏やかに過ごしている。だから、まだいける、まだいけると感じた。学校で荒れても、家では頭を切り換えていた。

夏休みがはじまる前、学校で懇談会があった。先生と会うのはずいぶん久しぶりだ。

「楽守、どうですか。どうなってますか？」

志ほみは祈る気持ちだった。

「様子を見ていました」

担任の言葉に拍子抜けした。

「授業についていけていないようです。みんなと同じことができないので、楽守向けの課題で対応していただけませんか」

特別支援教室より、みんなと一緒に学ばせたい。先生にはそんな信念があったはずだ。

「そうですね」

返事はそれだけだった。はじめて家庭訪問にきたときの熱意は感じられなかった。

「学校に行きたくない信号を出す前に、なんとかしたいんです」

「そうですね」

「楽守の顔が苦しくなってからでは遅いです」

「そうですね」

これではまずいと思いながらも、夏休みのあいだ、家で過ごせば楽守も落ち着くかもしれない。

そう思った志ほみは、それ以上、なにも言えずに懇談を終えた。

「様子を見ましょう」

先生は帰り際、同じ言葉を繰り返した。もしかしたらこの先生は信頼できないのかもしれない。志ほみはこれまで思ってもいなかった疑念に駆られた。

「放っておかれたんや」

志ほみは事態を察した。

夏休みがはじまり、楽守は家のまわりの林でカブトムシをつかまえたり、チョウを追って過ごした。学校のことをすっかり忘れ、楽しそうにしている。

「楽守の笑い顔、久しぶりやな」

志ほみは章伸に問いかけた。

「そんなことない。楽守は子どものころからずっと笑っとるやないか」

章伸は志ほみに思い直させた。

夏休みいちばんのイベントは、野外センターでひらかれる障がい者向けのキャンプだった。家族ではじめて参加してみた。行動は親子別々で、寝るところもちがう。ボランティアの大学生が子どもの面倒を見、親は食事の準備などをする。その間、志ほみは楽守が泣いているのではないか、詞音が暴れているのではないか、気が気でなかった。

案の定、詞音が棒きれを振り回し、ほかの子のボールに突き刺して穴を開けていた。いつもなら、「すみません、すみません」と謝って回るところだ。ボールも弁償しなくてはならない。しかし、「こんなことがあった」と、運営スタッフからの事後報告を聞いて終わった。すでにすべてが解決していた。志ほみがとがめられることはなく、しつけが悪いと言われることもない。

「『謝っておいた』と言うんやで。私が出る幕はどこにもなかった。子どもたちが生まれてから、謝ってばかりやったんで、『ああ、こんな人もおるんや』とびっくりした。さんざん打ちのめされてきた私にしてみたら、ほんとうにすごいことやった」

教師の無責任さに直面していた志ほみは、心が軽くなる気がした。

次の学期がはじまった。夏休みの笑顔が嘘のように、楽守はどんどん、どんどん表情を失い、いつしかまったく笑わなくなっていた。人として、壊れてしまったように、章伸と志ほみには見えた。

「どうしたらええんやろ？」

夫婦は顔を見合わせれば泣き、楽守の寝顔を見れば泣いた。

小児心療センターの医師は「問題行動があれば、すぐ解決しなくてはいけない」と言っていた。

「そや、直接クラスの子どもたちに話してみよか。1年生のときからずっと一緒なんやから、きっとわかってくれるで」

章伸の提案を志ほみは受け入れた。担任と話しても埒《らち》があかない。「様子を見ましょう」と、また逃げられるのが落ちである。時間をつくってもらい、学校に出かけた。

教室に入ってびっくりした。

「この子ら、こんなんやったかな」

入学したときから知っている分、教室のすれた雰囲気に志ほみは驚いた。

「生徒の前で自閉症という言葉は出さないでください」

あらかじめ担任に注意されていた。教頭からも同じことを言われた。

「いえ、きちんと伝えたいので、出します」

章伸と志ほみは声をそろえた。自閉症のことを説明するのに、自閉症と言えないのであれば、なにをどうすればいいのだろう。

「楽守くんが自閉症であるのをみんなが知ったら、またちがう偏見が出てきます。障がいという言葉も、絶対、口にしないでください」

担任の態度はあくまで強硬だった。さらに教頭が畳みかけてくる。なんでそんなことを言うのか、章伸も志ほみも訳がわからなかった。自閉症や障がいという言葉を使わず、楽守のことを正しく伝えられるのか、首をかしげながら、子どもたちの前で話をはじめた。鍵となる2つの言葉を封じられ、しどろもどろになっている。なにを話しているのか、自分でもわからないまま、時間ばかりが過ぎていった。子どもからなんの反応も返ってこないのも無理はない。

最後に担任が締めの言葉を言った。

「要はね、隣の子を大事にせえってことなんだ」

大きな声で、得意げにまとめた。

「ええっ、ちゃうやろ」

章伸と志ほみは声にならない声で叫んでいた。膝の力がみるみる抜けていく。話が終わるのを待っていた生徒は、なにごともなかったように、体育の準備をはじめた。

「子どもたちならわかってもらえると思ったんやけど、無駄やった」

章伸は志ほみに呟いた。体操着に着替えた楽守が、窓から見えた。

「体育、見学して、帰ろか」

モヤモヤした気持ちで、志ほみは章伸に言った。そのとき、体育館から楽守が飛び出し、走っていくのが見えた。

「楽守、どうしたんやろ」

おかしいと思い、２人で楽守を探した。しかし、学校中を回っても、どこにもいない。ふと、トイレの小窓が開いているところを見つけた。外から覗くと、楽守が肩を抱え、ぶるぶる震えて泣いている。

「楽守、どうした！」

章伸は大きな声で呼びかけたが、楽守は顔をあげなかった。。子どもたちも何人か、授業を抜け出し、集まってきた。親の話を聞いたばかりで、気になったのだろう。心配して、誘いに来てくれたらしい。しかし、友だちの声にも、章伸と志ほみの声にも反応せず、楽守は震えていた。

「楽守くん、ルールがわからないから、体育、できないんです」

1人の子どもが言った。いつもこうなのかと章伸が聞くと、うなずいた。章伸は腹の底から怒りがこみ上げてきた。担任は障がいに理解があるふりをしていただけで、なにもわかっていなかったのだ。本性を見抜けなかった自分が情けなかった。

そのまま楽守を家に連れて帰ろうとしたら担任が現れた。

「次は理科だから教室に行こう」

そう言って、なにごともなかったように、楽守の手を引っ張った。「大丈夫か」の一言もない。夫婦はその場に立ち尽くし、楽守のうしろ姿を見送った。

らも

笑うそばから　ほら　泣く毎日
すぐに何でも困ってしまう　キミが寝てる
日に日にキミの歩ける道が　狭くなってる事は
言われないでも　分かる
どうしたら　震えてるキミを　助けられる

キミは　いつも僕に問いかけるけれど
その答えが　いつもあやふやになったまま
キミのこだわりに　早く　フタをしてしまう
生き急ぎ　つまづき何も感じないまま
そういう事しか　出来ない毎日

一日を早くこなそうとするだけのキミを見てたら
生まれて「よかったのか？」と思う
キミが生まれた時　心の底から湧き上がった喜びは
どこへ　逃げたのだろう
どうしたら　おびえてるキミを楽に出来る

みかんの皮をむくように　簡単に剥がれて
楽になれるといいね
キミといると　いつも落としてくれてた
キラリと光る魔法も　役に立たないみたい

夢の中には普通のキミがいて
「長く恐いトンネルだったよ」って
僕に笑いかけて　消えてった
目が覚めたら　朝から雨が降ってた

どうしたら　震えてるキミを助けられる

アサギマダラ

章伸と志ほみは、楽守にすまないことをしたと悔いていた。真っ青になって表情を失い、笑いもしなくなってまで、「もうだめだ」と信号を発してきたのに、「まだ大丈夫」「もうちょっといける」と思い込んでいた。様子がおかしいのに気づいても、学校に行かせてしまった。きちっとした性格の楽守は学校を休むのはよくないと考え、無理をしてまで行ったのである。気づくと楽守は、人としてすっかり壊れかけていた。

明くる日、学校を休ませた。

「楽守、神島に行こうか」

伊勢湾に浮かぶ島に、楽守は幼いころから遊びに来ていた。三島由紀夫の小説『潮騒』の舞台で知られる神島は、楽守がいちばん好きな場所だった。海あり山ありの豊かな自然に惹かれていた。

鳥羽から乗った船が島に着くと、アサギマダラという大きなチョウがたくさん舞っていた。越冬で南の島に大移動するこのチョウは、ほんの一時期、神島を訪れる。

「すごいな。アサギマダラは台湾のほうまで飛んでいくんやで」

章伸は華麗な出迎えに目を見開いた。

「すごいな」

小さな声で楽守はオウム返しした。チョウがすごいと思っているのか、遠くまで移動するのがすごいと思っているのか、章伸は楽守の胸の内を考えてみた。チョウを見た楽守はうれしそうな顔をしていたが、すぐまた表情が消えた。学校のことを思い出したのだろう。

港から民家の密集する路地に、坂道や階段がつづく。先を歩く楽守を、章伸が追った。なにか話さなくてはと思いながら、章伸は黙々と歩いた。なにをどう切り出せばよいのか、言葉が見つからない。登り切ったところにある神社から、島を取り巻く海原《うなばら》が一望できる。息を切らし上ってくる章伸を、楽守は涼しい顔で待っていた。

「足が強いな。おれはもうあかんわ」

章伸が弱音を吐くと、楽守はわずかに表情を緩めた。神社から1時間あまりの遊歩道がつづく。途中、灯台や監的哨《かんてきしょう》跡、カルスト地形などの見所があり、何度きても飽きない。崖っぷちにつづく道を、章伸は楽守に遅れて歩いていた。楽守は一度でも訪れた場所を、細かなところまで驚くほど覚えている。それで先に行かせても安心だと思い、好きにさせていた。遊歩道にもアサギマダラがたくさん飛んでいる。

突然、楽守が走り出した。

「チョウを追いかけているんやな」

章伸は思った。チョウの羽を手で真似ている。楽しそうに見えた。それにしては、ちょっと様子がおかしい。止まりそうにない。この先は見晴らしのよい、断崖絶壁だ。これはまずい。章伸は慌てて追いかけた。

楽守の出産に立ち会ったときの喜びを思い出していた。運動会で最後まで走ったときの、晴れやかな顔を思い出していた。志ほみの笑顔が思い浮かんだ。詞音のしかめっ面がよぎった。記憶がぐるぐる回り、足が絡まり、身体が前に進まない。気持ちばかりが焦る。

崖のぎりぎりのところで楽守がためらった。その一瞬、ぐいと伸ばした章伸の手が追いつき、楽守を力一杯、引き寄せた。

「なんで、こんなことするんやっ！」

章伸はへたりこんで、楽守に問いかけた。内臓の奥から出てきた、声にならない声を吐き出した。足下にはお地蔵さんが並んでいた。

「お地蔵さんに、すいませんって、謝れ！」

楽守は放心し、しばらくなにも答えなかった。激しい動悸だけが、2人の耳の底で鳴っている。

「死んだら、学校に行かんでもええか？」

楽守がぼそりと聞いた。

「ぼくが死んだら、お父さん、お母さん、楽になる」

楽守がはっきりと言った。そこまで追い詰めてしまっていたことに、章伸は愕然とした。

しかし、章伸は全部が全部、先生が悪いわけではないと考えていた。子どもたちのことをしっかり見ているつもりでいたが、ただ傍観しているだけで、寄り添えていなかったのに気づいたのである。

「学校にはもう行かんでええ。おれがそばにおる」

章伸は楽守を抱きしめた。

学校に対する疑心を晴らすため、章伸は教育委員会に事情を聞きに出向いた。教師や学校を指導する機関だと思っていたからである。しかし、丁寧にいきさつを説明しても、適当に相づちを打つだけで、なにも聞いてはいなかった。とても身のある話し合いにはならない。

「先生を守ってばかりおるんや。前から噂には聞いていたけど、いざ自分で出かけてみると、その通りやったわ。ほんとうにひどいところやで」

章伸は腹を立てて、志ほみに電話した。教育相談所も、頼りにならなかった。すがろうと思えば思うほど、肩すかしを食らった。学校の問題を解決しようにも、窓口がどこにもないことに、章伸はほどなく気づく。

「教育にまつわる仕組みそのものがおかしいんや」

なんとかしようと駆けずり回って、章伸はつくづく思い知った。そんななか、楽守をかわいがってくれた特別支援学級の先生から、しきりに電話がかかってきた。教育委員会や教育相談所から通報が行ったのだろうと勘ぐった。

「なんで急に学校へ来なくなったのですか」

「楽守くんに、専用のプログラムをつくりました。明日から戻ってきてください」

「お友だちがみんな待ってます」

どうして楽守が学校に行けないのか、いちばんわかっているはずの担任からは、なんの連絡もなかった。

「行かせたら、どないなるんですか」

章伸は静かに問いかけた。特別支援学級の先生はそれでもめげず、少しでも支援学級で勉強しないか提案してきた。

それで午前中の1時間目と2時間目、しばらく支援学級にだけ顔を出すことになった。ほかの教師や生徒とは顔を合わせないよう、細心の注意を払ってくれた。

自分で教えるといった担任がその先生の梯子を外したのに、結局、担任はなにもしてこなかった。学校には先生がほかにもたくさんいるのに、支援学級の先生だけがトイレにも行けないくらい、右往左往してきた。考えてみれば、先生も楽守と同じ被害者なのかもしれない。なんでもいちばん弱い立場の人間にしわ寄せがくるのが社会なのだ。

結局、親しかいない。章伸は覚悟を迫られていた。志ほみも気持ちは同じだった。学校への不信感がぬぐえないばかりか、ますますつのっていく。

「子どもに寄り添っておらんとあかんのや。寄り添うとは、べたべたすることやない。気にかけながら、じっと待つことなんやで。待つにも勇気がいるし、根気がいる。でも、手をさしのべてしまったら、子どもの成長はそこで止まる。それではなんの解決にもならへん」

楽守が壊れかけてはじめて、章伸は障がいと本気で向き合っていた。これ以上、地域の学校には預けられないと思った。

「もう辞めます」

章伸が担任と校長に伝えた。以来、学校から連絡が来ることは二度となかった。思いを新たにした章伸は、転校先を探しに、楽守と一緒にいろんな学校を見学して回った。しかし、楽守はどの学校に行っても、門のところで足をすくませ、中に入れない。「学校」という字に、拒否反応を示していた。不登校児のための学校も見学してみたが、結果は同じである。

「この笑顔を取り戻すんや」

章伸は楽守が大笑いするプリクラを携帯電話に張り、心に誓った。

「役に立ったか？」

切羽詰まった気持ちで、章伸と志ほみは楽守を小児心療センターに連れて行った。

「生まれつきの障がいである自閉症に、新たな障がいが加わることで、問題はより深刻で、複雑なものになります。学校は家庭に並び、二次障がいを引き起こしやすい場所です」

医師は説明した。二次障がいは自閉症でもっとも避けるべき事態だと言う。そこで毎週、療育に通うよう、勧められた。

「よろしくお願いします」

表情を失った楽守の横で、夫婦は深々と頭を下げた。学校になにかを期待したのが、そもそものまちがいだったと、章伸はほぞを噛んだ。

「学校が心を病むほど、苦しいところであってはあかん。社会への入り口として、勉強ばかりではなく、集団生活を学んだり、友だち関係を築いたりする、大切な場所のはずや。でも、実際はどうなんやろう。先生としてふさわしい人物がもっとおってくれればええんやけど、決してそんなことはあらへん。多くの親が、今年はアタリだとか、ハズレだとか言っては、一喜一憂しとるんや」

「学校になんて、もう二度と行かんでええ」と思いつつ、「そうもいかへん」と考え直した。楽守はまだ小学校5年生。義務教育中だ。心の叫びが、歌となって沸き起こっては消えていった。

仕事の途中、なにか意見の聞けそうな施設を見つけるたび、立ち寄った。ヒントが欲しかった。答えが欲しかった。話を聞いて欲しかった。飛び込み営業ならお手のものである。別に空振りでもかまわない。そんなこと、営業ではよくあることだ。

冬の寒い日のこと、以前、住んでいた藤原町で得意先を回っていた。楽守が３歳になったとき、転勤で引っ越した、懐かしい町である。志ほみが育児ノイローゼ気味で、夫婦関係がぎくしゃくした時期だった。

「あれからいろいろあったなあ」

過ぎ去った日々を思い出しながら、章伸は赤い営業車のハンドルを握った。車窓に「くれよんサークル」という看板が見えた。名前から障がいに関係しているところにちがいないと推測し、吸い寄せられていった。

「カギを閉めようとしていたころ、飛び込んでみえました。真っ暗になっても、話は尽きませんでした。私は話を聞かせていただくだけでした。おもしろい話も出ましたが、せっぱつまった話も聞かせていただきました。話し終わって外に出たら、寒空に満天の星が輝いていました」

地域に住む障がい者とその家族を支援するため、１９９９年につくられたＮＰＯだった。章伸の話し相手になった梅山さんは、長年、保母として働いていたことで手伝いはじめた。それからというもの、仕事を終えた章伸はときどき立ち寄り、梅山さんに話を聞いてもらった。トイレで楽守が震えていた話も、兄弟が２人とも自閉症であることも、志ほみが子育てに迷ってきたことも、なにもかも打ち明けた。梅山さんは章伸を包み込むように、穏やかに頷いた。

「私は保育園で障がい児を担当してきました。ですから障がいをもつお子さんがどうなのか、よく知っています。しかし、生まれてきた子どもに障がいがある場合、たいていの親ははじめて身近で接することになります。ですから、びっくりなさったでしょうね。切実だったと思います」

と、梅山さんは夫婦を思いやる。章伸にしても、障がいのことを知らないわけではなかった。町を歩けば車椅子の人を見かける。ダウン症の子どもを見かけたこともある。しかし、いつも遠巻きにしていた。いつも他人事だった。自分の子どもが身近にいる、はじめての障がい者だった。

しかも2人の子どもがともに、障がい者である。

NPOでは毎月、余暇を利用して集まっては活動していた。みな章伸と同じように障がい児の親なので、なにか糸口がつかめるかもしれない。張り詰めた気持ちが和らぐかもしれない。そう思った梅山さんは、

「今度のクリスマス会で、ギターを弾いてくれませんか」

せめて楽しいひとときが過ごせればとの気持ちから、章伸を誘った。

学校での事件から鬱々とした日々を過ごしていた家族に、クリスマス会という言葉はとても魅力的に響いた。暖かな灯《ともしび》を感じさせた。楽守はまだ学校をやめてはいないが、もう行ってはいなかった。相変わらず人を避け、青い顔をして言葉にならない言葉を呟いてばかりいる。

クリスマス会の会場に、家族そろって出かけた。しかし、人を怖れる楽守はクルマに隠れ、出

てこない。なだめすかしても無理だった。

「行かない」

そう言ったきり、後部座席にうずくまった。景色がよく見える助手席にはいつも詞音が座る。楽守もほんとうは座りたいのだが、我慢していた。その代わり、詞音が乗らないときは、大いばりで助手席に飛び込む。

パーティーはぼちぼちはじまっていた。クリスマスの飾りつけがきれいで、楽守も来ればいいのにと志ほみは思った。梅山さんは会場内を細やかに動き回り、世話を焼いていた。章伸に気づくと駆け寄って、みんなに紹介した。

「今日、ミニコンサートをひらいてくれます。山のなかで、家族一緒に暮らしています。茅葺《かやぶ》き屋根の家だそうです。楽守くんと詞音くんのお父さんです」

拍手がわき起こった。詞音はまんざらでもない顔をして、テーブルに並ぶご馳走に目をやった。好物の鶏の唐揚げを手で1つつまもうとして、志ほみに叱られた。

さっそく章伸は準備をはじめた。マイクスタンドを立て、アンプをセットし、ケーブルをつなぎ、譜面台をおく。ギターをチューニングする。

「ギターを弾くだけかと思ったら、たいへんなんですね。すみません、よろしくお願いいたします」

章伸に声をかけた梅山さんは、そのまま外に出た。気づく者も、気にする者も、会場にはいなかった。梅山さんは章伸がいつも乗っている赤いクルマを見つけ、ドアを開けた。

「楽守くん、ちょっとこっちに来て」

梅山さんはやさしく、しかし強引に、楽守を誘った。知らないおばさんを見て、楽守ははじめ渋った。しかし、さすがベテランの保育士、心を閉ざす楽守を見る見るうちに会場内へと引っ張り出した。そして、章伸に目配せした。

「これ、叩いてくれへんか？」

章伸は楽守の手を取ってステージにあげ、アフリカの太鼓ジャンベを渡した。楽守は無表情に太鼓を抱えたまま、ぼおっと立っていた。集まった60人ほどの人たちが、そろそろなにかはじまりそうだと感じ、ステージの回りに集まってくる。楽守は目を伏せ、人を見ないようにしていた。

「やろか」

楽守に声をかけた章伸は、ジングルベルを陽気に、調子よくギターで弾き出した。楽守もリズムにつられ、ジャンベを叩いた。ニコニコした梅山さんが大きな声で歌いはじめると、集まった子どもたちも一緒になって歌ったり、踊ったり、身体を動かしたりした。ヘッドギアをした男性が、手で大きく振って指揮をした。会場はお祭り騒ぎである。

曲が終わると、会場から拍手がわき起こり、歓声が上がった。みんな満足げだった。そして、色とりどりの花を集めた大きな花束を、梅山さんは楽守に渡した。花束なんてもらったことのない楽守はびっくりして目を丸くした。うつろな目に光が満ちてきた。そして、章伸の耳元で、

「役に立ったか？」

と呟き、はにかんだ。それを見て、「もとの楽守に近いな」と章伸は感じた。演奏はむちゃくちゃだったが、未来が見えてきた。

〝不安定ユニットらも〟

楽守がぶっきらぼうに言った「役に立ったか」という言葉が、章伸の心をえぐっていた。

「バーカ」

「役立たず」

さんざん学校でイジメられ、自信を失った楽守らしい言葉だと、章伸は受け止めた。子どもは残酷だ。存在さえ否定してしまう。

「今日のような体験を何回かすれば、きっと楽守はよくなると思います。梅山さんのおかげで、確信できました」

章伸は梅山さんに礼を言った。志ほみも頭を下げた。傍らで楽守が目を泳がせている。

「とにかく前に進みましょう。親は子どものため、弱いままではいけません。ご夫婦なら障がいをもった子たちを、立派に育てていけます。1本の糸は弱いけど、2本の糸を撚《よ》れば強くなります」

梅山さんは笑みを浮かべた。障がい児をもつ親のサークルに、悩みを抱える章伸をつなげようとしただけで、なにか意図があってしたライブではなかった。しかし、この日をきっかけに、親子バンドが生まれる。

「楽守はいつも不安定で、調子がええときも悪いときもあるやん。その両方を見て欲しいからバンドではなく、不安定ユニット。うん、バンド名は〝不安定ユニットらも〟にしたら、ええんちゃうか」

章伸は軽いノリで言った。

「なんや、その不安定って。ギャグか？　子どもを笑い物にせんといて」

志ほみはいやな顔をしてみせた。

「いいじゃないですか、不安定ユニット。〝不安定ユニットらも〟、応援しますよ」

梅山さんの笑顔に夫婦はつられ、みんなで顔を見合わせて笑った。

ステージに楽守と2人で立つことで、章伸は子どもたちの障がいをはじめて客観的に見ていた。だからこそ、「不安定」なんて自虐的な言葉が思い浮かんだのかもしれない。章伸は吹っ切れた気がしていた。

楽守を通じて、自閉症を広く知ってもらいたい。無知と偏見をなくしたい。そう思えたのも、梅山さんの言うとおり、子どものため、強くならないといけないからである。しかし、張り切る章伸を尻目に、志ほみは一抹の不安を覚えていた。楽守は音楽の授業を、ほかのどの科目より嫌っている。

「先生はきびしかったし、家でも練習せんとあかん。まじめにする子やから、余計パンパンになって、音楽がほんとうにいやになってしまったんや」

志ほみの気持ちもつゆ知らず、章伸はデビューコンサートを文化会館〝前〟でやると心に決め、1人ほくそ笑んでいた。いつか文化会館の大きなステージに立つ日を夢見て、その前で路上ライブをすることにしたのだ。

「今度、楽守とデビューすることになったんですわ。日曜日、文化会館に来てください」

章伸はみんなの前で、さっそくいつも村に遊びに来る一美に電話で知らせた。

「そうなん、行くよ、絶対、行く。文化会館なんてすごいな」

電話を横で聞きながら、せっかちだなあと、志ほみは呆れた。章伸にしてみれば、そうして自分を追い詰めることで、なにかを無理にでも動かそうとしていた。宣言してしまえば、いやでもやらざるを得ない。

予定通り、次の日曜日、不安定ユニットらものデビューライブが文化会館の前でひらかれた。とはいっても、別になにを準備するわけでもない。打ち合わせなんてもちろんない。ただ行ってギターを弾き、歌うだけである。〝ステージ衣装〟は志ほみが選んだ。楽守によく似合う、明るい色のパッチワークシャツである。

一美と利江子は会場に10分ほど遅れて到着した。演奏はすでにはじまっていた。2、3人が立ち止まって聞いていた。まばらな拍手が湧く。

「笑われてる」

　楽守は章伸の耳元で言った。

「ちゃうで、ウケてるんや」

　それでも笑われていると思った楽守は、うつむいたままジャンベをいい加減に叩いていた。一美と利江子は、用意してきたお手製の横断幕を手に、声援をはじめた。パッチワークの横断幕には、「らも」と書かれている。それに気づいた楽守は、ほんの少し、その気になった。

「楽守くん、がんばっとる」

　一美は利江子に声をかけた。

「リクエストです！　パッチワーク、お願いします！」

　利江子は大きな声で言った。山間の家でバーベキューをしたとき、「ようやく曲ができたんや」と、章伸が聞かせてくれた日のことを、利江子は忘れられなかった。校庭で楽守が1人でいるのを目にして、詞と曲が降ってきたと章伸は言っていた。

「聴いてくれる人、少なかったな」

　デビューライブを終えた章伸はがっかりしていた。楽守はなにも気にしていなかった。それでもめげず、毎週のように文化会館前コンサートをつづけた。一美と利江子は必ず連れだって顔を出した。聴いてくれる人はなかなか増えない。それに「自閉症」「障がい」と章伸がMCで口にした途端、せっかく立ち止まってくれた人がすうっと去っていった。みんな見て見ぬふりをしていた。何度やっても、手応えがない。

「伝わらへん」

章伸は気落ちした。

そんなある日、ライブを終えた章伸のところに、1人の女性が近づいてきた。

「コンサートに出ていただけませんか」

待ちに待った瞬間である。中学校で人権問題を担当している教師だと自己紹介していた。学校の先生と聞き、章伸は緊張した。いい先生だってたくさんいると思い直した。そんなことは章伸もわかっている。問題はほんのひと握りの〝ハズレ〟だ。

「ありがとうございます！　もちろんです」

章伸の心は弾んだ。公民館でのミニコンサートで、50人くらいは集まるらしい。

コンサートの日、楽守は朝からいつになく調子が悪かった。ぶつぶつなにか呟いてばかりいる。学校に行っていたころに戻ったようだった。いつもは率先して準備するのに、なにもせず、そわそわしている。

「出なくていいか？」

出発間際に、楽守が言い出した。「学校」という言葉を耳にして、心が不安定になっていた。

「そか、無理すんな」

章伸は楽守を思いやり、1人でステージに上ることにした。以前の章伸ならいやがっていても連れて行ったかもしれない。それを見ていた志ほみは、「章伸も成長したな」と思った。章伸の横では詞音が「ちっちゃいブドウ」「ちっちゃいブドウ」と、ずっと言っている。

「なんだ詞音？　大きいのとちゃうんか？」

章伸が声をかけた。それでもやはり「ちっちゃいの」と言う。なんだろうだと思ったら、

「デラウェアのことよ。図鑑で見つけて食べたいと言い出したんや」

志ほみは笑った。駄々をこねる詞音に、志ほみはノートに書いて説明した。文字にすれば、詞音にもわかりやすい。

12日　今日
13日　あした学校に1回行きます
14日　休みの日にデラウェア買いに行きます

今日はデラウェアを買いに行く日だった。約束してから、志ほみにはなにも言わなくなった。その間、学校では何度も「ちっちゃいブドウ」「デラウェア買います」と繰り返していた。先生に叱られたり、友だちと喧嘩になりそうになれば、楽しみにしていることを口にして、詞音は気分を変えたのである。

「楽守も詞音のように息抜きができるとええのにな」

章伸は1人でコンサート会場に向かった。

神様のいたずら

僕の小さな二人の子どもは
偉いお医者さんから自閉症と言われ
でもそれが特に問題ではなく
悲しいことは　解ろうしない人が多いこと

叫べば叫ぶほど指ではじいて
手のひらを広げて　キズを見せろと
躾が悪い　言葉がけが足りない
知ろうとしない人が　当たり前だと笑った

何も知らない　知ろうともしない
みんな自分の周り以外は

それはそれで仕方ないことだとも思う
でもそれが　分厚い壁になっている

神様がいたずらして　僕らを選んだのなら
頑張り過ぎず　あきらめない心で
遅れる時計を止めないようにしようと思う
だから　ひとつ　頼みを聞いてください

どうか神様　この子達の生涯が
楽しいものでありますように
どうか神様　この子達の生涯が
生きやすいものでありますように

特別支援学校

5年生の終わりに近づいてきたころ、クラスメイトから楽守に宛てた手紙がどっさり届いた。学校で人権について学ぶ講演を聞き、楽守を傷つけていたのに気づいたとの内容だった。手紙は合わせて22通あるが、3通だけ目を通し、楽守は読むのをやめた。「後悔している」とあった。「学園祭に来てください」とも書いてあった。

「お母さん、学園祭、行かなくていいか?」

楽守は不安げな顔で、志ほみに問いかけた。

「行きたい? 行きたくない?」

と尋ねると、

「行きたくない」

楽守は言った。手紙を読みながら、とてもつらそうにしていた。学校の様子がフラッシュバックしているらしい。イジメた側は忘れても、イジメられた側は絶対、忘れない。楽守の青ざめた顔を見て、志ほみははらはらしていた。パニックになるかもしれない。

「行きたくないなら、行かなくてええで」

どれだけやさしい手紙をもらったところで、楽守の心の傷は一生、癒えることはないのかと思い、志ほみは親として、心が痛かった。学園祭の日、楽守は返事を詞音に託した。

「楽守は元気だよ。行けなくてごめんね」

短い文面に、クラスメイトは楽守が心を閉ざしてしまったのを感じた。

「楽守くんのこと、学級通信に載せてくれませんか。人権の講演で考えたことです。それを楽守くんに届けたいのです」

楽守の手紙を読んだ友だちが何人かで集まり、真剣な目で担任に訴えた。4年生まで、いつも一緒に仲よく遊んでいた子どもたちである。「わかった」と先生は答えたものの、次の週に配られた学級通信には楽守のらの字もなかった。

楽守は登校拒否の扱いになっていた。これからどうするか、章伸も志ほみも決めかねていた。詞音は楽守のことなど気にもせず、元気に通っていた。兄がイジメられたことに対する葛藤もとくになかった。詞音はいつでもどこでも詞音だった。

積もる話もあり、志ほみは妙《たえ》ちゃんと久しぶりに会うことになった。妙ちゃんの家の近くにあるファミレスで待ち合わせた。家に呼べないのは、お互いわかりきっている。自閉症の子どもが家中をひっくり返し、片づけても、片づけてもきれいにならない。とても人に見せられたものではなかった。

「たいへんやったな。その担任、むっちゃ、腹立つな」

妙ちゃんは志ほみをねぎらった。それから早口の会話が、途切れなくつづく。

「最初はめっちゃ、期待したんやけどなあ」

「むっちゃ」と「めっちゃ」がダブったことに2人して気づき、大笑いした。

「先生って変に守られとるんとちゃうか」

妙ちゃんのところの瑞希《みずき》は最重度の自閉症で、会話はまったくできない。楽守や詞音にもまして、はるかにたいへんだが、持ち前の明るさで、がんばっていた。詞音より1つ年下で、1年遅れて特別支援学校に入学した。

「どや、支援学校って？」

「よくしてもろうてる。生徒3人に先生が2人つくやろ。だから、目がよく行き届く。先生も一生懸命やし。親の要望にも、しっかり耳を傾けてくれとる」

「そっか、ええな。地域の学校やと、どうしても生徒が多いからな。楽守や詞音にばかり、かまってられへんのもわかる。特別支援学級の先生はよくしてくれたんやけどな」

話し出すと止まらない。ドリンクバーに行って、飲み物をおかわりしては、話をつづけた。

「楽守、特別支援学校しかないいな」

妙ちゃんの話を聞き、志ほみは小さく呟いた。地域の学校を探したところで、地方の街ではどのみち限界がある。それにどこに行こうが、同じことが繰り返されるのではないか。

「楽守くんにあっとると思うで」

妙ちゃんに背中を押された志ほみは、特別支援学校に楽守を連れ、見学に出かけた。行くのははじめてだった。これまでとちがい、楽守は拒否反応を示さなかった。「学校」ではなく、「学園」と書いてあるのがよかったらしい。

「同じ子がいるのを、楽守は匂いで感じ取ったのかもしれへん」と章伸が言うと、「自閉症の子は距離を保つから、そこがよかったのとちゃうか」と志ほみは答えた。穏やかな顔をしている楽守の姿を見て、転校を決めた。不安はあるが、ほかに選択肢がない。

転校手続きをするため、志ほみは久しぶりに地域の学校に出かけた。トイレで震える楽守を見たとき以来である。先生の顔を見るのもいやだったが、これもけじめだ。

「転校することを、クラスのお友だちにお伝えください」

志ほみはあたり前のことを、あたり前に頼んだつもりでいた。

「楽守くんのことで、ぼくからクラスにアプローチすることはありません」

担任はそれだけ言って、口をつぐんだ。なにを言っているのか、志ほみにはわからなかった。しばらく考え、合点がいった。

「そこまで否定されているんや。ああ、もうええか」

志ほみは気持ちを飲み込み、学校をあとにした。ごく一部の友だちを除き、ほとんどの生徒と親は楽守がなぜ転校するのかも、どこに転校したのかも知らなかった。

親子バンドは、週末の文化会館前ライブを懲りずにつづけていた。ぽつりぽつりと出演の声もかかった。いかんせん不安定ユニットだけに、観客を前に楽守が堂々と演奏する日もあれば、調子が悪い楽守がずっと不機嫌な日や、章伸1人の日もある。

楽守はいつもただなんとなく、適当に太鼓を叩いていた。リズム感からして、いまひとつあやしい。こればかりは生まれつきのものだから仕方ないと、章伸は思った。

「人前で演奏するんやからな」

章伸は楽守に何度も言い聞かせた。人前で演奏する意味を、教えたかった。相変わらずステージの声援を、楽守は「笑われてる」と勘違いしていた。それを「ウケている」と理解するまで、ずいぶん時間がかかった。

「拍手をもらって、少しずつ楽守の顔つきが変わったみたいや」

ライブの様子を見てきた志ほみは言った。

特別支援学校の始業式が近づき、山間の村に春の匂いが立ちこめてきた。そんななか、梅山さんがはるばる遊びにきた。家族のいちばんしんどいときを知るだけに、いつも明るくおおらかに振る舞い、暖かく包み込もうとする。このときも、楽守の好きな味ごはんにたくさんのおかずを盛りつけた、大きなお弁当を抱えてきた。

「田舎の味ですよ」

梅山さんは自分の住む街を田舎だと思っていた。しかし、家族の暮らすのはそれよりさらに田舎にある、山奥深い村だった。

「いいところですね！　私もこんなところに住んでみたい」

口ではほめながら、茅葺き屋根から雨漏りするのを知った梅山さんは、大きな声で笑いだした。やさしい目が光った。

証言4

意識を変えること

辻富紀（障がい児支援員）

大阪の小学校に10年、勤めたあと、障がい児が放課後に過ごすデイサービスを伊賀ではじめました。楽守くんとの出会いは、2006年、ちょうど特別支援学校に通いはじめた年でした。お金を払えないけれども、私どもの施設でコンサートしてもらえないか頼んでみたら、快く引き受けてくださいました。

そのころは楽守くんも場慣れしていなくて、緊張して表情がとても硬かったんです。楽器を叩いているだけで、歌もほとんど歌っていませんでした。詞音くんも来てくれたのですが、隣で飼っている犬が怖くてクルマから外に出られず、大パニックだったのを覚えています。

人には生まれながらにもっている性格というものがあります。人好きな楽守くんと、自分のやりたいことを一生懸命やっている詞音くんと、2人のちがいはそのまま性格のちがいだと思います。

大切なのは、障がい者をめぐる周囲の意識を変えることです。そうすればその子たちが生きやすい環境が生まれるのではないでしょうか。そのためには、少しでも障がい者を感じることです。知らなかったらやはり障がい者と関わるのが怖いし、不安だと思うのです。

証言5

横綱とゴレンジャー

中村尚子（詞音の同級生の母）

峻介は3番目の子どもです。1997年5月8日に生まれました。立って歩きはじめるのが早く、おむつもすぐ取れました。言葉も早かったです。アンパンマンが大好きで、「アンパン」とか、「ばいきん」とか、口にしていました。なにをするにも上の子どもたちより早い優秀な子どもで、これは楽できると思いました。

2歳を過ぎたころ、急にしゃべらなくなりました。静かでいいと思いながら、人にあまり興味を示さないのが不思議でした。人のそばに行こうともせず、目を絶対に合わせないのです。なんかおかしいとは思うのですが、障がいを認めたくありません。認めたくなくて、泣きました。認めたくなくて、病院にも行けませんでした。

看護師をしている義理の姉が、名医と呼ばれる先生を見つけてきてくれました。脳の検査をしたり、いろんなことをしました。治るものとばかり、思っていました。なんとかしてくれると思いました。いまにしてみれば名医かどうかは疑問ですけど、とにかくすがりたい思いで一杯でした。2番目の子どもは耳が悪く、それで言葉が遅れました。2回手術して、聞こえるようになりました。治ると期待したのは、それもあったのかもしれません。

障がいの度合いは最重度で、全介護が必要との診断でした。ものすごい多動で、一瞬たりとも目が離せません。家ではひどく暴れました。跳び蹴りをして、襖を破りました。サッシのガラスを素手で叩き割りました。6枚ほど割ったとき、強化ガラスに替えました。割れないのがわかったら、やらなくなりましたが、しばらく暴力がつづきました。

　自閉症について、まだよくわかっていませんでした。勉強不足もありました。なんでもダメだダメだと言うばかりで、言葉も気持ちも通じていません。

　小児心療センターに通い、療育を受けました。そこで自分の基準で考えず、峻介に合わせるよう、アドバイスを受けました。しかし、どうしても自分の考えでしか動けません。意志に反することを押しつけられるたび、峻介は怒りました。話す代わりに噛みました。

　夫はよく出張に出かけ、留守がちでした。同居する義父母が、なにかと助けてくれたので、やってこられました。自分1人だったら、子どもを虐待していたかもしれません。それほどパンパンで、追い詰められていました。

　幼稚園は私立に通いました。障がい児に理解と経験のある園長で、安心して任せられました。砂遊びや泥遊びが好きで、洗濯がたいへんでした。砂や泥を含んでいるので、一度下洗いしてから、洗濯機を回しました。

　年長のときに園長が異動してしまい、つらい日々がはじまりました。なにかあるたびに呼び出されました。毎日来るならお昼で帰って欲しいと言われたり、1日おきにして欲しいと言われたり、遠回しに退園を迫られたのです。新しい園長は、いつも忙しい、忙しいと言っていました。これまでなんの問題もなかったのに、上の人が変わって、いろんなことが変わりました。園長が仕事のできない人なのは、私たちには関係ないはずです。そやけど、そこまでの人なんやなと思い、割り切りました。

小学校は、上の子どもたちの通う、同じ地域の学校に入れたいと思いました。しかし、障がい者の弟がいるのを知られたら、上の子がイジメられるかもしれないと、ずいぶん悩みました。

「峻介のためには、なにがいちばんええかを考え。勉強をとるか、生活をとるか、どっちが大事や？」

夫にそう問われ、1年生から特別支援学校に入れました。学校では多動な峻介にずっとついていなくてはいけないと覚悟していましたが、「学校にいるあいだは私に任せ、その間、お母さんは好きなことをしてください」と担任に言われました。幼稚園でさんざんな目に遭ってきただけに、胸が一杯になりました。それでも学校から電話があるたび、「すみません、すみません」と謝りました。峻介が生まれてからというもの、ずっとそうでした。


「お母さん、ありがとうとか、すみませんとか、もう言わないでいいんですよ」

担任が言うそばから、「すみません、すみません」と頭を下げ、「ありがとう」と感謝していました。なにをするか、わかったものではないからです。それほど数々の事件を、次々に起こしました。先生のクルマのボンネットに砂を撒いたうえ、素足で上って傷だらけにしてしまいました。スクールバスの窓ガラスを蹴って割ったこともあります。学校で峻介の名前を知らない人がいないくらいでした。小学部4年生のとき、詞音くんが転校してきて、同じクラスになりました。暴れっぷりがすさまじいことから、峻介は東の横綱、詞音くんは西の横綱と呼ばれました。

兄弟は峻介の面倒をよく見てくれました。それでも大切なものを取られたりすると、容赦なく怒りました。「ダメ」と言われたら、余計に触りたくなるものです。触るだけでなく、噛んでしまうので歯型がつきました。それがいやだったんです。

学校からのプリントや宿題も、破いてしまいました。なんでもかんでも破りまくり、1日で大きなゴミ袋3袋も紙ゴミが出るほどです。そんな峻介に腹を立て、お姉ちゃんが突き飛ばしたことがありました。ひどいことをしないでと私は頼みましたが、「怒っているときは手を抜けん」と言っていました。それでよかったのかもしれません。

実際、暴れたらどうしようもなくなり、身体で押さえつけるしかありませんでした。胸ぐらをつかんで座らせ、馬乗りになって押さえつけるのです。抵抗してきたら、「ぶつよ！」と強く言いました。叩くのはよくないのは百も承知です。でも、叩いてでも教えなくてはならないこともあります。大汗かいて、全身で峻介を受け止めます。よその人が見たら、すごいものがあるでしょうね。そうでもしないと、どちらかが大けがするかもしれず、それだけが怖かったです。

張り詰めた私に、主人は「峻介を自分の枠にはめ込もうとしても、あいつは無理だぞ」と言いました。峻介がまだ小さなころ、療育の先生に言われたのと同じことを言われてしまったのです。夫は要所要所で的確な意見を言い、舵取りをしてくれました。

志ほみさんとは学校で会ったときに話すようになり、それから電話をし合い、だんだん仲よくなっていきました。目を離せない峻介といつもつきっきりなので、話しかけてくれる人はそれまでだれもおらず、なんでも1人で抱え込んでいました。特別支援学校ではじめて心をひらいて話せる人たちに出会えました。仲のよい母親が5人でゴレンジャーと言ってます。私は黄色。気分が上がるからです。

峻介が生まれたときは、楽に育てられると思ったのに、爆弾みたいな子だったと、のちのち主人と爆笑しました。主人がリストラされ、

次の仕事が不景気でなかなか決まらなかったり、たいへんなことがたくさんあったけど、振り返ればこの家族でほんとうによかったなと思っています。

第4章

変化 change

我慢の拳

山間の集落は、街より気温が5度は低い。茅葺《かやぶ》き屋根の家にはすきま風が入り、家の外と内とで、ほとんど気温が変わらない。囲炉裏端《いろりばた》で暖をとるなんてこじゃれた田舎暮らしにはほど遠く、家族はみんな、家のなかでごっついダウンジャケットを着込んだ。理想と現実の差は大きかった。

特別支援学校の始業式が近づくなか、長雨がつづいていた。楽守はテレビの天気予報ばかり気にして、ずっと泣いている。

「春の長雨っていうんや。むかしから春はたくさん雨が降るんやで」

志ほみは楽守の気を紛らわせようとした。

「お母さん、このまま地球は滅びるのか？」

いつもの疑問を、志ほみにぶつけた。

「滅びません」

志ほみは強く言った。愛知万博で見た環境問題の映像が、楽守に強烈な印象を残していた。楽守の地球は、雨のせいで、滅びつつある。

「雨は井戸水を貯めるのに大切なんだ」

楽守は自分に言い聞かせ、雨を認めようとした。これほど怖がるのは、聴覚が過敏なせいかもしれない。耳や、耳のなかを見せるのを、ひどく嫌った。耳そうじが大きなストレスだった。志ほみが耳かきをしようにも、逃げて回った。ずっとできずにいたので、病気の心配をするほどである。爪切りもだめだった。指まで切られるとおびえた。あまりに泣き叫ぶものだから、飼い猫のコビが怒って楽守を助けようとして、志ほみを噛んだこともある。療育で相談したところ、それもこれも自閉症の特性だという。

始業式の前夜はとくに雨が激しく降った。バタバタ、バタバタ、古い家を雨が叩きつける。雨音が聞こえないよう、楽守は耳をふさぎ、声を上げて泣いた。家の外に走っていったと思うと、クルマのなかで泣きわめいた。そのまま1時間くらい、戻ってこなかった。真夜中近くになってようやく雨脚が弱まり、眠そうな顔で部屋に戻ってきた。

大騒動の朝、楽守はいつもの時間に目を覚まさなかった。ぐずぐず起きたら、外が明るかった。

「晴れたね」

青空を見て笑顔になったのもつかの間、寝坊で転校初日から遅刻しそうなのに気づいた。

「先生に叱られる……」

助手席に乗り込んだ楽守は青ざめた顔で、独り言を繰り返した。

「雨の野郎！」

「地球が！」

「宇宙め！」

寝坊の言い訳にしてはスケールが大きかった。志ほみは笑いをこらえて運転した。

「天気よくなって、よかったな」

志ほみの言葉を聞き流した楽守は、クルマの窓を少し開けた。春の匂いがした。志ほみは深呼吸した。楽守も深く息を吸った。

15分ほど遅れて学校に着いた。玄関のところで先生が待っていた。3人いる担任の1人である。志ほみは「すみません、よろしくお願いします」と明るく言った。楽守は新しい先生とはじめて会った。

「楽守くん、おはよう」

先生の姿を見た楽守は「怒られる」と思い、身構えた。それから手をグーにして、胸のところにおいた。我慢の拳《こぶし》のポーズである。怒りを覚えたり、不安を感じたら、そうしてひと呼吸おくのを、小児心療センターの療育で学んでいた。地域の学校で不登校になってから、毎週金曜日に通っている。問題が深刻化した楽守は療育の効き目を感じるのか、いやがらずに行った。

先生はにっこり笑い、

「さ、こっち、こっち」

楽守の手を取り、始業式会場の体育館まで連れて行った。入り口で、楽守は足をすくませた。知らない子どもばかりだった。先生もだれひとり知らない。

「並ばなくていいよ。好きなところにいて」

先生は楽守に言った。どこに並べばいいのだろうと戸惑っていた楽守は、それを聞いて救われる気がした。

始業式が終わって6年生の教室に場所を移動した途端、楽守は泣き出した。教室にいる子どもたちは互いに知っているのに、楽守だけがみんなのことを知らない。みんなも楽守を知らない。転校生にありがちな孤独に、楽守は耐えられなかった。

楽守が泣いているのを見て、隣の席の子が叩いてきた。地域の学校でも、そんなことされたことがなかった。なぜ叩かれたのかわからない楽守は混乱し、さらに不安定になった。気持ちをうまく言葉にできない自閉症の子は、言葉で話す代わりに人を叩いたりして、関わろうとする。きっと転入生を励まそうとしているのだろうが、楽守には通じない。

教室の外に出た楽守は、また我慢の拳をして、じっと考えていた。パニックになりそうでも、気持ちを切り替え、楽しいことを1つでも思い浮かべられればそのうち収まる。

「元気が出るまで、1人でいていいよ。楽守くんを叩いたこと、お友だちはちゃんと反省してる。楽守くんは悪くないから」

先生は楽守を無理して教室には戻さず、そのままにしておいた。それも支援の1つだった。楽守が自分で立ち直れるよう、仕向けたのである。こうしているうちに最初の1日が終わった。

「学校、どやった?」

帰宅した楽守に様子を聞くと、

「みんなやさしかったね」

と答えた。

「廊下で我慢の拳した」

楽守はぼそりと付け加えた。なにかあったなと感じた志ほみは、連絡帳に先生に伝えておきたいことを書いた。

「楽守はパニックになると、教室を飛び出したり、ものを投げたり、よくない言葉を発します。そんなときは落ち着ける、静かな場所に行かせてもらえるとありがたいです。パニックになる前、自分から外に出るのがいちばんです。今日の先生の支援は、さすがだと思いました」

志ほみは先生に、楽守の性格や、好きなこと、苦手なことを、できるだけ早く、わかってもらいたかった。自閉症のことはいまだよくわからないけれども、少なくとも楽守をいちばん知っているのは自分だと志ほみは思っていた。詞音にしても同じだ。それが志ほみのスタンスになっていた。

「始業式から楽守の表情が生き生きとしとる。笑顔も増えた。転校してよかったな」

志ほみは笑顔で章伸に伝えた。章伸は親子バンドの成果ではないかと言おうとして、我慢の拳を真似た。それから楽守を連れ、村から引っ越す人の送別会に出かけた。幼稚園のころからの楽守を知る人が集まった。

「楽守くん、たくさんしゃべるようになったな」

「お、ひげもはえてきたやん」

口々に言っては、楽守の成長を喜んだ。移り住んできたころ、首にヘビをぶら下げて自転車に乗り、村中を行ったり来たりしている姿を思い出し、みんなで大笑いした。ちょうどそのとき楽守が田んぼで見つけたシマヘビをもってきたものだから、「ぎゃー」と騒いで、逃げ出した。

家に帰った楽守に、詞音は「たたかい、しよう」と言って挑発した。力の差があるのはわかっているので、手加減しながら、楽守は詞音と上手に遊ぶ。いつもやり返すことがなかった。我慢しているわけではなく、その分、きちんと楽守流に発散していた。楽守はノートに家を描いたかと思うと、その家が埋まるくらい、「しおん、しおん、しおん」と字を書きだした。

「もう、戦いだぁ！」

楽守はそう言って、そのうえに「垣内、垣内、垣内」と苗字を書いていった。最後に赤のクーピーで塗りつぶし、楽守はスッキリした顔を浮かべた。それで喧嘩に勝ったことになるらしい。なんだかわからない展開に、志ほみは吹き出しそうだった。

連携

楽守は朝に混乱しがちだった。登校しても、教室で1人泣いていた。スクールバスでだれかに叩かれたのを、1日中、引きずった。

特別支援学校の先生は「言葉・数」の授業で、まず楽守の学力をたしかめた。わかる問題はすらすら解いていくものの、少しでもつまずくと一気に落ち込む。計算はできるのに、数の概念を理解していないのに先生はすぐ気づいた。地域の学校では、問題を機械的に解いていただけなのだろう。

「将来、どんな仕事がしたいの?」

授業中、先生は息抜きに雑談をはじめ、生徒1人ひとりに聞いていった。将来のイメージを抱くのは、自閉症の子どもにはなにより大切なことである。

「魚」

楽守はぶっきらぼうに答えた。

「え? 魚屋さん?」

「ちがうよ。水族館でニジマスの世話をする」

「なるほど! 楽守くんにぴったりの仕事だと思うよ」

帰宅した楽守は、さっそく志ほみに学校でのやりとりを話した。楽守がまだ小さかったころ、将来の姿がイメージできずに苦しんだのを、志ほみは昨日のことのように思い出した。最初はパイロットだった。それが宅配便の運転手になり、水族館に変わった。夢がだんだん具体的で、実現するかもしれないものになっていった。水族館なら、もしかすると障がい者でも働ける。そう思えるだけで、先の見通しが明るくなる。

毎年春にひらかれる村祭りのメインイベントは、ニジマスのつかみどりだった。楽守はいつも1匹もつかまえられず、泣いてばかりいた。それなのに、支援学校に通いはじめた年、はじめてつかまえることができた。しかも5匹もつかまえた。さっそく塩焼きにして、晩の食卓に並んだ。1匹は自分で包丁を使って上手に切り、ペットのイシガメ用にした。つかまえたときから、楽守はそのつもりでいた。

特別支援学校の授業は、時間割が普通校とはずいぶんちがう。国語と算数にあたる「言葉・数」のほか、社会生活を勉強する「いきいきタイム」や、体験学習をする「生単」など、生きていくために大切なことを学ぶ授業がある。「生単」は「生活単元学習」の略で、このほか音楽や図工、体育は普通校と同様にある。

「学力が伸びることはありません。その点はわかってもらえますか？」

支援学校に通うにあたり、志ほみは学校にそう言われた。勉強ではなく、社会でどのように生きていくかを学ぶのが支援学校だった。学校の目的がそもそも大きくちがっていた。逆を言えば、地域の学校は勉強を教える場なので、そこを伸ばすしかないのだ。

「お母さん、ボーリングをやったことあるか？」

楽守の口からボーリングという言葉が出るのが、志ほみには意外だった。家族でボーリング場に行ったことはこれまでなかった。どこかで遊んだこともない。

「あるで。むかし、おじいちゃんとおばあちゃんが若かったころ、ものすごく流行ったんや」

「お母さんは、ボーリング、上手か？」

「普通やろな。なんや、ボーリング、やってみたいんか？」

「学校でやるよ」

「そりゃ、楽しいな」

「明日、ボーリング場に行く」

ボーリングは「生単」の授業でやる課題の1つである。週に1回はみんなでボーリングをした。ピンの倒れた数だけボードにシールを貼り、枠がいっぱいになった順に、好きなことをして遊べる約束だった。勝ち負けに強いこだわりのある自閉症の子どもたちに、ボーリングを通じて負けに慣れ親しませるのが目的である。こうした地域の学校にはない授業内容に、志ほみは興味があった。

せっかくボーリング場に行けるというのに、楽守は浮かない顔をしていた。クラスの女の子にいつも「私が勝った」「私のほうがうまい」としつこく言われ、すっかりいやになっていたのである。勝ち負けにこだわらないための授業でありながら、だれもが勝ち負けに一喜一憂していた。

本格的なボーリング場に行くのは、みんなはじめてだった。学校にあるおもちゃとはちがい、ピンにボールがあたるたびに響くカキーンという大きな音に、楽守はびっくりした。

「ボールが重たい」

「まっすぐボールが、いかない」

股のあいだから、おそるおそるボールを転がす子がいた。ガーターがないレーンなので、曲がったボールが真ん中に行くラッキーがつづいた。

「すごい！」

たくさんピンを倒した友だちに刺激され、楽守はストライクを狙った。なにせ根っからの一番病だ。しかし、楽守の思い通りにはなかなかピンが倒れず、差はひらくばかりである。このままでは勝てそうにないと思った楽守は、急に落ち込んだ。

「勝ち負けは関係ないよー。楽しかったかどうかだよー」

すかさず先生が声がけをすると、楽守は小さくうなずいた。ゲームそのものを楽しんで欲しいと先生は思うのだが、そう簡単にはいかない。

特別支援学校に転校しても、楽守は小児心療センターでの療育をつづけた。志ほみは志ほみで、療育とは家族のメンテナンスのようなものだと、受け止めていた。

療育で楽守は社会生活技能訓練（SST）と呼ばれる場面学習や、ドッジボールなどをして過ごした。お楽しみのはずのスポーツに、楽守は拒否反応を示した。地域の学校で、ルールがわからないままやらされているうち、体育が大嫌いになった。計算はできても数の概念がわからないように、ドッチボールはできてもボールの持ち方や投げ方がわからない。手足のつながりが感覚的につかめないのは、自閉症の特性である。

ドッジボールのルールや競技方法を細かく教えることは普通あまりしない。競技に関する簡単な説明を聞くだけで、できてあたり前であり、たとえできなくても見よう見まねでできるようになる。しかし、楽守にはそれがむずかしい。多くの人には当然かもしれないことが、楽守には当然ではないのだ。

「ボールを身体全体の力で投げます。手の力だけで投げません」

「ボールはしっかりおなかで受けます」

療育の先生は1つひとつ詳しく教えてくれる。しかし、楽守は説明を聞き、余計に混乱した。ボールは手で投げるのに、どうしたら身体の力で投げられるのだろう。言っていることがまったく理解できない。考えたり、感じている部分と、身体の動きがばらばらで、ぎこちなくなる。自閉症は脳の部位の連絡が、うまくいっていない障がいなのである。

「楽守くん、あんまり考えないよー。思いっきり、投げてみてー。好きに投げればいいよー」

療育の先生は、固まったまま、ボールを投げられずにいる楽守に、大きな声でアドバイスした。

小児心療センターの先生とコーディネーターは、特別支援学校の先生と連絡を取り合い、楽守をめぐって連携をはじめた。家庭と学校のやりとりも密になり、志ほみは学校での楽守の様子を知ることができた。地域の学校ではいくら望んでもできないことだった。これまで三者三様、ばらばらだったものが力を合わせることで、楽守は行きつ戻りつ、次第に自分を取り戻していた。

「楽守が壊れかけ、ようやくひとつになれたのかもしれへん」

そう思った志ほみは、家でのお手伝いでひと工夫してみた。1回10円と決め、数に具体的な意味をもたせたのである。「数の概念がわかっていない」と先生に指摘されたので、数字を身近にさせようと志ほみなりに考えてのことだった。それも連携のはずである。

部屋のカーテンを閉め、お風呂に湯を張り、夕食のときにお箸とお皿を並べる。ペットに餌をあげ、小屋の掃除をするのも、楽守の係だった。料理に盛んに興味を示し、餃子をつくるとき、皮に具を乗せる手伝いをした。

「はい、今日は3つ、お手伝いをしてくれたから30円ね」

「毎度あり〜」

どこで覚えたのか、楽守は冗談めかして合いの手を入れた。お手伝いとお小遣いを結びつけることで、楽守はお金というものに興味を示し、貯金箱に貯めだした。お小遣いで欲しいと決めたものを買う。それが志ほみとの約束だった。楽守はヘラクレスオオカブトを狙っていた。

友だち効果

友だちの名前が楽守の口から出ることは、これまでまずなかった。名前を覚えられない。顔と名前が一致しない。地域の学校には大勢の先生と友だちがいるから、楽守にしてみればトランプの神経衰弱みたいなものだった。志ほみが覚えている限り、はっきり名前を言ったのは、イジメに遭っている最中に助けてくれた女の子くらいのものである。

そんな楽守が、特別支援学校に通いはじめてから、何人もの名前を口にするようになった。図工の時間には友だち1人ひとりの似顔絵を画用紙いっぱいに描き、その子に対する印象を書き添えた。名前さえ頭に入っていなかったのに、どういう人かもちゃんとわかっている。大きな変化が楽守のなかで起きているのが志ほみにもわかった。

「今日、転入生がきた。めぐみちゃんだよ。おとなしい子だけど、わりとしゃべった」

教室に転入生がきたのを、楽守はさっそく志ほみに知らせた。初対面の子の名前を覚えるなんて、志ほみには驚きだった。

自閉症の子どもは変化を嫌う。だから転入してきた子も、転入生を受け入れる子も、ともに緊張を強いられる。関係性が変わるからだ。どうなるか担任は心配して様子を見守っていたが、とくに違和感なく互いを受け入れている様子にひと安心した。楽守もいつも通りにしていられた。

「歓迎会をやりましょう」

先生が言うと、楽守は率先して準備をはじめた。かき氷をつくり、スナック菓子の袋を開けた。片づけも楽守が自らした。ライブのとき、章伸を手伝って準備と片づけをする習慣が、いつのまにか身についていた。楽守にしても1学期に転入したばかりである。クラスの友だちはみな、戸惑う楽守を自然に受け入れ、歓迎してくれた。そのときの安心感が、新しい転入生の接し方に出ていると担任は見た。めぐみもまたいちばん最初に、そんな楽守の名前を覚えた。

楽守は幼稚園のころから、女の子にとても人気があった。おもしろい名前なので、みんな真っ先に覚えた。

「女の子に、お弁当をいっしょにつくろうと誘われたよ」

「プールに行こうだって」

楽守はまんざらではない様子である。

「モテモテね」

志ほみが返すと、うれしそうに照れた。なんと答えたのか気になったが、「断る」とぶっきらぼうに言ったのだという。それが楽守の考える男らしさだと知り、志ほみはおかしかった。そして、女の子が気を悪くしていないか、心配した。

思春期のはじまりなのか、気になる女の子も出てきた。ただお気に入りはころころ変わり、1学期はゆうかちゃんだったが、2学期はあやこちゃんになった。

「あやこちゃん、かわいいねー」

志ほみに学校のことをなにか話すたび、そう付け加えた。オープンな関係がほほ笑ましく、志ほみは自分が6年生だったころのことを思い出し、いまどきは進んでいると思った。

自閉症児は、意思疎通に大きな問題を抱える。そのため人を好きになる気持ちも関わりの1つとして、先生はむやみに押さえ込んだりはしない。むしろ感情をひらかせる効果が期待されていた。恋愛とまではいえないほのかな好意が、学校生活を楽しいものにする。

「あやこちゃんは、友だちと自分からは関わろうとしないけど、いつも自分で楽しみを探っていく力があります。そんなところが楽守くんには魅力なのかもしれません」

担任は楽守の気持ちを推し測り、2人の関係を考えた。生徒1人ひとりの関わりを正しくとらえることが、自閉症の子どもの集まるクラス運営につながる。

その一方で、楽守は男の子には、強い苦手意識をもっていた。幼稚園のころから、男の子をずっと避けてきた。同世代の友だちばかりではなく、大人に対しても同じである。自閉症協会のイベントでも、ボランティアの大学生が女性だといそいそくっついていくのに、男性だと近づきもしない。支援学校に教育実習にきた大学生も男性だったので、楽守は無視していた。学生はなんとか仲良くしようとするものの、心をひらこうとしない。

「学生さんに気の毒したな。きっと成績さがったで」

志ほみが言っても、楽守は意に介していなかった。

姉妹校との教育交流のときも、やはりそうだった。授業の一環で、普通校の先生と生徒が支援学校を訪れ、一緒に勉強したり、遊んで過ごすのである。楽守のクラスには、同じ6年生の男子がきた。担任は楽守と気が合うだろうと踏んでいたが、関わりをまったくもとうとしなかった。

「今日、地域の学校から男の子がきた」

志ほみは名前を聞いてみた。

「あきらくん」

関わろうとしないのに、名前はちゃんと覚えている。たとえ交流がなくとも、なにかしらのものが楽守の心に残ったのだと志ほみは感じた。地域の学校のことを思い出すたび、決まって楽守は「支援学校のみんなはいいいよ、好きだよ」と言う。前の学校の友だちのことは嫌いとは言わないものの、好きとは言わなかった。

楽守の男性不信にはいかんともしがたいものがあるが、地域の学校で不登校になって以来、毎週通っていた療育をやめることになった。予兆は特別支援学校に通いはじめて2カ月も経たない、5月の終わりごろにはじまった。

「風邪を引いたら、療育、休めるか？」

楽守は行きたくないという態度をあからさまに示した。

「療育に行かなくてすむから、風邪引きたい」

学校で先生に聞いた。学校との連携により、療育の効果が出ていると周囲の大人が感じはじめた矢先のことなので、先生はどうなるか、推移を見守った。

「お母さん、支援学校は天国だよ！」

楽守がすごい笑顔で言ったかと思うと、ついに「学校だけにする」と自ら志ほみに頼んできた。半信半疑で楽守の気持ちを小児心療センターの医師に伝えた。

「そうか、楽守くん、学校のほうがよくなったんやね。よかった。なにかあったら、いつでもおいで」

安定している楽守を診て、医師はホッとした表情を浮かべた。先生の言葉に、志ほみは胸をなでおろした。

地域の学校で追い詰められ、笑わなくなった楽守にとって、療育は数少ない、安心できる場だった。楽守を支援する志ほみにしても、療育が救いとなり、医師の指導に耳を傾けてきた。それも支援学校が安心できる場となり、療育は役割を終えていた。

気持ちが安定するにつれ、楽守の顔つきが変わっていった。神経をとがらせ、ほかの人の会話を耳にするたび、自分のことを言われていると思い込むのもなくなった。ひと山越えたのかもしれない。

療育をやめたのを、志ほみはさっそく担任に報告した。

「すっかりよくなり、とてもいい顔で笑うようになりました。私自身、幸せな気持ちにさせてもらってます」

志ほみは手放しで喜び、担任に感謝を表した。そんな志ほみに担任は注意を促す。

「支援学校の環境ややり方が、楽守くんにはあっていたのでしょうか。だからといって安心ばかりもしていられません。引き続き、気を引き締めていきます」

たしかにその通りだと志ほみは思い直した。地域の学校と、特別支援学校の考え方のちがいもあるだろうが、なにより熱心な先生に出会えたのがいちばん大きい。結局は人なのだと、志ほみはつくづく感じていた。その手応えは、楽守と詞音を育てる指針になっていく。

つぶされる前に

「離婚する！」

新婚のころから、志ほみと章伸は夫婦喧嘩のたび、決めぜりふのように言ってきた。原因はいつもほんの些細なことだった。子どもたちに対する考え方や接し方のちがいが、引き金になった。喧嘩するほど仲がいいとはいうものの、そんなこと、子どもにわかるはずもなく、楽守はとてもいやがる。

夫婦がいつもの言い合いをはじめたら、楽守が2人の前でぶつぶつ独り言をし出した。「いまのは夢か」などととぼけ、ひと芝居打ったのである。なにがあっても知らんぷりしている詞音とは対照的だった。

「楽守は繊細な子やから、すぐ傷つく。私たちでも、先生やお友だちでも、同じ。男の人を避けるのは、はっきりものを言う人が多いからなんやと思う。楽守は自分のために言ってくれているのだと考え、引きずらんようにしとる。世の中にはいろんな人がおるって教えたいんやけど、うまくいかへん」

志ほみが言えば、

「親は子どもを、自分の所有物かなにかと勘違いしとるんや。子どもが悩んでいても、親は問題を自分のほうにたぐり寄せ、これはこうなんやと、簡単に片づけてしまう。でも、子どもは子どもなりに、だれにも言えない悩みをもっとるんとちゃうか」

章伸が返す。

「別に私は楽守と詞音を自分の思い通りにしようなんて思ってへん」

こうしてだんだん喧嘩になる。章伸は子どもは子どもだと考え、志ほみはもっと積極的に手をさしのべようとする。子どもの前で喧嘩するのはよくないとわかってはいても、ついまたはじめてしまう。それだけ子どもたちのことを、2人は真剣に考えていた。

特別支援学校の先生のあいだでも、ときどき似たようなことが起きる。普通校では、1つのクラスを1人の担任が受け持つ。副担任のいるケースもあるが、あくまで担任の補佐に回る。一方、楽守のクラスは3人担任体制で、3人の先生が8人の生徒を分担して教えている。これを「担任団」と言い、1人が担任で、2人が副担任というわけではなく、それぞれが対等の立場にある。3人の息が合えばよいのだが、先生によってやり方や考え方が食いちがえば、クラス運営にズレが出てくる。先生によって言っていることがばらばらだと、生徒が混乱する。志ほみは不安を率直に、連絡帳に書き込んだ。

「教師1人ひとりに、いろいろな思いがあります。意見を交わし、共通理解をもてればいいのですが、教師それぞれの意見も大切にしたいと思います。子どもたちへのあふれる愛情は、みなに共通しているので、大丈夫です」

志ほみの心配に、担任は応じた。志ほみのひたむきさに、担任はよく気づきを得ていた。心を動かされることも多かった。

「わが子を見守るやさしさに、私は自分を振り返って反省しきりです。子どもたちが自分らしさを大切にできるよう、まわりの大人が見守らないといけませんね」

そんな教師の姿勢は、志ほみにとっても新鮮な驚きの連続だった。支援学校の様子がわかってくるにつれ、遅かれ早かれ詞音も転校させたいと、志ほみは考えはじめた。3年生になっても、詞音は学校の友だちと仲よくやっていた。なんでも遊びにしてしまうキャラのおかげか、「詞音なら仕方ない」とみんなに受け止められてきた。とくにイジメられることもなかった。競争心のかけらもない詞音は、楽守のように負けて悔しがることはない。運動会でも「ゴールまでは行ってやるよ」というふてぶてしい態度で臨んだ。横着さに腹を立てる教師もいるが、やはり「詞音なら仕方ない」と大目に見られた。

しかし、5年生から勉強がむずかしくなり、子どもたちはだれしも、自分のことで一杯いっぱいになっていく。地域の学校での楽守を見ていて、志ほみはそれが痛いほどわかった。

「いまはみなよくしてくれるけど、詞音がこれから学校という集団につぶされるんやないかと、つい想像してしまう。それが怖い。詞音は集団でいるのが無理やから、なにかあったら、それこそ楽守どころではすまへん。きっと猛烈なイジメに遭う。だから詞音も支援学校に転校させようと思っとる。それもできるだけ早いほうがええ」

楽守の授業参観の日、志ほみが妙ちゃんと学校ですれ違ったとき、少し立ち話をして苦しい胸の内を打ち明けた。子どもが同じ学校に通うようになって、直接、話す機会が増えていた。

「あの子らを取り巻く環境は、言葉の通じない、文化もまったくちがう国に放り込まれたようなものなんやと思う。どう動いていいのか、どういうルールがあるのか、なにも知らんのに、あれダメ、これダメだと言われるばかり。それではパニックになるのもあたり前やろ」

妙ちゃんは志ほみに言った。妙ちゃんも苦しんでいた。

授業参観は、音楽だった。子どもたちは音楽に合わせ、身体を動かすなど、音そのものを楽しんでいた。楽守もうれしそうに、みんなの輪に飛び込んだ。地域の学校ではなにより苦手だった音楽が、いつのまにか得意科目になっていた。志ほみは授業を参観し、楽守が音楽を楽しんでいるのが手に取るようにわかった。それは章伸が望んでいたことだった。

年末が近づき、くれよんサークルのクリスマス会に親子バンド「不安定ユニットらも」がまた招かれた。壊れかけた楽守が救われるきっかけとなった集まりから、1年が経っていた。章伸の弾くギターに合わせ、楽守はコンガを叩いた。リズムがよくなり、余裕の表情を見せた。

20分ほどの出番が終わり、「気持ちよかった!」と楽守は志ほみに言った。1年前の楽守を知る梅山さんらは口々に、

「楽守くん、瞳がちがうね! 輝く感じだね!」

うれしそうに声をかけた。体重や身長がぐんぐん伸びているのに合わせ、心のありようも成長していた。前の年と同じステージに立つ楽守の姿を見比べ、たしかに安定してきたと章伸は思った。この成長期をどれだけ穏やかに過ごせるのかが肝心なのではないか。章伸はそんなふうに感じていた。

「おかげさまでいやなことも、嫌いなことも、楽しめるようになってきました。楽守が自分を取り戻せたのは、特別支援学校の先生方が楽守に寄り添い、関わってくれているからです。地域の

学校では、逆に楽守が周囲の人たちに必死に追いつこうとしていました。障がいをもつ人に社会が少しでも寄り添えられたら、もっと生きやすい世の中になるのではないでしょうか」

ライブのMCで章伸が言うと、会場は暖かな拍手に包まれた。学校のことは志ほみが中心だったが、音楽の道に楽守を引き込んで以来、章伸は別の角度から子どもたちに寄り添っていた。

はじめての外泊

楽守は相変わらず雨を怖がり、天気予報ばかり、気にしていた。大雨になると泣いた。雷が鳴ると泣いた。それなのに、学校に行くときに雨が降っていても平気な顔をするようになった。

「学校に着いたら晴れてるよ」

さっぱりしたものである。学校は落ち着いて安心できる場だと、楽守なりに表現しているのだろうと志ほみは考えた。家族の暮らす古民家は雨音がよく響く。単にそれが怖いだけなのかもしれない。つい原因を内面に探ろうとしてきたが、案外、単純なことではないかと志ほみには思えてきた。

「お母さん、雨の音が聞こえない方法、わかったよ」

なにを言い出すのかと思えば、ふて寝である。

「8時に寝る！」

雨の夜は志ほみの前で宣言してから、トイレと歯磨きをさっさとすませ、早めに布団に潜り込んだ。自然相手になにかしようとしても、どうにもならない。それなら自分なりに対応を考えればいい。楽守はそこに気づいたのである。

雨を克服できたのと時を同じくして、電話のやりとりがうまくできるようになった。顔を見て話せば意思疎通できても、電話だと途端にむずかしくなる。表情が読めない分、言葉に抽象性が出てくるからだ。志ほみは応対法を紙に書き、電話の前に貼っておいた。

「①垣内ですという　②相手の名前を聞く　③あとで電話すると伝える」

とはいっても、会話がいつも同じ流れになるとは限らない。それで何度も受け答えに失敗した。大切な電話を、伝え忘れることもあった。

「おばちゃんから電話がありました。またかけると言っていました」

楽守は志ほみに言《こと》づけた。電話をかけ直して様子を聞くと、2人で会話を楽しんだらしい。そんなこと、これまでなかった。おまけに相手が「またかける」と電話を切ろうとしたら、楽守は「よろしく!」と元気よく返したのだと言う。応対法には書いていないことである。自閉症はコミュニケーションに大きな問題を抱える障がいだけに、手をつなげたときと同じくらい、大きな進化に志ほみは思えた。

「新しい漢字ノートを買ってください」

予習と復習に使いたいと、楽守が自ら言い出した。志ほみはすぐに用意して渡した。楽守はそのノートにいっぱい漢字を書き込み、辞書で意味を調べた。色を変えるなど、楽守なりに工夫し

て書いていた。納得するまで進めると、

「お母さん、見て！」

と言いながら、ノートを志ほみに渡した。

「たくさん書けたね！　すごいな！」

志ほみの言葉に満足し、楽守は安心してノートを閉じた。

「きっと楽守くんのなかに知識欲がわき上がり、それを満たそうとしているのでしょう」

担任は楽守をほめた。ほどなく楽守は創作漢字をつくっては、読み方や意味をきまじめに考えはじめた。それを見ていて、話している言葉と、漢字がようやく楽守のなかで一致したのだと志ほみは見て取った。これまではただ漢字を書き写したり、計算を解いているだけで、文字や数の概念がわかっているわけではなかった。それが理解できたからこそ、創作漢字なんてものをつくりだしたにちがいない。

宿泊学習の日が近づき、「生単」の授業で入浴指導があった。先生と一緒に、学校にあるお風呂に入るのである。6年生にもなればお風呂なんて自分で入れて、あたり前かもしれない。しかし、思わぬところにつまずいている子もなかにはいる。

「お母さん、お風呂は頭から洗うか？　身体から洗うか？」

楽守から突然、聞かれた志ほみは、なんと答えたらよいのか、迷った。楽守がにやけているところをみると、引っかけ問題にちがいない。「どちらでもいい」「好きなように」と言った瞬間、楽守に笑われそうだ。

「頭から洗うんだ!」

楽守は学校で習ったことを、さっそく志ほみに自慢した。頭から洗えば、汚れが上から下に落ちていくからだという。これまで気にもしていなかったが、なるほどと志ほみは思った。

「うんこ風呂のときはどうする?」

「うんこ風呂?」

「だれかがもらしたうんこが風呂に浮かんだら、うんこをすくうより、出たほうが早い」

先生に言われたことをそのまま言って、志ほみを笑わせた。

「言葉・数」の授業は、宿泊学習で料理するカレーライスの材料がテーマになった。

「カレーにタコを入れたい」

「パフェをつくろう」

「お好み焼きがいい」

「マクドナルド!」

みんなで盛り上がるなか、

「アメリカンチェリーは農薬がついているから、やめたほうがいい」

楽守が真顔で言い出した。「種に染みこむまで、農薬をかける」とアメリカの農家が言っているのを、テレビのニュースで見ていた。訳知り顔で説明したがるのは、いまにはじまったことではない。それが楽守の生きにくさ、生きづらさにつながっていた。地域の学校では空気が読めないことで、イジメを招いた。

農薬は身体によくない、避けるべきだと楽守は考えていた。ニュースに反応したのもそのせいである。普段の食事でも、無農薬野菜にこだわる。

「楽守にとって、虫を殺す農薬は悪なんや。ほんとうに無農薬かどうかはわからんと疑い、自分で野菜をつくるとまで言い出しよった」

章伸は楽守のこだわりが心配だった。善悪の区別にきびしく、しかも常に善であろうとするからだ。どんな人間も善悪両面をもち、折り合いをつけて生きているものだが、楽守にはそれができない。嘘もつけない、折り合いをつけられない章伸は楽守のこだわりに、ときどきふたをしたくなる。

支援学校では「楽守くん、すごい」と、先生も生徒も楽守の博識を素直に認める。空気が読めないなんて、だれも言わない。みんな空気が読めないからである。図書館で図鑑を読みふける姿を見た先生は、生き物や植物のことなら、なんでも楽守に振った。地域の学校の先生と同じ気づきを得ていた。「生単」の授業で学校の周囲を散歩したり、遠足に出かけるときも、楽守は進んでみんなに説明した。

宿泊学習で水族館に立ち寄るのを、楽守はいちばん楽しみにしていた。

「ニジマス、いるかな?」

山間に住む楽守にとって、ニジマスはごく身近な魚である。

「わざわざ水族館で見る魚かな……」

志ほみは首をかしげた。しかし、それも楽守のこだわりにちがいない。

水族館では水槽の前で先生やクラスメイトに魚の解説をした。

「ニジマスは、サケ科の淡水魚です。身体に虹色の帯と、黒い点があります。英語ではレインボートラウトです。食べるとおいしいですよ」

将来は水族館員になりたいだけに、楽守はほかの魚のこともよく知っている。

水族館のあとはスーパーに立ち寄り、みんなでカレーの材料を買った。レジでお金を払うのも授業の一環である。

「カレーとサラダに入れたいもの、好きなものを選んで、買いましょう」

先生は生徒に指示した。闇鍋ならぬ、闇カレーに闇サラダである。ふざけて変なものを買う生徒がいそうなものだが、そんな子は1人もいなかった。自閉症児は融通が利かないくらい、きまじめな性格の子が多い。楽守も例外ではなく、レンコンとモヤシを手にしていた。

宿泊といっても、ホテルではない。みんなで学校に泊まるのである。スーパーで買った材料でカレーをつくり、1合ずつ持ち寄ったお米を炊いた。水族館で張り切りすぎた楽守はくたびれて、カレーづくりは参加せずに休んでいた。こんなとき、先生は決して無理強いはしない。その代わり、配膳と片づけを楽守は率先してやった。

「学校の夜は怖いね」

目が冴えた楽守は寝つけず、2時くらいまで起きていた。目が覚めたのは朝7時30分だった。みんなはとっくに起きていた。寝不足の顔をして朝ご飯を一緒に食べたあと、お風呂に入った。水着を着て、プール代わりに水遊びしたのである。

家に帰ってきた楽守は「また行きた〜い」とだけ志ほみに言って、すぐ眠ってしまった。1人で外泊するのははじめてで、ずいぶん楽しかったらしい。寝顔を見た志ほみは、「やっとここまで来た」と思った。

1人暮らし

特別支援学校には小学部、中学部、高等部が同居している。卒業を間近に控え、中学部の説明会に出向いた志ほみは、小学部とは生徒と先生の関係がかなりちがうのを感じた。子どもたちがひと回り大きく、落ち着いて見えた。

楽守は中学部に進むのを楽しみにし、どんなところか、しきりと担任に尋ねた。

「小学部より、自由な時間は少ないけど、きっと楽守くんにはそのほうがいい。お友だちも増えると思うよ」

担任の言葉に、楽守はまんざらでもない様子だった。1日入学では、中学部から転入してくる男の子とトランプをして遊んだ。知らない子とも余裕の表情でいられた。1学期に普通校から遊びに来た男の子と距離をおいてしまったのに比べ、大きな変化である。

「春休み、1人で電車に乗って、どこかに行く」

朝の会で楽守は、突然みんなに宣言した。

「おおーっ！　すごい！」

クラスがどよめいた。宿泊学習で自信をつけたのか、楽守は「大人になる」「成長する」ことを自分の目標にしていた。しかし、楽守のがんばりに、担任は不安を覚えた。自閉症の子どもは予期せぬことが起きると、どうすればよいかわからず、パニックを起こすからだ。

1人で電車に乗る練習は、特別支援学校でもっともむずかしい課題の1つである。高等部の生徒でさえ、なかなかできない。パニックで暴れても、乗り合わせた人が自閉症に理解があるとは限らないからだ。楽守にしても、同世代の男の子を街で見かけるだけで、落ち着きをなくしてしまう。地域の学校で受けたイジメがトラウマになっていた。そんな楽守が1人で電車に乗る姿が、担任にはまだ想像できないのである。

「実現するかしないかは別として、考えるだけでもすごいなあと思います」

担任は楽守の前向きな姿勢を評価した。家にいるとき、1人でゲームをしたり、本を読んでいることが増えたのも、自立への一歩かもしれない。1人でなにかをしているところを見られるのもいやがった。楽守の部屋はないので、だれもいない場所を見つけては家のなかを移動した。

「そろそろ子ども部屋があったほうがええのかもしれへん」

志ほみは裏庭に小さな小屋でも建てようかと章伸に相談した。

「パーティションで仕切るだけで十分やろ」

章伸はお金があまりかからないアイデアを出した。

「1人暮らしをしたい」

ついにはそんなことまで、楽守は言い出した。さすがにまだ早いと驚きつつ、志ほみは機転を利かせた。

「家電製品、ぜんぶお小遣いで買えたら、1人暮らしをはじめよか」

それを聞いた楽守はうれしそうに、手のひらを顔の前でヒラヒラさせた。気持ちを萎えさせず、うまく支援する。頭を働かせ、1歩も2歩も先を読むのが肝心だ。

思いがつのったのだろうか、楽守がいつものようにプチ家出をしたと思ったら、ひと山隔てたところにある家まで、自転車で行っていた。普段は物置代わりにしていている、6畳2間の家である。田舎暮らしに慣れたころ、安く手に入れた。そこをきれいに片づけ、1人暮らしをしようと楽守はもくろんでいた。行く行くは楽守が住めばいいと、章伸と志ほみもなんとなく考え、そのつもりで買ったのだが、楽守は親の気持ちを先回りしていた。

40分近くかけてはるばる出かけたものの、鍵が閉まっていて、家に入れなかった。思いが果たせなかった楽守は、猛烈に腹を立てた。小屋までの道は下り坂だが、帰りは上り坂になる。怒りが余計にこみ上げてくる。

「家の鍵、どこ！」

いつもより長いプチ家出から息を切らして帰ってきた楽守は、志ほみに大きな声を出した。

「親から離れようとしとる楽守の気持ちを、大切にしたいんや。思っていたよりずいぶん早く、大人に近づいてきたんかもしれへん」

志ほみが言うと、章伸はうなずいた。

「楽守の成長はうれしいけど、さびしさはそれ以上やな」

深い眠りから目覚めたかのように、楽守は生き急いで見えた。

「高等部を卒業したら、社会人か？」

まだ小学部も卒業していないのに、なんとも気の早い話である。学校を早く卒業し、働きたいと思っているらしい。二次障がいになった楽守をここまで立ち直らせ、楽守らしさを取り戻せたのは、なにより支援学校の先生のおかげだと志ほみは感謝した。参観日に1人の生徒がパニックを起こしかけたが、的確に落ち着かせ、地域の学校とのちがいをまざまざと見せつけられた。

「支援学校の対応といっても、それほどだいそれたものではないと思います。呆然としているだけかもしれません。ただ、ひとつ言えるのは、私たち教師が楽しんでいるということではないでしょうか」

楽守の担任は言った。こうした先生たちの考え方から、志ほみは多くのことを学んだ。

「先生、楽守がズル休みしたら、どうする？」

3人いる担任の先生に聞いてみたと、楽守は志ほみに報告した。

「どうぞ、どうぞ。休んだらみんなで楽守くんの給食、食べちゃうから」

先生たちが声をそろえて言ったので、楽守は話にならないという顔をしたのだそうだ。ズル休みをしてはいけないとは返さないところに、支援学校の教師らしさがあると志ほみは感じた。

「私たちの存在はいったいなんだろう、と思うこともありますが、発想を変えないととても勤まりません」

担任は志ほみに漏らした。一度、壊れかけた子どもを迎え、支援学校の先生も楽守のことでピリピリしていたのだと、志ほみはあとから聞いた。二次障がいを受けた子どもを立ち直らせるのがどれだけたいへんか、先生はわかっていた。そんな支援学校が二次障がいを引き起こすケースもあり、容易ならざるものがある。

これまで楽守と詞音を受け持った先生たちを見てきて、志ほみが気づいた、大切なことがある。障がい児を担任するにあたり、「おもしろい」「楽しい」と最初に言う先生はアタリで、「たいへんだ」と言う先生はハズレだという線引きである。1人ひとりの生徒の個性を一瞬のうちに見極めてはじめて、「おもしろい」と感じられる。その意味で、教師という職業には天性のものが必要なのかもしれない。

親にしても、それは同じだ。「たいへん」と思っているうちは、志ほみも子どもたちを叱ってばかりいた。「おもしろい」と思えた瞬間、子どもの気持ちがわかりはじめる。子どもに寄り添うことで、ほとんど叱らなくなった。

「子どもたちが次はなにをしでかすんやろと不安に思ってたら、子育てはしんどいばかりや。そうではなく、次はなにをしてくれるんやろって見ていると、楽しくなってくる。おもしろくなってくる、目線をほんの少し変えるだけで、世界が変わって見える。楽守と詞音のおかげで得られた考え方なんや」

自閉症のたいへんさばかりに目がいっていたときには気づけなかった境地である。壊れかけた楽守への支援を通じ、志ほみも大きな壁を乗り越えていた。

卒業の日を迎えた志ほみは、特別支援学校で過ごした1年があっという間に過ぎていったのにびっくりした。それまでは、なにもかもがのろのろと、重ぐるしく進んでいた。時間が止まっているのではないかとさえ感じた。

「楽守はこの先、成長するんやろか、なにもできないままではないんかと、思い悩む日々やった。なにもかも1人で背負い込み、途方に暮れるしかなかった」

卒業式で楽守は歌を歌い、喜びの声をはっきり、大きく言った。自信に満ちた楽守の姿を見て、志ほみは胸を詰まらせた。

雪ぼうし

キミの世界は　どう見えてますか
僕には　わかる　すべもない
キミは　しゃべってるけど　その言葉が
ほんとの気持ちか　どうかがわからない

手をかざして　寒空飛び跳ねる
キミを遠く近く　窓越しながめてる
僕の背丈に　追いつきたいキミの
頭には白い　冷たい雪ぼうし

僕とキミは　一緒にいるのに
キミは僕を　感じてますか？

悲しい事や　つらい事から

逃げられないキミは　いつもキズついて
でも　その分　やさしい人になった
その　まっすぐさが　なんだかくやしくて

キミを苦しめるものは　なんですか
手のひら　広げて　僕に見せて欲しい
キミが助けを　求めてるその手を
どう引き寄せたら　いいかがわからない

わかり合いたい　わかり合えない
近くて遠い　キミと僕とのキョリ

雪の粒が遅く早く　落ちている
それぞれ違う形の雪なのに
地面に落ちたら　仲良く溶け合って
僕たちも　そうであればいいのに
僕たちも　そうであればいいのに

布を縫う

中学部に通いはじめた楽守に、楽しかったことはなにか、楽しくなかったことはなにか、志ほみは毎日、問いかけた。つらいことばかりを口にしていた日々が嘘のように、「いやだと思ったことは?」と聞いても、いつも「ないよ」と答える。その代わり、楽しかったことをたくさん話した。

楽守のいちばんの楽しみは、休日、章伸と過ごす時間だった。詞音と一緒に家のまわりを散歩し、山でカブトムシやクワガタをつかまえた。ミヤマクワガタやノコギリクワガタ、コクワガタなど、いろんな種類が山にはいる。水田でオタマジャクシをとってきては、飼育ケースに入れた。豊かな自然が、兄弟を育んでいた。

「何ガエルになるの?」

志ほみがオタマジャクシを見て聞けば、

「アマガエルだよ」

楽守は即答した。オタマジャクシでカエルがわかるものかと、志ほみには楽守の目が不思議だった。幼稚園の先生に「虫そのもの」と言われた感覚に、ますます磨きがかかっていた。志ほみに聞かれてカエルが頭に浮かんだのか、楽守は画用紙に絵を描きはじめた。ためらわず、一気に明るい色で線を引く。赤くて丸いのはなにかと聞けば、「トマトガエル」だと笑う。楽守の絵はいつもやさしく、ユーモアにあふれていた。どの絵もみな、目が笑っている。

中学部の時間割を見た楽守が、

「美術ってなに?」

と聞いてきて、志ほみはハッとした。楽守にとっては新しい言葉だった。人一倍、絵を描くのが好きなのに、言葉があとからついてきた。

中学生になり、新しい授業が増えた。「作業」はその1つである。作業所でやる仕事を実際に体験し、将来、スムーズに働けるようにするのが狙いだ。支援学校の勉強には、生徒1人ひとりが自立した生活を送るという、現実的な目標がある。進学をめざし、抽象的な勉強をする普通校とは、根本的に異なる点である。学ぶことも生徒1人ひとりちがい、同じことを学んで競い合う普通校とはその点もちがう。

1年生で取り組む課題は刺し子で、基礎となる運針《うんしん》から学んだ。少しずつ縫い目を小さくし、針の使い方に慣れていく。几帳面な性格で、手先が器用な楽守は、針の目に合わせ、きれいに縫っていた。秋の学園祭に作品を展示するのが目標だった。

「家ではこれまで、縫いものなんてしたことなかったやん。小学部とはまたちがう取り組みが増え、楽守の世界が広がっとる。学校で学んだことを自分のものとし、家でもできたらええな」

志ほみは上達具合を見計らい、金魚や鳥の図案を手芸店で買ってきては楽守に渡した。図柄は楽守が自分でリクエストした。作業所やグループホームにも連れて行き、見学させた。将来のイメージを、少しでも具体的に抱かせたかった。志ほみ自身、しっかり考えておきたかった。そうすれば、なんのために「作業」の授業があるのか、楽守にもわかるはずだ。目的がわからないと、自閉症児はつまずきやすい。作業所で箱折りの上手な人を見て、「早すぎる」と圧倒されたのも、いい経験だった。働くからには、それだけがんばらないと認められない。

「ちょっと焦りすぎやないか？　まだ中学生なんやから、無理させたらあかんで」

章伸は志ほみに小言した。

「せやけど、楽守のヤル気がなによりうれしんや。本人も大人になりたがっとる」

いつもの夫婦喧嘩になりそうなのに気づいた楽守は、調子外れの歌を口ずさみだした。文化会館前での路上ライブでいつも歌う、章伸のつくった曲だった。このごろはただジャンベを叩いている状態から前進し、だいぶリズムに合わせられるようになった。上手に演奏するたび、志ほみは「大人に近づいているね」「大人みたいやね」と言って楽守をはげました。楽守にとって、それはなによりうれしい言葉である。

たしかに楽守は大人びてきていた。

「自分のことは自分でするよ」

そう言いながら布団を敷き、ついでにみんなの分もやった。朝食にスクランブルエッグなど、簡単な料理を自分でつくって食べ、後片づけも自分でした。

「えらいか？」

「役に立ったか？」

なにかするたび、楽守は志ほみに問いかけた。繰り返し自己確認しては、自分の存在や行動に自信をもたせようとした。

お小遣いを貯めるのも、好きなものを買うことから、大人になるために変わった。

「家電製品を自分で買えたら、物置代わりの小さな家で1人暮らししてもええ」

たしかに志ほみは楽守と約束していた。1人暮らしは楽守にとって、障がいを乗り越える大きな目標になっているのに、志ほみは気づいた。自立心が支えとなり、いつしか楽守はクラスのリーダー的な存在になっていた。気持ちに余裕が生まれることでまわりが見えてきたのか、自分本位に振る舞うことが減った。クラスの女の子に叩かれたときも、

「混乱していたのだから仕方ないんだよ」

そう言って、理解を示した。障がいを障がいとして、客観的に見ていた。友だちが喧嘩するのを目撃したときは、「見ていただけの自分は失敗か」と志ほみに尋ねた。そこで「今度からは先生に喧嘩しているよと伝えて」と助言した。

だからといって、いつも調子がいいわけではない。気持ちが不安定になると、反復質問が増え、食事が喉を通らなくなる。精神状態がすぐに顔に出た。参観日でも、配られたプリントを見ているうち、パニックになりかけた。前回、点数がよくなかったのを思い出し、耳をふさいで、すべ

てを遮断しようとした。

苦手な男の子がクラスに1人いるのも、不安定になる原因だった。一度でも意識してしまったら最後、なにをしてもうまくいかなくなる。克服しようにも、つらさが勝《まさ》った。強い子や、声の大きな子がだめだった。人との争いを避けるわりに、地域の学校のときからつきまとう一番病が、ことあるごとに現れた。徒競走の練習で負けたのを気にして、夜までぐずぐずしていた。楽守は自己矛盾を抱えこんでいた。

耳を触る

特別支援学校には、長く語り継がれる伝説がある。なんでも転入生が喧嘩し、足踏みオルガンを担ぎ上げて仁王立ちしたとか、そのオルガンを軽々と窓から放り投げたとか、まことしやかにささやかれている。しかもその転入生は身体の小さな小学生。教師も生徒も親も驚きをもって迎えたのだという。

小学部4年生で支援学校に転校するに際し、志ほみは事前にしっかり先生に念を押していた。

「弟の詞音も4月からお世話になります。楽守とは正反対のものをもっているので、きっと先生方はそのちがいにびっくりされると思います」

地域の学校に詞音が入学したときと同じように、注意を促した。支援学校の先生は障がい児に慣れているとはいえ、その必要を志ほみは感じた。それほど詞音は強烈だった。

伝説は半ば事実だった。転校してきた詞音は、大乱闘で迎えられた。元気な男の子がクラスに1人いた。詞音も負けていなかった。それに、女の子が加わった。互いが互いにちょっかいを出し、あたりにあるものを相手めがけて投げつけ、あごをひっかき、殴り合った。おまけに詞音は電子キーボードを担ぎ上げて威嚇した。むちゃくちゃである。地域の学校では「詞音だから仕方ない」となんでも大目に見られていたが、支援学校ではみな容赦しなかった。なにかと味方をしてくれた幼稚園の友だちとも、いまはもう離ればなれだ。

「はいはい、もう終わりにしましょう」

喧嘩する2人を担任が仲裁し、引き離した。詞音を椅子に座らせ、落ち着くまで、担任がそばについていた。気持ちを切り替えたのを見計らい、担任が肩に手を置くと、詞音はその手を握った。相手の子にも担任は言い聞かせた。それが功を奏したのか、詞音はなにごともなかったように教室で過ごした。とんだ歓迎会になってしまった。

もっともそれで終わったわけではない。来る日も来る日も2人はぶつかった。サーキット・トレーニングの授業ではすれちがうたび、体あたりし合った。

「お母さん、プレイルームで詞音が、顔を真っ赤にして喧嘩していました」

帰宅した楽守は、毎日のように詞音の様子を知らせた。詞音のことは学校中の噂になっていた。そんな日々がつづいているうち、学校に行きたくないと言い出した。いつも相手が手を出してくるのに、詞音が先にちょっかいを出したことになっている。うまく状況を説明できないのが、悔しかったのかもしれない。

「お友だちは上手に言い繕っているようですが、詞音はストレートなことしか言えないし、ストレートなことしかできません。そこをわかってあげてほしいです」

志ほみは言葉数の少ない詞音が誤解されないよう、担任に頼んだ。志ほみは必死にわが子を守ろうとしていた。

2人の喧嘩が収まったかと思ったら、詞音は友だちの耳を触るようになった。こりこりして、ふにゃふにゃしている耳の感触が、詞音にはたまらなくうれしいものなのだ。興味をもった子がいると、先生の目を気にしながら近づき、耳を触った。喧嘩よりましだが、いやがる子もいる。注意されて素直に離れても、時間をおいてまた触りにいった。

口の重い詞音は、言葉で話す代わりに、耳に触れた。地域の学校でも、同じように友だちの耳を触っていた。街で見かけた赤ちゃんの耳も気にした。触ってはいけないのはわかっているので、許しの出たときだけ、「カワイイ〜」とにんまりしながら、赤ちゃんの耳をやさしくなでた。

しかし、詞音が人の耳に触るのを、先生はいたずらととらえた。

「耳を触りに行くのは、詞音なりのコミュニケーションです。いたずらではありません。でも、相手がいやがるなら、まちがったコミュニケーションということになります。その場合は、ハイタッチとか、肩をトントンするとか、なにかちがう方法を指導してほしいと思います。詞音にはとりあえず耳を触らない約束をさせました」

単なるいたずらではなく、詞音なりの理由がある。詞音のやることはなんでもパターンが決まっていて、同じことばかりを繰り返す。志ほみは積極的に理解を求めたが、先生は「反応を楽しんでいる」「息も吹きかけている」と反論した。

「せっかくの友だちなので、よい具合に関わりができるよう、支援していきます」

担任は志ほみに言った。担任と志ほみの思いが、ほんの少し、すれちがっていた。しかし、取っつきにくい詞音を理解しようと、先生は先生で必死だった。電子キーボードをどちらが弾くかで取り合いになったときは、キッチンタイマーで時間を正確に決め、順番に使わせた。それだけで、仲よく交代できた。時間配分に不公平がないので、お互い納得できたのである。最初のころはギスギスしていたものの、時間が経つにつれ、少しずつ友だちとの関係もできてきた。先生なりの試行錯誤の結果だった。

「詞音は自分が優先という意識が強いので、順番を守ることはたしかに大きな課題です。しっかり守れれば、生きやすさにつながります」

志ほみが言うと、

「まずはクラスという小さな集団で、いろんなルールを身につけてほしいと思います。授業のなかでも、〝順番を守る〟〝時間を待つ〟という課題はたくさん出てきます。みんなにも覚えてほしい大切な決まりなので、みんなで成長できればと願っています」

担任は応えた。こうして擦り合わせ、先生と親の関係も次第にできていった。

順番を守ることを課題に、先生は授業中、シャボン玉遊びをした。順番が来るとシャボン玉ができるルールで、自分の番が来るまでは待たなくてはならない。詞音は最初のうちは待てずに途中で立ち上がってしまった。回を重ねるうち、おとなしく椅子に座り、順番まで待てるようになった。順番が来ればシャボン玉ができるとわかったからである。そんな詞音を見て、先生は「えらい！」と大きな声でほめた。詞音は特別にシャボン玉が2回できるご褒美がもらえた。

具体的かつ実現可能な目標を決め、1つひとつクリアしていく。それは特別支援学校の大きな特徴だと志ほみは感じた。抽象的な目標だと、到達できたかどうか、子どもにも親にもわかりにくい。

「社会にも順番を守れない大人がたくさんおる。一見単純な課題も、なんだか哲学的やな」

志ほみの話を聞いた章伸はそう言った。順番ひとつに、人間の本質に根ざす、奥深いものが見え隠れしている。支援学校で子どもたちが学びだしてから、章伸も志ほみもものごとを深く考え、多角的にとらえるようになった。

転校早々「西の横綱」と呼ばれるほど暴れまくり、修羅場を迎えた詞音の心はまだ、これまで通っていた地域の学校にあった。運動会に招かれると、喜び勇んで出かけた。あまり外に出たがらない詞音には、珍しいことだった。地域の学校では詞音を見かけた友だちが、

「お〜い！　詞音〜！」

と口々に声をかけ、そのたびに詞音はうれしそうにした。支援学校と普通校の交流授業が企画

されたときも、

「詞音の先生が、学校にきてたぞ」

わざわざ友だちが電話で知らせてきた。こうして詞音は転校しても友だちとの関わりがつづいていた。地域の学校を思い出すのもつらい楽守とは対照的である。

もっとも詞音にしても、泰然とわが道を突き進んでいるわけでは決してない。強いストレスを感じているらしく、ただでさえ華奢《きゃしゃ》なのに、転校以来、体重ががくんと落ちていた。それに勝てそうにない人は、最初から相手にしなかった。

証言6

絶望から

野呂庸子（楽守の音楽仲間の母）

明音は、1984年10月24日に生まれました。障がいの診断を受けるのは3歳児健診のときです。はっきりとは言われていませんが、いくつかの知的障がいが混ざっていると指摘されました。娘が障がい児とわかってからというもの、絶望ばかりでした。人のなにげない言葉に、深く傷つきました。

娘が保育園に通いはじめたとき、絵本の読み聞かせをしようとしました。そうすれば、言葉を少しは覚えるかもしれないと思ったのです。たとえ明音に1の力しかないとしても、それを10にするのが親の務めです。保育士に絵本を貸してもらえないか、頼んでみました。

「明音ちゃんに無理をさせてはいけません。そんなことを強いるのは、私たちに東大に行けと言うようなものです」

保育士にそう言われたのをいまでもよく覚えています。

「でも、東大に行くのは、決して無理な話ではないですよね」

なんとか言い返しましたが、「絶対に無理」と反論されてしまいました。心が崩れ落ちそうになりながら、これ以上、なにを言っても仕方ないと諦めました。

園長は園長で、「恥を忍んで言いますが、うちの親戚にも障がい者がいます」と言いました。

悪気《わるぎ》はなかったのでしょうが、うちの子も恥と思われているのかと疑いました。こういう先生方に明音はお世話になっているのだと思ったら、目の前が真っ暗になりました。それから園長となにを話したのか、覚えていません。

小学校は普通校の普通学級に通いました。１年生から４年生までは祖父が勉強を見てくれました。それからは夫婦で教えてきました。明音もがんばりました。とくに計算問題はよくできました。やればできる子なんです。でも、国語だけは、いくらやっても苦手でした。文章を書いたり、読んで理解することができないのです。一つの意味にも、さまざまな言い回しがありますが、言い方が少しちがうだけでわからなくなります。算数も計算はできるのに、文章題でつまずきました。小学生のとき、コミュニケーション障がいとの診断を受けました。

中学校では特別支援学級に行くよう、小児心療センターの先生に指導されました。そのほうがこの子のためになるとの意見でした。これまで親子ともどもがんばって、授業についてきただけに、私には意外な診断でした。なんとか小学校の友だちと同じ教室で学ばせたいと思いました。このままでは高校に行けなくなるかもしれません。納得できず、中学の校長に直談判してみました。理解のある先生で、普通学級に行くのを認めてくれました。

しかし、先生が口頭で説明することを、明音は理解できません。授業中にテストの範囲を言われても、ノートに書き取れないのです。仲のよい友だちでもいれば、電話をして聞けるのですが、それもままなりません。学校も明音への配慮をとくにしませんでした。健常児に混じって学ぶとは、そういうことです。

言葉はいっぱい明音の身体に入っているのに、出すところが壊れていると病院の先生に言われました。なるほど、その通りかもしれません。押し切ったかたちで入学したので、これまで以上に勉強を教え、落ちこぼれないように必死でした。そのせいか、従順だった明音が急に反抗するようになりました。泣く、叫ぶ、蹴ると、ものすごい反発がつづきました。そんなときでも大声で言えば、明音は聞く耳をもちました。やさしく話していては、心に響かないようなのです。なにか教えるには、親も真剣にならなくてはいけない。明音にそう言われている気がしました。

ピアノ教室をしている私にとって、救いは音楽でした。明音が3歳のとき、リトミックを習わせました。身体を使って、リズムや音感を養ったのです。5歳ではじめたピアノは、唯一、だれにも負けませんでした。練習をいやがらず、8時間近く、弾くこともありました。好きな曲はよく弾くのに、そうではないのはあまりやらないので、「あ、これが好きなんだ」とすぐにわかりました。

音楽系の高校で学び、さらに名古屋にある音大に進みました。自宅のある松阪から名古屋まで急行で90分ほどかかります。接続によっては3時間近くになりました。毎日となるとさすがにたいへんです。ピアノと声楽の授業がある日は私も同行しました。ピアノの先生とは知り合いだったので、注意されたことを代わりに聞いたのです。さすがに講義はそうもいかず、ノートをしっかり取るように言い聞かせました。

進学に固執したのは、親のエゴかもしれません。明音が卒業するまで、荷が重かったです。言い聞かせればその気になったし、がんばればがんばれるので、やらせてしまいました。明音の意志でなかったのはたしかです。ほんとうにひどい親だったのかもしれません。自分はまちがっていたのではないかと思うこともあります。

あまりに締めつけすぎて、型にはめ込もうとしていました。

　大学4年生になり、就職先を探しはじめました。市のハローワークに紹介された障がい者支援の会場にはたくさんの職場の方が集まっていて、そこで現在、明音が働いているケアハウスの方と出会いました。「一度見学に来てみませんか」と誘っていただき、明音と2人で出かけました。そして、ピアノが弾けるのを喜ばれ、寮母として働き出しました。入居者への食事の介助や、館内の掃除がおもな仕事です。

　老人福祉施設という職場柄、入居者とのトラブルを嫌います。エレベーターでうっかり人の足をふんでしまったり、だれかにバケツがあたったりして、働きはじめた当初、明音はきびしく指導され、何度もパニックを起こしました。そのたびに迎えに来てくださいと家に電話がかかってきました。


「日本語のわからない外国人が働くようなものだから、無理もないよ」

　主人は明音を慰めていました。言葉が苦手で、コミュニケーションがうまくできないのだから、たしかに言葉を知らない外国人のようなものかもしれません。そのうち仕事にも慣れ、入居者や職員のみなさんにかわいがってもらい、生き生き働きだしました。月に一度の誕生会では、明音の弾くピアノに合わせ、入居者さんに歌を唄っていただいています。

　ときどきコンサートに出て、ステージにも立っています。楽守くんと知り合ったのも、明音の出演するイベントです。無理をさせたかもしれないけれども、明音には音楽があってよかったと思います。音楽がなかったら、明音のほとんどがないも同然だからです。これまでずっと夢中でしたけど、振り返ればよくやれたなと自分でも思います。

第5章

パターン

pattern

スクールバス・ウォー

詞音が転入してきたことで、兄弟はふたたび同じ学校で学びはじめた。楽守は中学部1年生、詞音は小学部4年生だった。

学校へは山間の村から志ほみが麓《ふもと》までクルマで連れて行き、途中にある停留所でスクールバスに乗り換える。帰りは逆に停留所まで志ほみが迎えに行った。このスクールバスが、詞音の前に立ちはだかる大きな試練だった。いろんな学年の子が乗り合わせるため、教室以上に小競り合いが絶えないのだ。自閉症の子どもの多くは、なんでも一番にならないと気がすまない。バスの扉が開いた瞬間、一斉に乗ろうとして殺到する。

詞音も一番になりたくて、だれより先を急いだ。地域の学校では、まったくといっていいほど人と競わず、勝ち負けなど気にしなかった。すべてを遊びにしてしまう詞音にしてみれば、そんなことはどうでもいいことだった。それなのに、特別支援学校に転校してからというもの、負けるのはいやだとの感情が芽生えていた。人が変わったように、一番にこだわりだした。みんなが張り合ってくることで、はじめてまわりを意識したらしい。

もともと重度の一番病だった楽守も、転校した当初はバトルに加わった。われ先にと焦り、肩と肩がぶつかって喧嘩になった。そのうちどうせ座れるのだから、競争の意味はないのがわかった。それからは、お先にどうぞと余裕の態度をとりだした。兄弟でまったく逆の反応を示したのである。

ダッシュ競争に負けたり、途中で人にぶつかったり、なにか詞音の気に入らないことがあるたび、楽守がとばっちりを受けた。突然、パニックになって暴れだし、隣に座る楽守を蹴ったり、噛んだりしたのである。やり返せないまま、一生懸命、やめさせようとしても、詞音の怒りは収まらない。それがつらくて、楽守の目から涙があふれ出た。

悪いことや、いけないことを学校でしたら、家に帰って好きなことをして遊べない。それが志ほみと子どもたちで決めたルールだった。

「今日はパソコン、禁止です」

楽守を泣かせた詞音は、なによりのお楽しみを取り上げられた。詞音もちゃんとわかっていて、パソコンに触ろうとしない。楽守にもきちんと謝った。楽守は楽守で、紙でつくった小さな人形を詞音に見立て、ヘビと戦わせていた。そうして詞音へのストレスを発散させたのである。

一番病が伝染した詞音も、「生単」の授業にあるボーリングが苦手だった。楽守もさんざん苦労していたが、詞音はそれ以上だった。だれかが自分より多くのピンを倒したら、「悔しい〜!」と言って怒りだした。負けそうになると、「もうダメだ」と歯ぎしりした。順番こそ守れるものの、ピンが倒れないとイライラしはじめ、まわりの人やものにあたった。詞音がルールをわかっているのか、はじめのうち、担任はわからなかった。しかし、悔しいと思えるからには、ルールを少しは理解しているはずである。

チームでやる対抗戦では、「詞音がいちばんか？」と、トンチンカンなことを言い出した。チームが勝ったのであって、詞音が勝ったのではない。そのちがいを詞音はわかっていなかった。

詞音はとにかく勝ちにこだわった。同じ一番病でも、楽守はきちんとルールを守るのに対し、詞音はズルをしてでも勝とうとする。負けたら楽守はいつまでも引きずり、くよくよするが、詞音は気持ちを一気に爆発させた。

苦手でも、嫌いなわけではないらしい。校庭で旗やコーンに向かって自転車で突っ込み、倒して遊びだしたのである。人間ボーリングのつもりらしい。詞音はなんでも遊びにした。

「危ないからやめなさい！」

先生がいくら注意しても、詞音は聞く耳をもたない。毎朝、登校しては、さっそく人間ボーリングに興じた。だれか友だちを誘うわけではなかった。１人で黙々と遊びつづけた。そのまま自転車で校内に突入して廊下を走り、トイレにまで乗り込んだ。

「みんなとなにかしたり、みんなのなかでなにかをやるのは、詞音のいちばん弱いところです」

詞音を理解してもらえるよう、志ほみはできるだけ先生に詞音の特性を伝えた。

転校以来の大騒動が、ついに運動会で頂点に達する。徒競走で負けたのだ。完璧なスタートを切り、一番だと確信してゴールした。しかし、最後の最後、ゴール直前で抜かれたことに、詞音は気づかなかった。予想外の結果に、怒りが炸裂《さくれつ》する。靴を投げ、靴下を投げ、シャツを脱ぎ捨て、最後はパンツ一丁になって駄々をこねた。一世一代の大暴れに、応援していた観客はみな大笑いだった。しかし、章伸はちがうように見ていた。

「顔を真っ赤にしてがんばり、一生懸命走る詞音の姿をはじめて見た。来年の運動会は、一番になんかならなくても、やつあたりせんとええなあ」

章伸は志ほみに言った。最後に抜いた友だちが靴を拾って詞音に渡しても収まらず、教室でクールダウンしてようやく気持ちを切り替えられた。

「勝ち負けがはっきりしていることで負けても、それを楽しめる子になって欲しいな。ボーリングの授業で負けに慣れるのが、やはりいちばんかもしれへん」

志ほみはボーリングの効果に期待した。負けに慣れることで勝ち負けにこだわらなくなるという考え方が単純明快で、志ほみには興味深かった。

「詞音くん、ボーリングでもずいぶん成長しているんですよ。口ではよく『ダメだ～』と言っていますが、ものにはほとんどあたらなくなりました。負けても『残念～』の一言で終わり、次の活動にすんなり移れています。今日の運動会は特別です」

担任は詞音をフォローした。運動会のクラス写真に映る詞音は、いままでになくいい表情をしていた。

かたちへのこだわり

ほかの学年の子がちょっかいを出してきて、詞音が鞄につけているキーホルダーがばらばらになってしまった。いつもなら喧嘩になるところだが、このときはスクールバスに乗り合わせた子どもたちがびっくりするほど、詞音はひどいパニックを起こした。この世の終わりが来たかのように泣き叫び、のたうち回り、あたりのものにあたり散らした。

「はい、詞音くん。これで元通りよ」

バスの介助員がボンドでキーホルダーを直したのを見て、詞音は機嫌を直し、けろりとしていた。お気に入りのキーホルダーが壊れ、もとあるかたちが変わったのに我慢ならなかったのだろうと、介助員は迎えにきた志ほみに説明した。

「鞄につけとると、また取れちゃうで。なくならないよう、はずしておこか」

志ほみは詞音に尋ねた。パニックの原因を、あらかじめ減らしておきたかった。

「ダメー！」

詞音はそう言ったきり、耳を貸さなかった。家でもプラモデルや粘土など、自分のつくったものが壊れると取り乱した。志ほみが掃除をしたりして、飾ってある場所から少しずれただけでも、大声を出した。元に戻せば、すぐ冷静になった。どうして気づくのだろうと思うくらい、わずかな変化さえ、見逃さない。ほんの数ミリでもだめなのだ。

学校のプールでゴーグルをなくしたときは、思い出しては「なくしたー」と引きずっていた。ものにこだわるのはわかっているので、スポーツ品店を３軒回り、同じメーカーのゴーグルをやっとのことで見つけた。

「黄色ぃのをなくした」

渡したのはかたちは同じでも、色が青だった。詞音はそれが気に入らない。

「黄色ぃのをなくした」

しつこく言った。

「見つかれば、黄色ぃのを使います」

志ほみは詞音に言い聞かせた。それでも、「黄色ぃの、黄色ぃの、黄色ぃの、黄色ぃの」とぶつぶつ言った。詞音の気持ちを察した楽守が、プールの隅から隅まで潜り、ようやく見つけた。黄色ぃゴーグルを手にした詞音は、とてもうれしそうだった。それからはなくさないよう、目から外すときも首にしっかりかけていた。詞音は楽守ほど、気持ちは引きずらない。気分転換できれば、それで終わる。しかし、ものへのこだわりは、はるかに強い。色やかたちに執着するのである。

かたちが変わるのをいやがりながら、なぜか奇妙な変身願望が詞音にはあった。ある日のこと、歯に2枚の紙を貼り、出っ歯のようにして教室に入ってきた。それ見た先生と生徒は大笑いした。

「詞音くん、なんなの、その顔！」

「出っ歯！　出っ歯！」

子どもたちの冷やかしに、いつもの詞音なら腹を立てるところだが、気にもせずにすましている。

「はいはい、詞音くん、早く席について！」

担任は怒った声で言った。詞音がウケを狙い、ふざけていると思ったのである。担任の知らせが気になった志ほみは、詞音がなにに変身したのか、聞いてみた。

「アノマロカリス」

なにを言っているのか聞き取れない。もう一度、尋ねた。

「アノマロカリス」

それでもよくわからず、紙に書いてもらった。呪文みたいなカタカナが並んでいる。

「5億年前の海にいた、エビみたいな生き物」

詞音は早口で説明した。

「出っ歯ではなく、牙」

笑わせるつもりでやったわけではないらしい。それにしてもどこからアノマロカリスなんて出てきたのだろう。図鑑で覚えたのだろうか。志ほみは詞音の頭のなかを覗いた気がしていた。

変身がウケると思ったのか、次の日の給食時間に突然、詞音は耳の穴にティッシュを突っ込んで、教室の前に立った。牛乳を思わず吹き出してしまう子もいたが、アノマロカリスほど、笑いはとれなかった。なにに変身したのか、このときも志ほみは詞音に聞いてみたが、どうもよくわからない。本人はきっと真剣なのだろうが、うまく言葉で説明できないのが不憫だった。

楽守の誕生日、大きな公園にできた新しいレストランに、家族で出かけた。詞音が通学途中に見つけ、行きたいと目をつけていた。地元の農家が持ち寄る、新鮮な野菜をふんだんに使う料理が売りだった。楽守にぴったりだが、詞音が兄に気を遣って選んだわけではない。そんなことをする詞音でないのは、志ほみはわかっていた。きっと外国の山小屋を思わせる外観に惹かれたのだろう。

家族そろって外食なんて、ずいぶん久しぶりだった。楽守がまだ幼稚園に通っていたとき以来である。かれこれ7年近くも前だ。どんな悪さをするかわからないので、ずっと外食を避けてきた。

詞音がそのレストランに行きたくてうずうずしている姿を見ているうち、大丈夫ではないかと志ほみは感じた。特別支援学校でおこなわれた外食体験で、楽守はとくに問題を起こしていない。

「手をつなげると感じたときと同じなんやろな。思った通り、ずっといい子にしておった」

おとなしく食事をする楽守と詞音の姿を見て、志ほみは安堵した。

「いつかは成長すると思ってたけど、少しずつでも成長しとるもんやな。ビュッフェでも自分で食べられる分を上手に盛り、必要以上にとってこんかった。それを見て、感動したで」

章伸の言葉を聞き、志ほみの目に涙があふれてきた。ほかのテーブルを見れば、大の大人がビュッフェから食べきれないほどよそってきた料理を、平気で残している。

「鶏の唐揚げ、おいしいね」

詞音は好物ばかり選んできた。

「ここの野菜は、ほんとうに無農薬か？」

楽守は虫食いひとつないサラダの葉っぱを見て、訳知り顔で独り言した。

それからというもの、休日に外食するのが家族の楽しみになった。子どもたちの様子を見ていて、志ほみはおもしろいことに気づいた。詞音1人のときはメニューから自分の好きなものをさっさと選ぶのに、楽守がいると楽守が選ぶまで待ち、同じものを頼むのである。

「よほど嫌いなもんやと別のものを探すけど、楽守を真似していればまちがいないと思っとるみたいなんや」

志ほみの観察は、普段の行動にも表れた。きまじめな楽守は、詞音のよい手本になっていた。楽守にも兄の自覚が少なからずあるようで、なにかと弟をかばっていた。

約束は絶対

バスから降りてきた詞音が、中学部の生徒を教室まで追いかけ、いきなり叩いた。

「こら、だめじゃないか」

見ていた先生が注意するのを、詞音はきょとんとした顔つきで聞いた。いつもそうやって詞音は叱られている。楽守が割って入ってきた。

「バスのなかで叩かれた仕返しだよ」

そう言って、話せない詞音に助け船を出した。

「仕返しだからといって、叩いてはいけません。理由があるなら、言葉で伝えなさい」

詞音が話さないことは知らないのかもしれないが、先生に意地悪を言われていると楽守は受け止めた。悪さばかりしている詞音を、よく思っていないのだろう。

「お母さん、詞音に叩く理由を言えと言うんです」

楽守は先生に言われたことを、怒って志ほみに伝えた。

「人やものにあたらず、自分の思いを言葉で表現できると、まわりの人との関係もスムーズになるんやけどなあ」

志ほみは楽守に呟いた。楽守は軽くうなずいた。たとえ言葉が出なくとも、詞音は相手の言っていることはわかっている。しかし、詞音が言葉をわかるなんて、ほとんどの人は気づいていない。章伸でさえ、なにかと詞音は言葉を知らないと言う。それが志ほみには不満だった。詞音は詞音で、言い返せない気持ちをよく絵にして、教科書やノートに描いていた。

「遅くなりました」

ある朝、遅刻した詞音がそう言いながら教室に入ってきた。いつもは黙って自分の席に着くだけなので、担任は驚かされた。場面に合った言葉を、適切に使っているからだ。

意思疎通がうまくいかないせいか、あらかじめ決まっている予定通りにものごとがすすまないと、詞音は必ずといっていいほどキレる。猛烈に腹を立て、パニックになる。約束が破られたと知り、爆発するのだ。買ってもらうことになっているお菓子を、志ほみが買い忘れたら最後、手がつけられなくなる。「売っていなかった」「店に行かなかった」といった言い訳は、一切、通じない。

休日、遊びに行く予定が雨で中止になっても、許さなかった。とにかくなにがあっても行かなければ、1日中、荒れる。詞音の世界では、予定は予定、約束は約束なのである。どんな些細なことでもダメだった。

遠足の朝、雨で出発が大幅に遅れた。詞音に限らず、自閉症の子どもは突然予定が変わるとパニックになりやすい。先生ははらはらしていたが、1時間ほどでやみ、なんとか出発できた。森林公園の小道を、手をつないで歩き、吊り橋をこわごわ渡った。お弁当をみんなで食べた。遅く出発したため、予定していたわんぱく広場には寄れないうち、帰りの時間になった。

広場には、木でできた大きなアスレチックがたくさんある。詞音はあらかじめホームページで、なにがあるか、細かくチェックし、片っ端から試すつもりでいた。遠足でいちばんの楽しみだった。

「バスに乗らない」

予定していた場所に行かないことに納得できない詞音は言い張った。ほかの子がみんなバスに乗っても、詞音はかたくなに拒んだ。

「乗らない」

根負けした先生は詞音を1人、広場に連れて行った。1つでもやれば気がすむだろうと先生は踏んでいた。思った通り、それで詞音は落ち着き、バスに戻った。

「森林公園に行きたい」

公園から帰ってきたばかりの詞音が、迎えに来た志ほみに頼んだ。

「そか。みんなで行こか」

雨で遅れ、やりたいことができなかったのは、志ほみのお見通しだった。さっそくその週末、家族で森林公園に出かけた。脇目もふらずにわんぱく広場に向かった詞音は、アスレチックを順番にやってみた。遠足のときに詞音が思い描いていたことだった。ようやく満足し、すっかり安心していた。こうして1つひとつ解決するのが詞音には、いちばん有効なのである。

それから公園にある日帰り温泉施設に立ち寄った。それも詞音の希望だった。遠足のときに見つけたのである。

外泊のときはずっと志ほみが詞音を女湯に連れて行っていた。身体が小さく、女の子みたいな顔をしているので、とくに問題にはならなかった。しかし、さすがに区別をつけたほうがよい年齢となり、小学校3年生からは章伸が男湯に連れて行くことになった。志ほみの実家の人たちとの旅行が、最初の機会だった。年に一度、みなで顔を合わせるのが恒例なのである。楽守を生まれたときから知っている、従姉妹の真理奈も来た。

「すげえ、たいへんだったわー」

詞音を風呂に連れて行った章伸は、げっそりして部屋に戻ってきた。

「えらい早かったなあ。もっとゆっくり温まればええのに」

と志ほみは言った。

「詞音が暴れて、それどころじゃなかったんや。すっかり身体が冷えてしもうたわ」

章伸がぼやくのを聞き、志ほみは真理奈と顔を見合わせた。

「詞音、もうだいぶおとなしくなったのに……」

真理奈が言えば、

「章伸は、なんも知らんのや」

志ほみは笑った。章伸はばつが悪く、言い返せなかった。

以来、章伸はあれこれ理由をつけ、外泊を避けてきた。詞音をお風呂に連れて行くのがいやだった。詞音が温泉に行きたいと言い出したとき、章伸が露骨にいやな顔をしたのはそのためである。たいへんなのは目に見えている。

「大丈夫やと思うで。支援学校で入浴指導、受けとるし」

志ほみの一言に意を決した章伸は、「走り回らない」「お湯に入るときは静かに」の2つを何度も言い聞かせた。それが功を奏したのか、詞音が成長したのか、周囲に迷惑をかけることなく、落ち着いて入浴していた。章伸はようやく雪辱を果たせた気がした。

「予定通りでないとキレる分、自分でもしっかり約束を守る。それも詞音のこだわりかもしれへん」

章伸はホッとしていた。

翌朝、登校した詞音は、「行ってきた」と担任に報告した。そして、「温泉はもういい！」と付け加え、ニヤリと笑った。先生にはなんのことかわからなかった。温泉でおろおろする父親の姿が、詞音の目に焼きついて離れない。どうやらそのことを詞音は先生に伝えたかったらしい。

自傷行為

授業では生徒の興味を引き、関心をもたせるのが鍵となる。そのためにも工夫が欠かせない。詞音は体育の授業で、鯉のぼりにボールを入れ、自分もなかに入る運動をした。先生は鯉のぼりで子どもたちの気を引こうとしたのである。

「少しでも積極的にやれるよう、場面設定するのが教師の役割です」

先生は志ほみに言うのだが、いつも思惑《おもわく》通りにいくわけではない。実際、詞音は鯉のぼりには関心を示さず、やろうとしなかった。授業中にもかかわらず、1人だけ校庭の隅でぶらぶらしていた。そのうち、足下に落ちている棒きれを拾った。二股に分かれ、かたちがおもしろいと詞音は思った。あとで遊ぶため、見つけたばかりの宝物を隠したら、俄然ヤル気が出てきて、鯉のぼりのなかに潜り込んだ。なぜか棒きれが詞音の心をつかんでいた。

授業が終わって棒きれを取りにいくと、二股の部分がちぎれていた。詞音は怒りだした。

「自然にちぎれたのだから、仕方ないよ」

先生の説明に、詞音は納得がいかなかった。先生が見ていたわけではない。棒きれが自然にちぎれるはずがない。だれかがちぎったにちがいないのだ。

パニックになった詞音は、学校中を走り回った。そのあとを、先生は必死に追いかけた。しかし、どこにも詞音の姿は見あたらない。さんざん探し、花壇のところにいる詞音を見つけた。詞音が学校でいちばん好きな場所である。

「棒、修理しようよ」

先生が詞音に言っても、詞音はなんにも言わない。どうやら棒のことなどすっかり忘れ、関心は花壇の花に移っていた。

風邪気味の詞音に、「体育は見学」と志ほみが言ったときも、詞音はひどいパニックになった。はじめ志ほみは原因がさっぱりわからなかった。体育を見学するのがいやなのだろうか。いろいろ考えたが、どうやら体育を見学するとはどういうことなのか、意味がわからないらしい。

詞音も「見学」という言葉は知っている。しかし、それは「作業所を見学する」や、「学校を見学する」という言い回しで使う言葉だった。「体育は見学」で「体育をしないで休む」になるなんて、詞音のなかでは結びつかないのだ。それでパニックになった。

「これまでいろんな言葉を普通に使ってきたけど、詞音の理解していない言い回しがたくさんあったんやろうな。それが詞音の混乱を招いていたんやと思う」

詞音の言語感覚には、一種独特なものがある。どこか詩的で、あくまで現実的な楽守とは大きくちがう。章伸がクルマのなかでいつも聞いているCDのジャケットを見て、写真に写るどこかの景色を、詞音は「遠い道」と言い表した。絵を見た印象を言葉で表現する感性に、志ほみは心を打たれた。

フランス製のお菓子を食べるときに「フランスの香りがする」と言ったかと思えば、おならを握りっ屁《ぺ》して「くさい爆弾」という言葉を編み出し、家族を笑わせた。こうした言葉の使い方に、詞音らしさを志ほみは見て取った。折り紙で百面相をつくれば、中に顔ではなく、イラスト入りで言葉遊びを書いた。それほど言葉にこだわりを示した。独自の発想がおもしろく、やることなすこと、志ほみにウケていた。

気持ちを言葉にできない詞音は叩くことで意志を伝えようとする。しかし、それではなにを言いたいのか、当然、友だちにはわからない。だからただ叩き返してくる。詞音が叩き、相手が叩く。その繰り返しだ。

痛くて詞音は半泣きし、友だちはまたやられるのではないかと警戒する。先生や親の見ていないところでやるので、注意のしようがない。先生が気づいたころには、友だちとの関係があやしくなっていた。

「お友だちが詞音くんの手をもち、自分の頭を叩かせようとしていたので、注意しました。どうやらまちがったコミュニケーションの仕方を覚えたようです」

担任は志ほみに報告した。自閉症は人との関わりがうまくできない障がいだけに、関係がよくなったかと思ったら悪くなった。障がいから来るこだわりが、関係を複雑にした。楽守は女子のほうがつきあいやすいが、詞音は逆に男子のほうがいい。なぜかぽっちゃりした子が好きで、「お餅みたい」と言っては、触ろうとした。それでまた叩き合いがはじまる。

音楽の授業で、曲に合わせて自分で動きをつくったとき、詞音はとても苦労していた。1人ずつ前に出てやるのだが、先生や友だちの動きを真似られても、自分が前に出る番になると、なにもできなかった。身体が動かず、困った顔を浮かべ、助けを求めた。その様子を友だちが真似し、腹を立てている。真似る授業なので、友だちに悪気《わるぎ》があるわけではない。それがわからずにふてくされ、詞音は教室の隅に行ってしまった。人前でなにかするのが、詞音には苦痛だった。

次の音楽の授業で、また同じことをやらされるのがいやで、友だちと遊ぼうとした。

「勉強中だからダメ」

先生にきつく注意された詞音は、床におでこを何度もぶつけだした。パニックになって、自傷行為に走ったのである。そんなことをするのははじめてだった。慌てた担任は抱きかかえるようにしてやめさせた。詞音はそのまま先生の膝に15分近く、うずくまっていた。

この日を境に、詞音は感情がコントロールできなくなるたび、自傷行為に走った。手近にあるものでおでこを叩いたり、まわりになにもなければ自分の拳《こぶし》で頭を叩いた。なにがきっかけだったか、その場にいた担任にも説明がつかなかった。

「言葉・数」の授業で時計のプリントを目にした詞音は、

「これ、難しいよ」

と言いながら、鉛筆で頭を突いた。血がにじんだ。指先についた赤い血を見て、

「お母さんに治してもらわなきゃ」

そう言って泣いた。

自傷行為をするのに、痛みにはとても弱い。ちょっとした怪我でもオーバーに反応し、気持ちが落ち着くまで、ひどく痛がる。

「先生が治します」

担任が言うと、詞音はうなずき、志ほみの代わりに治療を任せた。プリントを配ろうとする先生に、「難しいのはいけません」と牽制する日もあった。パニックを自分で防ごうとしているのだと先生は思った。我慢の拳は、詞音にはまったく効き目がなかった。同じことをさせても、深呼吸をさせても収まらない。

詞音は楽守のように大声で泣くことはまずなかった。つらいときは大人の膝に顔を埋めて泣いた。先生の膝に顔を埋めたまま、

「詞音はいい子だよね？　詞音はいい子だよね？」

繰り返し、確認してくる。

「はい、よい子ですよ」

先生は何度も相づちを打った。そうしているうちに詞音は落ち着きを取り戻す。

志ほみはどのように子どもと向き合えばよいのか、わかってきたつもりでいた。それでも詞音の自傷行為だけは、たまらなくきつかった。

リズム感

音楽をはじめてから、楽守の人との関わり方が大きく変わった。だから詞音もバンドに加わるのを志ほみは望んでいた。

「詞音も音楽に興味があるみたいやし、どうやろ。キーボードが上手やから、ええんやないか」

どうすれば詞音がその気になるのか、章伸もきっかけを探していた。人に与えられたものをやる性格ではないからだ。

詞音の将来のイメージを、志ほみはつかめないでいた。イメージさえできれば、それに向かって歩んでいける。しかし、楽守が幼いころにパイロットと言ったような夢を、詞音は口にしなかった。いかんせん、詞音はうまく話せない。楽守以上に、将来、苦労するだろう。楽守の授業参観に行けば中学生になった詞音を思い浮かべ、高等部の見学に行けば高校生になった詞音を想像した。

「同じ障がい児でも、性格がちがえば、寄り添い方もちがう。子どもが2人いて、片方が障がい児で、片方が健常児という親が、健常児は育てるのが楽だとよく言うとるやん。ぼくらは2人ともやから、普通の子を育てたら、どんな悩みが出てくるんやろなと、つい考えてしまう。障がい児を育てるのは、やはりたいへんやからな」

楽守に寄り添うのは、音楽でよかったのかもしれない。しかし、詞音の場合はどうなのか、章伸は考えあぐねていた。寄り添い方をまちがえば、その子にとってよい方向にならないだろう。ライブについてきても、詞音は演奏には関心を示さず、寄りつきもしなかった。外で遊んだり、クルマのなかで過ごした。志ほみがそばについていた。機嫌がよければ、バンドの写真係を買って出ることもあったが、すぐに飽きて、どこかに行ってしまう。

本格的なライブなら、印象もちがうかもしれない。そこで友人でもあるプロミュージシャンのライブに、楽守と詞音を連れて行ってみた。

「本物を見せるのは、子どもの将来にとって、とても大切やで」

章伸の意見に、志ほみは異論がなかった。しかし、楽守が演奏を楽しんでいる横で、詞音はずっと耳を手で押さえ、やりすごした。それでいて演奏が終わったら、もってきたCDにちゃっかりサインを頼んでいた。ジャケット写真を見て「遠い道」と詞音が言った、お気に入りのCDである。

プロのライブで楽守が学んだのがMCだった。演奏の合間に、簡潔な言葉で観客の心をとらえ、次の演奏につなげていく。さすがだと思った楽守は、恒例となったくれよんサークルでのコンサートで、さっそくMCを試した。

「最近、エコにこだわってます。買い物にはエコバッグをもっていくので、お店の人に『レジ袋、いりません』と言います。みなさんも真似してください」

堂々とした語りに、会場から拍手がわき起こる。演奏のあと、アンコールの代わりに、「楽守くん、エコの話をして！」とリクエストされた。

「こまめに部屋の電気を消して歩いたら、電気代が下がり、お母さんに喜ばれました。お父さんも協力してください」

観客は大笑いし、電気をつけっぱなしにしている章伸はボケてみせた。楽守がエコにこだわるのは、雨が降りつづけたら地球が滅びるとの思いから来ていた。環境に気を配れば、可能性が少しでも減る。

「焦らず対応し、上手に話しとった。人前に出ることで、ずいぶん成長しとるで」

手応えを感じた章伸は、ライブの機会を少しずつ増やした。楽守の演奏もずいぶん上達していた。最初のころはただ叩くだけで、テンポがずれても、音が変でも演奏をつづけた。わかっていないのだから、無理もない。それがある日のライブで、音がずれたのに楽守が自分で気づき、修正する瞬間があった。それを目のあたりにした章伸は、覚醒する思いがした。

「リズム感が出てきた証拠やで。音感って、あとからでもつくもんなんやな」

このところ毎日、練習した成果だった。学校から帰ると、インターネットで見つけた映像に合わせて叩いたり、CDに耳を傾けた。楽守は楽守なりに努力していた。おもしろい替え歌を思いついては口ずさみ、1人で大笑いした。ライブではウケが肝心だった。自分で楽しめてこそ、人も楽しませられる。ライブを聴きに来る人が増えるにしたがい、自分の演奏が喜んでもらえているると実感できたのも大きい。自分のことで精一杯だった楽守が、集まってくれる人のことを考えられるまでになっていた。

音楽で知り合う人たちはみな、1人のミュージシャンとして、対等に接してくれるのが、楽守には心地よかった。だれも障がい児とは見ない。

「お父さん、ギター教えてください」

ライブの帰り、楽守が唐突に言った。章伸が長らく望んでいたことだった。無理に教えても、上達は見込めない。自分から言い出すのを待つしかなかった。

「章伸は『やったね!』と、めちゃ、うれしそうやった。ヤル気になれば、覚えるのも早い。弦を押さえながら弾くギターは、2つの動作を同時にせなあかん。自閉症の楽守にはできへんと思い込んどった」

志ほみは顔をほころばせる。

章伸からギターを習いはじめた楽守はさらに自信をつけ、

「将来はプロのミュージシャンになります」

「世界ツアーに出ます」

MCでそう自己紹介するようになった。途方もない夢ではあっても、将来に向けて自分の足で歩み出したわが子の姿が、志ほみにはまぶしかった。

「いろんなところで演奏して感じるのは、障がいや自閉症のことを受け取る側もさまざまということなんや。耳を傾けてくれる人もおれば、そうでない人もおる。なかには露骨にいやがる人もおるんや。とにかく自分たちにできることはリアルに見せて、あとは受け手の感性に任せるしかないと思っとる」

章伸はライブで感じてきた印象を志ほみに漏らした。支援学校の反応も、先生によってまちまちだった。「楽守くんの演奏を聴いてみたい」と応援し、ライブ会場まで駆けつける先生もいれば、関心を示さずに距離を置く先生もいた。

「生活単元学習」の授業で、カラオケを歌ったとき、楽守は歌をセットしたり、マイクを回したりして世話を焼いた。ライブ活動をしている楽守がなにを歌うのか、先生は楽しみにしていた。きっとみんなをノセる曲を選ぶだろうと期待した。しかし、楽守は演歌を、高めの声で熱唱しはじめる。先生も友だちもびっくりしたが、それはそれで大ウケだった。

普段、家では聴かない演歌をどうして選んだのか、志ほみは気になった。楽守に聞いたところ、「大人みたいでかっこいいから」と答えた。それが志ほみはおかしくてたまらなかった。

「楽守もすっかり安定してきたし、バンドの名前から、〝不安定ユニット〟という言葉をとろうと思うんや」

章伸は晴れ晴れした顔で、志ほみに告げた。

「そやな」

志ほみは「ほんとうに大丈夫なんやろか」と漠然とした不安を感じつつ、章伸をねぎらった。

パターン

「言葉・数」の授業で、楽守は本物のお金を使う、お買い物ごっこをした。メモを見ながら品物をそろえ、会計をしてレシートをつくる。最後に「ありがとうございました」と言う約束だった。生活に即した計算なので、ただ問題を解くより、数の概念が把握しやすい。

　授業の仕上げに、みんなで郵便局に出かけた。実際にはがきを買う体験をするのである。「はがきを2枚ください」というセリフを楽守は事前に練習し、本番では自信をもって言えた。

「〝ありがとうございます〟も言えました」

　付き添いの担任に報告した楽守は、興奮気味だった。帰り道では、「クルマ、きたよ」とまわりに知らせ、重度の子に気づかった。普段もバスでお年寄りに席を譲ったり、荷物をもつのを手伝っている。自然にこうしたことができるようになったのは、先生の手伝いをしたのがきっかけだった。生来のやさしい性格に加え、ライブで準備と片づけをやっているのもある。

「周囲に気配りし、感謝の言葉が言えるようになりました。私にはないものを、楽守はたくさんもっています。人として大切な、とても純なものです。これからも楽守らしく生きていって欲しいです」

　志ほみは担任への連絡帳に綴った。

しかし、楽守のよさであるやさしさが、ときに先走って誤解を招いた。それでつらい思いをした。「人に親切にする」と、「お節介をしない」の差が、楽守にはわからなかった。親切は容易に理解できても、お節介という否定的で、微妙な心の動きは理解できない。ほめられると思ってやっているのに、逆に叱られてしまう。そんなことが重なれば、人の顔色をうかがってばかりいて、気持ちがしんどくなる。ほどほどがよいのだが、それが楽守にはいちばんむずかしい。

ものごとの加減がつかみにくい自閉症の特性が、マラソンの練習でも出ていた。１周ごと、タスキにとめた洗濯ばさみをバケツに入れるルールだった。成果が一目でわかるようにして、モチベーションを高めるのが先生の狙いである。楽守は13個も洗濯ばさみをつけて張り切った。そして、公約通り、13周、なんとか走り切った。「がんばったね」と志ほみは口ではほめたが、不安がよぎる。

「自分の限界まで走るより、無理のないペースのほうが、マラソンを楽しめるんやないか？」

次の練習では少し欲張り、洗濯ばさみを14個つけた。そんなことが何回かつづき、16個になったとき、ついに走りきれず、途中でギブアップした。楽守は悔しそうな顔をした。

それで懲りたのか、次の授業では13個にした。

「13周でいいなら、13周でいいよ」

先生は楽守に声をかけた。12周で走るのをやめた。それが自分のペースだとわかったからである。がんばりすぎず、諦めないくらいが楽しいし、気持ちいい。

「2年生になって、ファジーな部分もしっかり身についてきた。〝こうしなくてはいけない〟も大切やけど、〝これくらいでいい〟は生きやすさには必要や」

志ほみは妙ちゃんに電話口で言った。しかし、多くの親はもっともっとがんばらせようとする。たくさんやるのが大切だとみんな考えている。同じ自閉症の子どもを抱える親にも、いろんな考え方があった。

「普通の子どもを育てても、子どもだけってお母さんはおるよな。子どもが趣味になっていて、どれだけ世話を焼くかを競っとる。それが親として周囲に認められる要素の1つになっとるんやろうな」

妙ちゃんは言った。塾にお受験と世の親は子どもを追い立てているけれども、その先にはなにがあるのだろう。がんばりどころがちがうのではないか。子どもの障がいで先が見えない分、志ほみにはわからなかった。志ほみにとって子どもの自立とは、計算ができることではなく、身の回りのことがしっかり自分でできることなのである。

「社会に出る前に、なんとか臨機応変にできるようにさせたいなあ。これができるからといって、あれができるとは限らん。自閉の子はパターンやから、場面が変わったらあかん」

楽守は楽守なりに、詞音は詞音なりに、充実して生きていって欲しい。志ほみにとって、子育ての最終目標はそこにあった。

パターンが決まっている——。それは自閉症児を育てるうえで、いちばんのポイントだと志ほみはようやく気づいた。生活も勉強もすべてがパターンなのである。時間割は時間割通りでなければならない。予定は予定通りでなければならない。それが少しでも崩れるだけで混乱する。パニックになる。

家族でショッピングモールに遊びに行くときは、ゲームに行って、それから食事をする流れにしていた。それがパターンだった。一度、お腹がすいているからと、先にごはんを食べに行ったことがある。そうしたら楽守も詞音もパニックを起こし、いっさいなにも口にしなかった。まずゲームに行かないと、気がすまないのだ。小さなころはそれがパターンとはわからず、なんで癇癪を起こしたのか、志ほみは戸惑ってばかりいた。成長しても、この部分だけはまったくなにも変わらなかった。楽守と詞音の核にあるものかもしれない。

「自閉の子は、本能で生きとる。この世に生まれたときから、あの子らはちがう世界で暮らしとるんや。小学部のときは、パターンが決まっている特性を先生がしっかり支援しとったけど、中学部では世間であたり前とされることは何度も言わなくなり、子どもたちはよう混乱しとる」

中学部になってから、先生は子どもは親から離れるべきだ、親も子どもから離れるべきだとの態度を示した。もっとも、そうして突っぱねられることで、子どもたちはしたたかに成長し、いろんな場面に対応できるようになってきているのもたしかだった。

大人になる準備

小さなころから、楽守になにかを教えるのはとてもむずかしいものがあった。勉強でも、生活のことでも、同じである。人の意見はまず聞かない。聞こうともしない。親子バンドでの演奏も、楽守は自己流でしてきた。章伸のアドバイスを聞くには聞くが、よほど言葉を慎重に、上手に選ばないとうまくいかない。アドバイスを叱られたと受け取るからだ。

そんな楽守が外国人ミュージシャンの音楽教室に行きたいと言い出した。

「もっとうまくなりたいので、カホンの叩き方を習いたいです」

カホンとはペルー発祥の打楽器で、スペイン語で大きな箱や引き出しの意味がある。箪笥《たんす》の引き出しを太鼓代わりに叩いたのがはじまりだった。

楽守の気持ちを大切にするため、試しに章伸は一緒に行ってみることにした。楽守がちゃんと習えるのか、危惧していた。楽守は自分を一人前のミュージシャンだと思っている。ライブで一緒になるミュージシャンも、そんな楽守をミュージシャンとしてリスペクトする。人前で演奏するには、大切な意識だとたしかに章伸は教えてきた。しかし、演奏を教わるにはそんな自意識が邪魔するだろう。

その外国人がどれだけ日本語ができるのか気になった。ニュアンスが伝わらず、あらぬ誤解をしかねない。プロの細かく、厳しい指導にも楽守は慣れていない。

「そこ、もう1回」

「はい、もう1回」

案の定、同じところで何度も駄目出しされた。さすがプロは目のつけどころがちがうと章伸は感心した。しかし、楽守がいつも決めに演奏する、得意の叩き方だった。自信があるのに、やり直しと言われてしまう。楽守の表情が次第に苦しくなってくる。

「どうしたら素直にレッスンを受けられるかが課題ですね」

章伸は外国人ミュージシャンと調子よく話し、反応を見ていた。

最初のころに比べ、楽守はたしかにうまくなった。見ちがえるほどだ。しかし、実際にはただパターンをこなしているだけなのである。演奏をほんとうにうまくなりたいのであれば、パターンを打ち破り、アドリブを磨かなくてはならない。そこには、楽守が自分で乗り越えなくてはならない壁がある。助けてやりたくとも、章伸が手出しできない大切な試練だ。生き方にも通じることだと章伸は思っていた。

そのころ学校では学園祭の準備に追われていた。小学部から高等部まで、全学年でおこなう、学校をあげてのビッグイベントである。

「お母さん、学園祭、楽しみか?」

準備は、「生活単元学習」の授業で、こつこつ進めていた。

「もちろん! 発表や展示が早よ見たいわぁ」

なにかつらいことでもあるのかもしれないと勘ぐった志ほみは、少しオーバーに返した。舞台の背景に使う花火の絵を描くのが楽守の担当だった。手に絵の具をつけ、大胆に花火を炸裂させた仕上がりに、楽守は「きれいで、癒やされる」と満足していた。展示する写真につけるコメントは、楽守が1つひとつじっくり考えた。

「なんでも自分で選択し、決めるのが大人だよ」

久しぶりに顔を出した小児心療センターの療育で、医師に言われたアドバイスが、楽守の心に響いていた。以来、なんでも自分で考えて判断しようとした。授業中も、「ちょっと待って」と言っては、自分で考える時間を担任に求めた。考えることで、パターンをこなすだけから一歩、先に進めるかもしれない。

「自分のことを名前で呼ばず、〝私〟と言うのが大人だよ」

そんな担任のなにげない一言にも楽守は食いつく。「大人」は楽守を目覚めさせる、魔法の言葉だった。

「これからは大人の言い方をする」

楽守は自分で決めたことを、クラスのみんなの前で宣言した。それからは努めて「私」と言うようにしていた。最初はつっかえたり、「楽守」と言いかけて「私」と言い換えたりしたが、だんだんスムーズに言えるようになった。

「大人になるための準備をしとる」

志ほみは微笑ましかった。

学園祭の1週間前、出し物の仕上げに、ダンスの練習を撮ったビデオをみんなで見た。観客からどのように見えるか、全体像をつかませるのが教師の狙いだった。自分たちの姿を、客観的に考えさせるためである。

「はじめはむずかしかったけど、楽しかった」

楽守はビデオの感想を言った。これまでならただ「楽しかった」で終わるところだが、時間の経過にともなう感情の変化が加わった。

「自分の姿が見られてよかった」

楽守は付け加えた。

「もっとよくするには、なにをどうしたらいいと思う？」

担任はビデオを見せたあと、生徒に問いかけた。

「きれいに並んだほうがいい」

楽守の意見を、先生は「ナイス！」と言って取り上げる。気をよくした楽守は、ペアを組む友だちと2人で、振りつけの自主練習をはじめた。ビデオを見て、あまりよくないと感じたところを直したのである。最後はみんなの前で発表し、完成度に楽守は納得していた。

「どんなダンスやの？」

楽守がうれしそうに報告するので、志ほみは思わず聞いてみた。すると楽守はいやがりもせず、志ほみの前で踊って見せた。先生の支援を受ける授業の様子が思い浮かび、準備や練習と結びつけながら学園祭を見学しなければならないと思った。

「ここまで子どもたちにさせるの、先生方、さぞたいへんやったろうな」

楽守の生き生きした姿を見て、志ほみは先生に心から感謝していた。

学園祭が迫るなか、2回目のカホン教室から帰ってきた楽守は、爽やかな笑顔を振りまいた。

「今日は先生のアドバイス、しっかり聞けました」

志ほみに自信をもって告げた。外国人ミュージシャンは、プロになりたいと考える楽守に、演奏だけではなく、奏者としての心得も教えた。ライブハウスでのデビューを目前に控えていることもあり、どうやらその言葉が楽守のツボにはまったらしい。

転石（ころびし）

キミの名前は　特別で
楽しんで生きるために　つけた
変な名前だねって　言う人もいるよ
そんな事ぁ気にせず　転がってくれ

なんでもすぐ困っちゃう
でもそんな事ばかりが　続くわけじゃない
がんばりすぎない　でもあきらめない
ハードルなんか　こえなくても　イイよ（下をくぐれ）

キミが　キミを　ずっと好きでありますように
僕が　僕で　ずっと　いられますように

楽しんで生きるって事は　手ごわいよ
でも　生きていられればこそ　感じられる
楽しんで生きるって事は　もしかして
全部ひっくるめて　味わうって事かな？

キミの意志とは関係なく
周りはどんどん　免疫をつけてる
空っぽのオモチャ箱　みんなどこへ行った

キミはキミを生きて　転がればいい

さなぎ

詞音は中学部に進むのを、とても楽しみにしていた。しかし、心も身体も幼く、だれより人にちょっかいを出すのに、出されるのはいやがった。しつこくされると床に倒れ込み、気持ちが収まらないと自傷行為をはじめる。

入学式の日、さっそくひと騒動あった。隣の教室の友だちに髪を引っ張られ、その子を叩いたのである。先に手を出したのは、詞音のほうだった。振り向かせようとして、指で背中をつんつんした仕返しだった。詞音の長い髪の毛に、興味をもったらしい。

「これ、強いな」

痛いときの決まり文句を口走った。痛みに弱い詞音は軽くぶつかっただけで、「骨折した！」「死ぬ！」と大騒ぎする。少しこすっただけで、「血が吹き出る！」と泣いた。

とくに苦手なのが唾である。楽守も地域の学校でイジメに遭ったとき、唾を武器にしたが、詞音はもっとひどかった。友だちが「ブブー」と唇を顔の近くで震わせるいたずらをしただけで、詞音はパニックになる。

「ウワァー、唾、飛んだ！」

唾は詞音にとって、なにより汚いものだった。唾がとれたと思えるまで、何度も水道で頭を洗った。唾がつくからと、ほかの人が口にしたものは、絶対に食べないほど、嫌っていた。回し飲みもしない。家族でもだめだった。歌詞に「言葉を飲み込んだ」とあるだけで、気持ち悪がった。言葉をそのままとらえる詞音は、いくら意味を説明されても理解できず、混乱していた。

大きな音も苦手だった。犬の鳴き声を嫌って過剰に反応した。遠くで聞こえるだけで怖がった。授業でやるサーキットトレーニングのBGMに向かって「うるさい」と怒って逃げ出した。音がきっかけで気持ちが不安定になった。そんなとき、教室の外に出たり、教科書に落書きをした。人に伝わらない気持ちを、4コマ漫画にして表した。怒りをギャグに変えた。こち亀の両津勘吉が詞音の代弁者だった。

「詞音に寄り添い、見守ってください」

不安定な詞音を案じた章伸は、懇談会で担任に頼んだ。

「寄り添えません」

言った先から担任にきっぱり断わられ、章伸は面食らった。小学部の先生に比べ、中学部の先生は冷たい印象がもともとあった。

「この人、ほんとうに先生なんやろうか?」

章伸は疑い、なんと言って話をつづけたらよいか、わからなくなった。寄り添うことを、べたべたすると勘違いしたのだろうか。ただ傍観するのではなく、一歩踏み込んで見守っていて欲しいと思っただけなのである。章伸から面談の様子を聞き、志ほみは詞音の特性を、ことあるごとに担任に伝え、理解を求めた。しかし、そのたびにすれちがった。そんな先生にいちばん不信感をつのらせたのが詞音である。心の叫びが、暴力や自傷行為になって現れた。

体育の授業中、グランドを走っている途中から、詞音は下に落ちているものを気にし、こだわりはじめた。それを見てサボっていると思った担任は、詞音を頭ごなしに叱った。

「拾うのをやめさせるタイミングがそれでよかったのか、気になります。詞音は納得できなかったのではないでしょうか。あと2つ拾ったらおしまいにするなど、区切りをつけたほうがよかったと思います」

志ほみは担任に意見した。詞音の気持ちを伝えたつもりだった。

「制止の声がけは、タイミングがむずかしいものです。こちらが〝ここ〟と思っても、本人がちがうと思えば、タイミングが悪いことになります」

担任の返事が志ほみには屁理屈にしか聞こえなかった。不安に思った志ほみは、小学部で詞音を担任した先生に相談した。それで詞音への声がけについて、担任は小学部の先生から引き継ぎを受けた。

ほどなく詞音は1回の指示では行動に移しにくいものの、1分おきに声をかければ、たいてい3回目くらいで反応するのに担任は気づく。できるだけその場その場で解決しつつ、長期的に詞音のことを見て行きたいと担任は志ほみに伝えた。

「小学部とは環境も、授業の形態も変わり、詞音くんが戸惑っているのかもしれません」

志ほみは先生の気づきに感謝しつつ、学年が上がるにつれ、3回が2回に、2回が1回になっていくのを目標にしたいと、具体的に要望した。先生は教えるプロかもしれないが、詞音のことなら先生よりもよく知っている。だからこそうまく協働したいと志ほみは考えていた。

「先生のモチベーションを下げないように、とにかく精一杯なんや。先生がハァーってなれば、それでもうアウトやから」

志ほみは妙ちゃんに愚痴った。別に大それたものを先生に求めているわけではない。ただ子どもが好きという気持ちだけで十分だった。キャリアも実績も関係ない。若い先生が空回りしてでも、子どもに寄り添ってくれたらうれしくなる。「わかってます」と態度で示しながら、実はなにもわかっていない年配の先生にはつい警戒してしまう。学校で学ぶ子どもたちを見てきた親の直感である。

志ほみも妙ちゃんも、子どものためにできることはなんでもやろうと必死だった。3歳児健診で知り合って以来、ずっと支え合ってきた。特別支援学校で輪が広がり、いつしか5人の母親仲間ができた。ゴレンジャーと呼び合い、志ほみは緑で、妙ちゃんは青だった。

子どもたちが学校に行っているあいだ、月1のペースでゴレンジャーが集まり、世間話をした。意見交換に情報交換。愚痴に悪口。話しているあいだは、子どものことを一瞬でも忘れられる。笑ったり、泣いたりして、気持ちをひとつにした。障がいを通じて知り合った母親は、こうして少しずつ、強くなった。

子どもたちを学校に任せられるようになった志ほみは、ビーズ細工を習い出した。自分だけの時間は、出産以来、はじめてである。かけがえのないひとときが、志ほみの心に少しずつ余裕をもたらした。

中学生になった詞音はおちんちんが気になって仕方ない。勃起がきっかけだった。環境の変化に弱い自閉症児だけに、おちんちんのかたちが変わるのに驚きを隠せなかった。かといって、自分のものだから、受け入れざるをえない。そんな詞音の反応もゴレンジャーの笑いを誘った。

身体に違和感を覚えた詞音は、教科書やドリルなどいたるところに、おちんちんの絵を描いた。スクールバスのなかで、おちんちんをいじった。興味がますますつのり、人のおちんちんにタッチしようとしたこともある。それは犯罪だと、志ほみは教えた。人前で出したらダメだとも注意した。そうしたらジャージのうえに、大きくなったおちんちんをマジックで描いた。詞音はなにをするにもストレートだった。

絵本に載るさなぎに、詞音は過剰に反応した。絵ばかりか、さなぎという文字さえいやがった。

「さなぎはダメだぁ！」

そう言いながら、文字を隠した。さなぎの形態にある得体の知れなさを、詞音は嫌った。その絵本を噛んだり、投げたりしているうち、「絵本をやっつけてやった」と言ってようやく落ち着いた。さなぎは詞音にとって変化の象徴だった。

詞音は、反抗期を迎えていた。志ほみを見れば顔に頬ずりし、膝のうえに乗って甘えてきたのが一転、「死ね」だとか、「嫌い」だとかと言うようになったのである。ただでさえ言葉数が少ないものだから、志ほみには強烈だった。はじめて言われたときは「ええっー！」と絶句し、「お母さん、やめたいわ」と思うくらいショックだった。詞音が自分から離れていく気がしていた。

どこでそんな言葉を覚えたのか、不思議だった。たぶん漫画やインターネットなのだろう。ほかの人には言わないよう、志ほみは実力行使に出た。母親が死んだらいまの生活がどうなるのか、わからせる必要があるとも、内心、思っていた。

「そんなこと言うんやったら、全部、自分でしてください」

そう言って、詞音を突っぱねたのである。食事もつくらなかった。なにを言ってきても、反応しないでいた。

「無視か……」

慌てた詞音は、ぼそっと呟いた。そのうちまずいぞと思ったのか、暴言を吐くのをやめた。

「子どもと正面からぶつかって向き合えた気がしたよ。ああ、お母さんしとるなぁと、実感させてもろたんや」

志ほみの話を聞いて、ゴレンジャーのみんなは声をそろえて笑った。子どものことで笑えるようになったら吹っ切れている。苦労を重ねてきた母親たちは、そんなふうに感じていた。

Ramo Shion's Room

耳をふさいで雑音と感じる音をいやがる詞音

教室で集中して授業を
受ける詞音小5

特別支援学校小学部の卒業式にのぞむ詞音

幼稚園の運動会で走る
詞音。いつも志ほみが
ついていた

証言7

見切りを知る

岡部浩美（楽守の同級生の母）

孝（仮名）は、楽守くんが高等部1年のときの同級生でした。孝は中学卒業までは地域の学校に通い、その後、特別支援学校に進学しました。そこで楽守くんと一緒になったわけです。志ほみさんとは支援学校に行く前、自閉症協会の活動を通じて知り合いました。そして、ゴレンジャーの「赤」になりました。

中学校は大きな変わり目になるので、どうするかさんざん迷いましたが、普通校にしました。回りの子どもたちとの関係がとてもよかったからです。お友だちが一緒に進学しようと言ってくれました。孝の存在に助けられていると言うお友だちもいました。みんな、ほんとうによく、声をかけてくれました。おかげでうちの子も、回りの子を見て動く力がついてきました。もしかすると私の自己満足なだけで、本人はもっと楽になりたかったのかもしれません。

保育士をしていたので、結婚して、子どもを産む前から、おおぜいの子どもを見てきました。保育園なので、乳児から小学校入学前まで、幅広い年齢の子どもが集まります。しかし、孝は生まれたときからひどい癇癪もちで、夜泣きも昼泣きもひどかったんです。こんな子、見たことないと思い、戸惑いました。5カ月から離乳食をはじめましたが、1歳になる前から、偏食が激しくなりました。それまで食べていたものを、ぱたりと口にしなくなったのです。保育士としての経験からして、普通、ありえないことでした。目を合わせたときの反応も、まったくちがいます。

なんかおかしいのはわかるんです。でも、認めたくないから、健常児に近い部分を必死に探しました。「これができるから大丈夫。障がいがあるわけではない」という具合に、自分に言い聞かせていたのです。おかしなところに気づいても、母子手帳には書けませんでした。

あとから考えれば、いい加減、認めなくてはいけないだろうと思うほど、障がいは明らかでした。しかもかなりの重度です。言葉でのコミュニケーションはほとんどできません。単語を2語ほど口にするだけなので、わかる人にしかわからないのです。私とは少しずつ通じ合うようになったのですが、父親とはあまりうまくいきません。細かいところがわからず、「なにを言っとるねん」と通訳を求めてきました。子どもを愛おしく思う気持ちは私より強いくらいなのですが、障がいの特性をよく理解していないからわからないのだと思いました。関わる時間が私より短いせいもあるのですが、どうしてこういう行動に出るのだろうと考えないので、言いたいことを推測できないのです。

2歳年下の弟は、関わり方がずいぶんちがいました。兄はこういう子なんだと、はじめから受け入れたのです。生まれたときからそばにいるので、偏見もありません。かえって私のほうが「この子は普通の子、この子は自閉の子」と、兄と弟を区別していました。

孝はやらせればなんでもできました。とにかく一生懸命やるんです。それでも年齢とともに、健常児とかけ離れていきました。だんだんその差が広がり、どうしようもなくなっていくのです。重度でも、小学校1年生まではなんとかなりました。2、3年生になると、やればできるという価値観のままでいては、私自身がしんどいのに気づきました。そのうえ、3、4年生になると親に反発し、荒れてきます。それを反抗期と呼ぶべきかどうかはわかりませんが、「もういやだ」と信号を送っていたのはたしかだと思います。変わり目があったわけではなく、徐々に現れた変化でした。

このままやらせてその先、なにがあるのだろうと考えたものです。まわりが見えなくなってまで、やりつづけるべきか、自問しました。そこまでいくと、子どもと自分が一体化しています。子どものほうが先が長いのだから、お互い自立して、孝が豊かに生きていけるようにしないと、自分もあの子もつぶれてしまいます。障がいをもって生まれた子どもは、「このままのあなたではいけない」と言われつづけてしまうことが多いように思います。それは子どもの人生にとって、とても苦しいことです。そのことに気づけたのが、転機になりました。

とはいえ、障がい児ではあっても、成長するために、必要な勉強はあると思います。生きていくうえで役に立つかどうかではなく、考えることで頭を働かせる訓練になるのです。勉強していくうちに、子ども1人ひとりの秀でたところが出てきます。それを伸ばしたいと親としては当然、思うのですが、往々にして親の自己満足になりがちです。子どもが「これ以上は無理」と行動で示しても、親はそれに気づきません。障がいや成長を客観的に見られないとすれば、親も子どももつらくなります。

主人の仕事で、転勤が多かったんです。全国各地、7回、引っ越しました。自閉症の子どもは環境の変化が苦手で、たとえばゴミ箱の位置が少し変わっただけでも混乱します。小学校4年生のとき、反抗期とおぼしき時期と、引っ越しがちょうど重なりました。学校に行きたがらず、ひどいパニックになりました。しかし、暴れたところで、元の家には戻れません。

大きくなっても、癇癪を起こしてなにかを訴えてきました。いつもとちがうことがあるたび、パニックを起こしたのです。はじめのうち、そうならないようにするには、どうすればよいかばかり、考えていました。そのたびにていねいな対応をし、気を静めさせたのです。

騒いでも要求が通らないと、次はそんなに大騒ぎをしないのがわかってきました。たとえば私の前ではパニックになるのに、主人や弟しかいない場面ではパニックを起こさないのです。伝わらないのがわかっているからです。学校でも同じでした。この先生は言うことを聞いてくれるとか、あの先生はダメだとか、ちゃんと区別しています。思ったより、したたかなんだなと気づきました。それでただパニックを静めるのではなく、ものごとをわかりやすく伝え、癇癪を起こさせないようにすればよいのだと考えました。

特別支援学校に転校し、地域との接点がぷっつり切れました。町のはずれにある学校まではスクールバスで行くので、通学途中に知っている人とすれちがうこともありません。年齢が上がれば上がるほど、地域の学校で一緒だった近所の友だちと、関わる機会がなくなりました。みんな部活動やアルバイトに忙しく、住む世界がすっかり変わってしまったのです。そうしたなかで、障がいに対する区別がどうしても芽生えてきます。関係のない、別の世界に住む人としか思えなくなり、それで障がいへの理解ももてません。孝が１人でいるとき、だれかに助けを求めなくてはいけなくなったとしても、みながみな、親切なわけではないでしょう。パニックを起こして騒いだところで、余計、奇異な目で見られるだけです。だめだということを何度も経験していくうち、次第に癇癪を起こさなくなります。

私は若いころから、「こうあるべき」だとか、「こうすべき」だと考えがちでした。しかし、障がい児を育てるなかで、なんでも見切りが大切なのだと学びました。人の評価を気にしなくなるだけで、気が楽になり、幸せを感じました。下の子どもも私の性格を受け継いだのか、「こうあるべき」だと思い込む傾向があります。孝に手がかかるので、「待てるはずだから待て」「できるはずだからやれ」と、小さなころから我慢させてきた影響かもしれません。とくに大きな反抗期もなく、兄の存在が自立をはばむのを怖れていました。それでも東京の大学に進学し、1人で下宿する道を自ら選びました。離れたいと思ってくれたことで、少し安心した部分もあるんです。障がい児と健常児を育ててきてつくづく感じるのですが、いまの時代、健常児のほうがかえって教育がむずかしいのかもしれません。

障がい者を単に守るのではなく、できないことを助ける仕組みがあればいいなと思います。そのために必要なのは、行政の施策はもちろんですが、まずは地域とのつながりです。私が特別支援学校の教壇に立つようになったのも、地域との共生をめざしてのことです。

証言8

親との連携

中根潤子（特別支援学校教諭）

詞音くんが小学部5年と6年、そして高等部1年の担任をしました。また、楽守くんが高等部1年の担任でもあるので、楽守くんと詞音くんの2人を見たことになります。

学生のときにバドミントンの選手をしていたことから、先生をしながら部活動に取り組みたいと、漠然とした教師像を抱いていました。しかし、大学卒業後、教員採用試験に失敗し、まず中学の非常勤講師として、教師のキャリアをスタートさせました。

働きはじめた中学校で、3人の自閉症の生徒と出会いました。自閉症といわれても、よくわかりません。私の同級生にも自閉症だろうと思える子が特別支援学級にいましたが、ごく自然につきあい、障がいを意識することはありませんでした。

しかし、その3人の子どもたちはなにをするにも、こちらの思うように取り組ませるのが困難でした。無理にさせようとして、彼らに蹴られてしまい、あざや切り傷が絶えません。どうしてだろうと思ったのが、自閉症との出会いです。いずれも男の子で、自閉症には男子の確率が3倍あまりも高いそうです。

このときの経験をもとに、大学の特殊教育特別専攻科で1年、勉強し、養護学校教諭（現在は特別支援学校教諭）の教員免許を取得しました。その数年後、教員として採用されました。普通校の中学で障がい児学級と関わりながら、部活動に取り組む希望を出していました。しかし、免許をもっていることもあり、赴任先は特別支援学校になりました。はじめはショックで、何日も泣きました。私はここでなにをするんだろうと思ってしまったのです。でも、学校で子どもたちに会っているうち、だんだん気持ちが変わっていきました。みんな、とても純粋で、オープンでした。いやなことはいやと言うし、うれしいときは大喜びします。そんな子どもたちを目のあたりにして、これまですごく失礼なことを考えていたのではないかと、深く反省しました。

担当したのは重度の子どもたちでした。鼻から栄養を入れている、寝たきりの子もいました。命とはなにか、生きるとはなにか、深く考えさせられる日々でした。それから詞音くんと楽守くんと出会う特別支援学校に転任しました。最初に受け持ったのが詞音くんのクラスです。暴れっぷりがすごいことから「西の横綱」と呼ばれているとか、先生方から詞音くんについての噂をいろいろ聞かされました。見た目にはやさしい顔をして、身体も小さいのに、どういうおもしろい子なんだと思いました。

志ほみさんは、生まれてからこれまでのことや、どうやって接したらよいかなど、事前に細かく教えてくれました。こういうおもしろいところや、楽しいところがあると、うれしそうに話すのが印象的でした。子どもたちの将来を見すえ、こうなって欲しいとの思いを私にぶつけてきました。それは私の学びになりました。どう向き合えばよいのか、はじめは壁もありましたが、だんだんそれがほぐれてきて、「ああ、詞音くんはこんな子なんだ」という人として核が見えてきました。

詞音くんは、言葉で話すことはほとんどありませんでした。なにかやりたいことがあれば、ぼそっと言うくらいです。お菓子をつくったり、買い物に行くなど、なにか楽しいことがあると、「〇〇買おっか」とか、「おいしいな～」とか、「今度はあれしよっか」とか、短い言葉を口にしていました。校外学習のときは、見たいものや、施設の楽しみ方などをネットであらかじめ調べ、こっそり言ってきました。話すときは、私の顔を見ようともしません。いつももの静かに訴え、もの静かに喜び、もの静かに次の楽しみを考えていました。ほかの子にはない、詞音くん独自の世界を感じました。

楽守くんは詞音くんとは性格がずいぶんちがいます。詞音くんを受け持ったとき、楽守くんの話も聞いていたので、なるほどと思いました。楽守くんはいろんなことに関心を示し、1人でがんばる意欲がありました。受け持ったのが高等部1年ということもあり、1人で活動し、生活する力を養うのを目標にしました。

私としては、特別支援学校の教育は、まず親御さんありきだと考えています。いちばん近くにいて、長く見ているので、これまでの経験や子どもへの気持ちなどをまず聞かせていただき、そのうえで成長に寄り添えたらと思うのです。

私自身も子どもを出産し、親になってから、余計そう考えるようになりました。自分の子どもを保育園に預ければ、先生や園に保護者としての意見を聞いて欲しいと思う場面が出てきます。もし意見が活かされれば、より安心して任せられるわけです。親と教師の連携が、特別支援学校ではなにより大切なのだと、はっきり自覚しました。自分が親になるまでは、どこまで学校がリードすべきか、親と関わるべきか、その度合いに迷いがあったのですが、ふっきれた思いです。

　そして、あのとき志ほみさんが言っていたのはこういうことだったのかと、はじめてリアルに感じました。「親にしかわからない」「親でなくともわかる」という線引きをどこにするか、ずっと疑問に思っていたのですが、いまはよくわかります。経験を積み、親御さんとの関わり方が、ずいぶん変わりました。

　特別支援学校に限らないとは思いますが、一人ひとりに合わせた、その子の必要とする勉強が大切だと思います。それが子どもたちの生きる力になっていきます。そのためになにがいま必要か、いちばんよく知っているのは親であって、教師ではありません。だからこそ、親の意見にしっかり耳を傾けたいと思うのです。

　たとえば詞音くんは自立活動の時間で、靴の紐を結ぶ練習をしたことがあります。「靴の紐がまだ結べない」と志ほみさんが言っていたからです。そこで青と白の2色の紐を用意し、「バッテンにしたらできるんやで」と教えました。紐の色を変え、視覚的にわかりやすく工夫したのです。

　障がいの程度は生徒によってさまざまです。それを踏まえ、教科単元でグループを分けるなど、きめ細かな指導ができる環境を整えていきます。そのうえで、一人ひとりに合わせた授業をします。同じ教室で、色合わせからはじめる子がいれば、形合わせをする子もいます。また、読み書き計算の学習に取り組む子もいます。体育は身体をつくる活動ととらえ、平均台や遊具を使ったサーキットトレーニングをする子もいれば、集団を意識した活動としてサッカーやバスケットボールなどをしている子もいます。

　自閉症の子どもには、「ほどほど」がわかりにくい特性があります。なんでもきっちりやろうとします。ボタンを上までとめてと言えば、自閉症の子どもは暑くても、首が苦しくても、上のボタンまで、ぜんぶとめます。加減を知らず、適当ができません。ずるさがないのです。普通は損得を考えたり、楽をしようとして、わかっていてもやらなかったりするのですが、それは健常者の特性ともいえます。そのちがいをしっかり考える必要があります。

特別支援学校の教師は、なにより体力勝負です。とくに小学部の子どもたちはひとときも座っていない、元気なお子さんが多いので、教師も座る時間がありません。自閉症ばかりではなく、いろんな障がいの子どもがいます。それぞれの特性をきちんと理解し、向き合っていかなくてはなりません。

生きる力といっても、「自分のことは自分で」ばかりではなく、生きる楽しみや喜びを感じさせる目線を忘れてはなりません。障がい者にも、思い思いの人生の過ごし方があるはずです。子どもたちには幸せだと思える人生をぜひ送って欲しい。子どもの幸福は、親の願いであり、教師の願いなのです。

証言9

地域のつながり

越仮裕規（カホン製造）

垣内さんが特別支援学校の木工班でカホンをつくっているという記事を新聞で読み、一度、訪ねてみようと思いました。2010年のことです。せっかくなので、自分なりにつくったカホンをもって行き、見てもらいました。

以来、地元の檜《ひのき》を使ってカホンをつくり、改良を重ねてきました。楽守くんが絵を描いたバージョンもあるんですよ。絵の才能がすごく、さらさらって描いていきます。障がいというより個性なんだと感じています。ぼくなんかより、能力の高い部分がいっぱいあります。

楽守くん1人で生きていくのはいまのところ、ちょっとむずかしいかもしれません。それでも地域社会のなかで生きていくことはできると思います。幸い、この地域は人とのつながりが強いんです。音楽やイベントでどんどん人がつながっていく。

集まる場所があって、そこに人が集まってくる。自然で無理がないんです。そんな土地柄に惹かれ、遠いところから来る人もいます。行政主導だと、行政側が閉鎖的なせいで、盛り上がりに欠けますが、ここではどれも自分たちが手弁当でやっています。お金を儲けることも考えていません。こういう社会ができると、障がいがあっても生きていけます。楽守くんはそこにぴったりはまりましたね。

第6章

螺旋

spiral

大喧嘩

「友だちできるかな？」

高等部に進むのを意識した楽守は、そう呟いた。願いが叶うといいと夫婦は思った。高等部には話せる生徒が少なくないので、会話を楽しむ機会をつくりたいと担任は考えた。

新学期、日直がうまくできず、楽守はへこんだ。やり方が中学部とはちがっていた。それでも、前向きに取り組もうと、気持ちを切り替えた。クラスの目標をみんなで決め、色画用紙に書いて教室に掲示した。それを見た楽守は、全員の似顔絵を描くと自分から言い出した。そして、１人ひとりの特徴をとらえた絵を、目標の隣に貼った。名前はまだ覚えていなかった。ただ、よくしゃべる男子と、声の小さな女子の２人に目がいった。

どこで覚えたのか、楽守は「自閉症」という言葉を見聞きするたび、反応するようになった。

「自閉症ってなに？」

楽守が聞いてきたらどう説明すればよいか、その瞬間を志ほみはドキドキして待っていた。自分の障がいを知ってストレスを感じず、受け入れられるのか、不安だった。

「自閉症という言葉に、どんな思いをもっているのでしょうね。楽守くんに話を聞き、学校でも探ってみます」

志ほみの気づきを知り、担任は言った。詞音を受け持った先生が楽守の担任になり、志ほみは安堵していた。この先生なら安心して任せられる。障がいをもつ子どもたちを通じ、学校や先生と関わってきたなかで、結局は人に尽きるのだと志ほみは思い至っていた。

「高等部は県立やもんで、普通の高校から来る先生も教えとる。畑ちがいやから、うまく対応できとらん。いい先生もおるけど、サラリーマンみたいな先生にあたるとかなわん」

「小学部は先生と親と子どもが密につながり、とても充実してたんやけどな」

ゴレンジャーの会で、志ほみはみんなと本音をささやき合った。

「作業」の授業は、中学部に比べ、より実践に近づいた。学ぶ内容によっていくつもの班に分かれるのはそのためだ。まずオリエンテーションがあり、それぞれの班についての説明を、楽守は真剣な面持ちで聞いた。早く大人になりたい楽守にとって、仕事は大人になることであり、なにより魅力的な授業である。

「なにがやりたいのか、オリエンテーションのあとに聞いてみました。楽守くんの気持ちは木工班に固まっていました。背筋を伸ばし、目を輝かせて説明に耳を傾けていました」

担任の連絡を受けた志ほみは、楽守が自分で決めるまで待って欲しいと頼んだ。楽守は大人の誘導に乗りやすく、言っていることがほんとうの意志かどうか、わからないところがある。木工班が気になったのは、ライブでいつも演奏するカホンをつくっているので、興味をもったのだろう。カホンづくりを教える章伸に気遣ったのかもしれない。

「空気が読めない」

地域の小学校で、楽守は言われつづけた。それを引きずる楽守は、周囲の人たちの気持ちを汲もうとするあまり、自分を変に抑えるところがある。自分の意志ではないので、決まってあとからくよくよしている。

志ほみは改めて楽守に聞いてみた。

「楽守がやりたいのは、陶芸班です。木工班ではありません」

楽守の気持ちをたしかめた志ほみは、陶芸班に申し込んだ。やったことのない陶芸に、楽守は興味津々だった。粘土を型に合わせ、はじめて丸皿をつくったときは深く感動した。持ち手をドべで取りつけるのが、おもしろくて仕方なかった。

カホンづくりなど、新しいことに取り組む木工班に比べ、陶芸班はどこか保守的だと志ほみは思った。もっといろんなことに取り組めたら可能性が広がるのではないか。1つでも多くの場面学習を積むことが、楽守の生きやすさにつながる。しかし、それも先生次第だ。

「保護者としての意見を、できるだけ伝えたいと思っています。親の感じていることを素直に吸い上げてくれる学校であって欲しいのです」

家庭訪問に訪れた先生に、志ほみはあえて言った。

「子どもたちを大切にされているのを感じ、幸せな気分になりました」

家庭訪問があったのは、ちょうど章伸が15年勤めた会社を辞めたときだった。それではじめて章伸も家庭訪問に同席した。楽守が高等部1年、詞音が中学部1年の年である。

小学校5年生のときに楽守が壊れかけてからというもの、章伸は絶えず自分を突きつけられてきた。仕事を言い訳に、志ほみと学校に子どもを任せっきりなのではないか。自閉症を理解しているつもりでいて、なにもわかっていないのではないか。

長い葛藤の末、章伸はようやく1つの答えを出していた。楽守と詞音が働く場としてカホンなどの楽器をつくる工房をひらこうとしたのである。

「ゆくゆくは障がい者たちが自由に働ける作業所に成長させたいと思とる」

章伸は志ほみに計画を話した。しかし、急に会社を辞めると言い出してから、諍《いさか》いが絶えなくなった。これまでなんでも夫婦が2人で手を取り合い、自閉症に向かい合ってきたわけでは決してない。

「辞めるにしても、せめて子どもたちが卒業してからでええやん」

志ほみは不安を隠せなかった。

「いまから準備せな、楽守の卒業に間に合わへん。楽守に寄り添うほうが大事やろ」

志ほみはいいとこ取りばかりしようとする章伸に、今回ばかりは心底、愛想を尽かしていた。間に入った楽守が「やめてください」とおろおろして泣いている。楽守の前では喧嘩をしないと約束したそばから、やりあった。いつものように激しい言い合いになった。

「離婚する！」

吹っ切れずにぐずぐず言っている章伸の姿に、男はなんて弱いんだと志ほみは思っていた。自閉症の子どもを守るため、ゴレンジャーの母親たちが強くなったのとは対照的だ。工房をはじめるといっても、まだ影も形もない。言っていることは立派かもしれないが、実現に向けて動いているわけではない。資金はどうするつもりなのだろう。安易な姿勢が、志ほみは納得できなかった。

いつもなら章伸から非を認めて折れるところだが、痛いところを突かれ、よほど腹を立てたのか、

「そうか。なら、離婚しよう」

きっぱり言って、子どもをどうするかという話にまでなった。

「子ども2人は、わしがもらうからな」

章伸は啖呵を切った。詞音はまだ不安定で、志ほみでないと面倒が見られない。章伸1人ではとても無理なのを承知で、引き取ると言い出したのである。これまでとはちがう覚悟が志ほみに伝わってきた。

「章伸には楽守が必要やから、楽守は仕方ない。渡す。詞音はあなたには扱えんから、私が見る!」

志ほみは子どもの割り振りを冷静に考えた。ただならぬ気配を案じた楽守が割って入り、志ほみの肩をもった。

「時代遅れのクソ親父! 眼鏡の昭和野郎!」

楽守の言い放った強烈な一言に、夫婦は我に返る。

「それ、めちゃ、おもしろいやん！」

夫婦は大笑いし、喧嘩は終わった。

「ひどい喧嘩をしながら、章伸に惚れ直したわ」

妙ちゃんに顚末を電話で話した志ほみは、興奮を抑えられなかった。

誰も知らず　誰にも解られず

キミの事を　人に言ってしまうと
あふれ出しそうな　事がありすぎるから
だから今日も　黙って笑うんだ
なんにもないですよと　ごまかしているんだ

キミの事は　僕が一番わかってる
だからキミは　心配しなくていい
変な奴だと　小バカにする奴らいたら

僕がそいつらを　ぶっ飛ばしてやる

誰も知らず　誰にも解られず
今日も飛び石を　飛ぶようにキミが歩く

無知と偏見が　今日も僕らを追い詰める
無関心という　こぶしがなぐりかかる
でも僕らは　絶対負けてはいけない
死んだあの家族の　苦しみを解らせるまで

キミの苦しみは　海よりも深く
周りの認識は　水溜りほどしかない
だからこうして　大声で叫んでやる
聞こうが聞こまいが　そうしようと決めた

誰も知らず　誰にも解られず
今日も手のひらを　ヒラヒラとキミが歩く

無関心が　また人を殺してゆく
その臆病が　また誰かを追い詰める
誰も知らず　誰にも解られず
誰も知らず　また一つ家族が消えた

青いあざ

転校以来、詞音はスクールバスで小競り合いを繰り広げてきた。こだわりとこだわりがぶつかった。カーテンを開けたがる子がいれば、閉じたがる子がいる。エアコンの吹き出し口をすべていじらないと気がすまない子がいる。そんな状況にげんなりした詞音が、スクールバスに乗りたがらなくなった。

事件は6月、中学部の雰囲気になじんだころに起きた。詞音のこだわりから、ほかの席のカーテンを閉めにいったとき、高等部の男子に背中を蹴られたことにはじまった。腹を立てた詞音がほかの子を叩いたところ、いきなりだれかに思い切り殴られたのである。

バスから降りてきた詞音の左目の下が大きく腫れていた。迎えに来た志ほみはまた詞音がいたずらでもして、喧嘩になったのだろうと思った。

「殴られた」

まず詞音が言った。さらに一部始終を見ていた楽守が説明した。

「お母さん、バスで詞音が先生に殴られました。先生の名前はわかりません」

志ほみは楽守に殴った先生の容姿を聞き、だれだろうと考えた。高等部の先生が思い浮かんだ。暴力をふるうと、以前から悪い噂が流れていた。志ほみは走り去ろうとするバスを止め、介助員に確認した。

「これって問題ですよね！」

志ほみは強く言った。「見ていなかったので、わかりません」と介助員は小さな声で答えた。殴られた詞音はすぐに座席の下に潜り込み、泣いていた。それで見えなかったらしい。慌てて学校にいる章伸に電話した。たまたま木工班でカホンづくりを指導する日だった。

「詞音が殴られた！　先生に事情を聞いて！」

慌てた章伸は先生を探し、問いただした。

「殴っていません」

先生は否認した。

「言ってもらったら、公にせえへんし、謝ってもらったんでええ」

章伸は再確認した。

「やってません」

章伸はそうですかと言うしかなかった。

病院に連れて行ったころ、時間が少し経ったせいか、詞音の目のまわりが大きなあざになっていた。漫画みたいに、拳のかたちに青黒くなっていて、だれが見ても殴られた痕である。治療する看護師がびっくりしている。

家に帰ると、玄関先に先生と教頭が立っていた。

「すみません。怪我をさせて」

先生が謝ってきた。殴ったとは言わなかった。

「楽守は先生が殴ったと言うてます。楽守は、見たままのことしか言えません」

志ほみが言うと、

「いや、詞音くんが自分でどこかにぶつけたのだと思います」

先生はそれまでとは言い方を変えた。そこに楽守が部屋から出てきて、志ほみに話したより少し具体的に、みんなの前で話した。

「先生は詞音を3回、叩きました。それで詞音がワーッとなって、椅子の下に潜り込みました」

堂々と話す楽守を見て、志ほみは心が震えた。

「お父さん、お母さん、詞音くんや楽守くんの言うことを信じたいのはわかりますけど、ぼくはやっていません。バスで怪我をさせたことは謝ります」

それだけ言って、帰っていった。正直に言ったことを先生に否定された楽守は、わなわな震えて突っ立っていた。「言っていることはほんとうだ！」とその場で反論できなかったことで、楽守は自分を責めた。小学校5年生のときのトラウマがよみがえり、笑わなかった時期の楽守が一気に戻っていた。見るからに痛々しく、楽守がまた壊れるのではないかと思い、志ほみの心が騒いだ。

次の日、章伸が動いた。楽守と一緒にスクールバスに乗り、なにが起きたのか、まず介助員に問い直した。

「楽守くんの席から見えたんやろうか」

介助員は疑問を呈した。バスに乗っていた子どもにも、様子を聞いて回った。それが問題にされ、先生に止められた。支援が必要な子どもたちが集まる支援学校といえども、学校はしょせん学校なんだと章伸は思った。教師は守られ、こぞって保身に走る。しかし、楽守の担任だけは事態を知り、困惑を隠さなかった。高等部に進学するにあたり、楽守が環境の変化について行けるか、先生は心配して見ていた。

「すいません、すいません」

楽守の担任は電話口で志ほみに謝った。

「先生が謝るのはちゃうやん」

詞音を思い、楽守を思い、2人して泣いた。教師1人の力ではどうにもならないものが、学校という組織にはある。ほかの先生のことには口を挟めない。

「先生、様子、見といてね」

「わかった」

志ほみは担任を信頼し、楽守を通わせた。詞音は休ませた。ふたたび学校への不信感をつのらせる一方で、先生の前で状況をきちんと説明する楽守の姿に、章伸も志ほみも大きな成長を感じていた。

「学校にたてついたら、さらし者になるのがわかってますか」

親切に助言してくる人もいたが、殴った先生を前に楽守が堂々といきさつを話す姿を目にしたときから、もう怖いものなんてなにもないと志ほみは思った。地域の小学校で二次障がいになったときは、同じ学校に通う詞音になにをされるかわからず、先生に言いたいことが言えなかった。周囲の人たちにも、「なにも言うたらあかん」と止められた。

「我慢している自分らがおったんやけど、楽守のために、きちんと1つひとつ解決せなあかん。そうしないとまた引きずって、下手すればそれこそ三次障がいやで」

自閉症でまったく話せない自閉症児が学校には少なくないなか、しゃべれる楽守には楽守にしかできない役割がきっとある。志ほみはそのことに気づかされた。楽守が家族の行く道を照らしてくれていると思えた。

章伸は楽守を連れ、職員室に行った。100人近くいる教師の前で、事情を説明した。楽守は顔を赤くして、横に立っている。楽守を知る先生はみな、楽守が見たままのことしか言えないのを知っている。嘘をついているのは先生のほうだ。それでもだれもなにも発言しなかった。先生という立場から来る忖度《そんたく》であり、同調圧力である。

それから校長室に行った。校長と担任の前でもう一度はじめから、楽守はなにがあったのか、自分の見たことを話した。黙って話を聞いていた担任は、

「わかりました。よう言えたな」

しっかり楽守の目を見て言った。その言葉を聞いた瞬間、楽守の顔色がみるみるうちに明るくなった。自分の言っていることがようやくわかってもらえたと思えたからである。翌朝、楽守は玄関で詞音を殴った先生と鉢合わせた。一瞬、少し引いたが、気を取り直して先生の前に歩み出た。

「おはようございます」

楽守は大きな声で、ていねいに挨拶した。周囲にいた先生は、ハラハラして見守った。楽守なりのケジメだと受け止めた。「下校したらあざがないか確認しなくてはならない学校なんて怖くてとても通わせられない」と父兄の声があがり、全校集会になるほどの騒ぎになったが、先生は最後の最後まで殴ったことを認めなかった。

それから数カ月して、詞音が突然、

「生きとったね」

と言い出した。バスで先生に殴られたときのフラッシュバックである。詞音は引きずることが

ほとんどないので、よほど怖かったらしい。そう思った志ほみは、胸が張り裂けそうになり、涙が止まらなかった。

本能

楽守は家族のだれより早く、毎朝６時に規則正しく目を覚ます。１人で朝食をすませ、トイレに行く。楽守はすぐにでも１人暮らしができると、健気《けなげ》にアピールしていた。自分のことを自分でするのは、特別支援学校で学ぶいちばん大切な目標でもある。

高等部は、社会人になる準備期間にあてられる。授業内容も、障がい者としていかに生きるかに重点がおかれる。進学を前提とする普通校とは、学校のありようがまったく異なるわけだ。最初の学年集会でも、社会人の一歩をテーマに、先生の話を聞いた。「挨拶」「身だしなみ」「言葉遣い」「指示を素直に聞く」「社会人としてのルールを守る」などの大切さが強調された。

「生単」の授業で楽守は、働いて得られる賃金と、暮らしていくうえで必要な生活費のバランスについて話し合った。「働かなければ食べていけない」「稼いだお金でやりくりする」という、生活を営むうえで欠かせない収支のバランスを、進路の教科書を使ってグループ学習したのである。

「進路見学会」では3時限分の時間を使い、作業所で１００均商品の検品と袋詰めを体験した。卒業してから働くことになるかもしれない作業所の１つだった。楽守ははじめなにをどうしたらよいのかわからず、ずいぶん手こずっていた。それでもいくつかやっているうちに慣れてきて、見本通りにできた。作業所では、挨拶や号令の仕方も指導された。

「どうやった？」

学校から帰ってきた楽守に志ほみは聞いた。

「勉強になりました」

短い言葉に、志ほみは含みを感じた。最初うまくつくれなかったのを引きずっていた。作業所の雰囲気にもなじめなかったようだ。

「働くところも、場所より人なんや。この人なら任せられると思える人と出会えたらええなあ。とくにはじめて働く場所には注意せなあかん。そうしないと、楽守は一生、引きずるで」

高等部に進み、卒業後の生活が現実味を帯びてきて、志ほみは焦りを感じていた。自尊心の強い楽守の性格に合った作業所を見つけるのは、そう簡単ではないと感じていたからである。

雇用のありようは障がいの度合いによって変わってくる。障がいが軽ければ一般企業への就職も考えられるが、その準備のための就労移行支援や、さらに就労継続支援A型、就労継続支援B型などに分かれる。雇用形態は、そのまま賃金に跳ね返る。制度の可能性を学びながら、楽守にとってなにがふさわしいのか、志ほみは見極めたかった。答えが見つかれば、詞音にも応用できる。

「将来のことは、楽守自身が選択し、決定するのがいちばんや。できるだけ本人の意志に沿うよう、手をかけるより、目をかけてやりたい」

　章伸は志ほみに言った。自分で作業所をはじめたいと考えるのも、志ほみに見学した感想を聞き、不安を覚えたからだった。楽守や詞音の将来を考えていくと、どうしても袋小路にぶつかる。2人が一般企業に採用されることはないだろう。好きな仕事に就くのもむずかしい。だからといって就労継続支援B型による作業所は賃金が低く、自立した生活はままならない。

「自閉症の人はこつこつ作業をするのが得意やから、ものづくりに向いとる。企業から仕事をもろうて単純作業するのではなく、うまく支援して自分たちで売れるものをつくっていければ、より高度で、クリエイティブな仕事に就けるはずなんや。1つでも職業の選択肢が増やせたらええなと思っとる」

　親が死んでも楽守と詞音が生きていくにはどうしたらよいのか、章伸はそのことばかり悩んでいた。志ほみは志ほみで、子どもより少しでも長生きして、見守りたいと考えている。

　大人への入り口として、性教育の授業が支援学校でおこなわれた。助産師が男女の心と身体のちがい、妊娠や出産についての基礎知識を話したのである。プロテクターをつけ、妊婦体験もした。

「楽守くんに感想を聞くと、しっかり理解したとのことです。大人になって人を好きになったとき、今回のことを思い出してくれるといいなと思います」

　担任の言葉に、志ほみの気持ちは複雑だった。たしかに大人になるうえで、性についての正しい知識が大切なのはわかる。しかし、障がいをもつわが子が結婚し、家庭をもつなんて、とても想像がつかなかった。仕事をする姿さえ、なかなか思い描けないでいるのだ。

「楽守もそういう年になったのですね。人を好きになるときが、楽守にも来るのでしょうか？」

志ほみは担任に問いかけた。もっとも本能の部分は、なにも教えなくても、とうに自ら目覚めていた。

「何十年、障がい児を診てきましたが、教えなくてはできなかったのは1人しかいませんでした。障がいの度合いは関係ありません」

療育で子どもたちのマスターベーションについて志ほみが相談したら、小児心療センターの医師はきっぱり言った。マスターベーションをするのもおおっぴろげな詞音に対し、楽守は人目をはばかり、うつむいてした。たまたましているとき、志ほみが部屋に入ってしまったこともある。そのときは「あ、ごめんなさい」と楽守が慌てて隠していた。

「謝ることやないし、悪いことでもないんやけど、注意しないと、詞音は毎晩でもしよるで」

志ほみは男の子の生理に戸惑い、章伸に言った。

「人前でやるのは犯罪やとか、してはいけないことは、しっかり教えなあかんな」

と章伸は言うものの、心配はしていなかった。下着泥棒など、性犯罪のニュースを見るたび、

「バカだな」と詞音は笑い飛ばしていた。ギャグとして受け止めたのである。

「身体の成長はそろそろ止まっても、心の成長は楽しみな部分です。そのときまでゆっくり見守っていきましょう」

担任は学校の考えをそつなくまとめた。しかし、たとえこの先、人を好きになったとしても、結ばれるのはむずかしいと志ほみはつい考えてしまった。

大冒険

学校交流の日、「みんなやさしいよ。地域の学校とはちがうね」と楽守が言い出した。つらいイジメ体験を、高校生になっても忘れられなかった。心に開いた穴は一生、埋められないのかもしれない。そう思うと、志ほみは悲しかった。

「思い返してみると、親が思っているしんどさと、楽守の感じているしんどさはちがうもんやった。その差はとても大きく、できるからガンバレというのは、楽守にしてみれば、一杯いっぱいやったんよ」

志ほみの言葉に、

「子どものことをわかっているつもりでも、わかってへんのかもな」

妙ちゃんは相づちを打った。

楽守の気持ちを斟酌《しんしゃく》しているつもりでいても、汲み取れていないのではないか。ほんのちょっとした日常の会話でも、否定的な言い回しをして楽守の心を傷つけてしまう。こんなことでは母親失格だと志ほみは自分を責めていた。

とはいえ、楽守は高等部でいっそう成長し、いろんな場面で臨機応変に対応できるようになっていた。いやだと思うことは、やんわり断った。無理をしてまでやらなくなった。細かなことにまで気を遣うことは、もう必要ないのかもしれない。

勢いで飛び出していたプチ家出にも変化があった。物置代わりの小屋で過ごしたいときは、きちんと事前に言ってきたのである。事故に遭わないか、いつも心配している志ほみを察して、小屋に着いたら携帯電話でメールした。時間がわかるように腕時計もした。相変わらずこの小屋で1人暮らしするのが楽守の目標になっていた。1人で考えて行動し、1人で過ごせるところまで成長したのかと、志ほみは感無量だった。

章伸が仕事から帰ると、毎日、楽守は学校のことを報告した。いつも「今日も楽しかった」と言って、授業や友だちのことを生き生き話す。

「いいメンバーでよかったです」

楽守はうれしそうだった。静かな子が多く、授業にも集中して取り組めている。イライラせず、やさしい気持ちでいられるよう、楽守は自分に言い聞かせた。イライラするとやさしくなれないことに、楽守は気づいていた。予期せぬことが起きたら、決まっていらだつとまで自己分析する。

スクールバスに乗る直前、筆箱を家に忘れたのを思い出した楽守が、心を乱した。

「どーしよー」

これまでは筆箱ひとつで、大騒動だった。忘れ物をした自分が許せず、それだけでパニックになった。しかし、いまはこういうときこそ、チャンスだと志ほみは思っていた。予期していないことが起きたら、どうすればよいか、楽守に考えさせたのである。まずはクルマのなかにあった志ほみの筆箱を渡した。それを不安げに見て一度は納得した。しばらく考えて心を切り替え、「先生に貸してもらう」と言い直した。心の成長を実感する瞬間である。

「自立」の授業では、顔の表情が並ぶプリントを見て、心の声を読む学習をした。相手の様子から状況を判断し、コミュニケーションを図るのが、自閉症児にはむずかしい。人との関係がうまく築けない理由の1つである。楽守はプリントから、「怒っている」「くやしい」「疲れた」「よかった」などと、的確に表情を読み取った。自立した日常生活を円滑に過ごすには、もっとも基本的で重要なスキルかもしれない。

言葉のむずかしさも、楽守なりに工夫していた。「やってくれる?」と頼み事をされると、ついそのまま「やってあげます」と答えがちだった。それが自閉症の言語感覚である。しかし、あらぬ誤解を受けかねない、不遜な言い方に聞こえる。事情を知らないと、カチンと来る人もいるだろう。それに気づいた楽守は、

「お安いごようです」

と言い出した。それならユーモラスで、いやな気持ちにさせることはない。快く引き受けようとしている気持ちも相手に伝わる。

「生活単元学習」の授業で、外出の練習をはじめた。まず教室で場面を変えながら、模擬訓練をした。それからバスに1人で乗った。行き先を運転手に知らせ、礼を言う約束だった。わずか停

留所ひとつ分からはじめた。仕上げの校外学習では、1人で電車に乗り、松阪から伊勢のおかげ横丁まで行くことになった。行き帰りとも、家から駅までバスで往復するとの連絡に、志ほみは難色を示した。いつもスクールバスの停留所まで志ほみがクルマで送迎し、楽守はバスに1人で乗ったことがない。

「楽守もこのごろはずいぶんものわかりがよくなっています。でも、1時間もかけてバスで駅まで行くのは、さすがにきびしいです。ハードルが高すぎるので、とりあえず冬休みのあいだに練習してみます」

志ほみは躊躇していた。

「おうちの人の協力がないと、できないことです。卒業後の自立をめざし、1つひとつ、できることを伸ばしましょう」

担任は検討を促した。

志ほみはまず楽守と2人でショッピングモールに行き、1人で買い物をさせてみた。買い物ひとつにも、楽守にはいくつもの壁がある。店内に繰り返し流れる大きな音楽。店にいるおおぜいの知らない人たち。あふれんばかりの品物。代金を支払うときの計算。それらをすべてクリアし、はじめて買い物ができる。単にものを買うだけでも、いろんな判断をしなくてはならない。クルマのなかで待っていた志ほみは、楽守がうれしそうに戻ってきたのを見て涙した。やり遂げた達成感が、次への自信につながる。

「楽守、すごいな。やったな」

志ほみがほめると、楽守は照れていた。そんな楽守がたまらなくいとおしかった。

楽守の行動力に自信をもった志ほみは、先生との約束通り、おかげ横丁までバスと電車を乗り継いで行く練習をはじめた。最初は2人で一緒に出かけた。それを3回、繰り返した。4回目は楽守1人で行くのを、志ほみがあとから追った。なまじ成功してしまうと、楽守が1人でなんでもできると勘違いしてしまう。そうなると、プチ家出で遠くに行くかもしれない。葛藤が志ほみにはあった。うまくいけばいいというわけでは、必ずしもないのだ。

校外学習の日、担任はおかげ横町の最寄り駅で待っていた。来なかったどうしよう、無理をさせすぎたかもしれないと思いながらも、大丈夫と担任は自分に言い聞かせた。

「楽守くんが、にこにこして改札口から出てきたんです。やり遂げたとの気持ちが顔に表れていました。それを見て私は、〝やったー〟と思いました。楽守くんには1人でがんばる意欲がすごくあるので、いろんなことができるようになると思います」

担任は顔をほころばせる。みんなに助けられ、楽守の大冒険が終わった。

克服

町中にかまえた工房に、章伸は「ラモシオン」と名づけた。楽守と詞音の2人の名前を、ただ並べた。親子バンドの名前も「RAMO」になった。子どもの名前を何重にもまわりに巻きつけているところに、章伸の子どもたちへの強いこだわりが見て取れる。

「ぼくがなりたかったんは、ほかのだれでもなく、自分の子どもやった。楽守と詞音を育ててきて、自分らしく生きれば、それでええと教えられたんや」

章伸は志ほみに呟いた。２人の子どもがともに自閉症だったことに、章伸はずっと神様のいたずらだと思っていた。悲観し、絶望した。数え切れないほど、志ほみと泣き明かした。さんざん悩んだ挙げ句、あるとき、素直でまっすぐな楽守と詞音に、人としてあるべき姿を見ていた。

高校生になって活発にライブをするようになり、楽守は章伸と過ごす時間が増えていた。それにともない、学校の先生より父である章伸が、楽守にとって急速に大きなウェイトを占めはじめた。学校を休んでライブに行く日も多かった。障がい者施設のほか、小中学校で演奏した。人権の授業や、障がいを学ぶ授業に招かれた。県内のほか、名古屋や大阪など、少しずつ活動の場が広がっていった。出会いが次の出会いを呼んだ。ライブに来た人が、次はうちでという具合につながった。

「子どもたちはしっかり反応してくれとる。歌ばかりやなく、楽守と実際に触れ合い、障がいとはなにか、感じてもろうとる。楽守はいつも落ち着いて、演奏しとるで」

積極的に社会に出て、１人でも多くの人に自閉症を正しく理解してほしいとの思いが章伸を突き動かしていた。言葉を重ねて自閉症を説明するより、生徒の目の前に楽守を立たせるほうが、障がいをより身近に感じられる。楽守を世間にさらすことが、理解の早道になる。

章伸はコンサートで、自閉症についてのアンケートを採ってみた。人びとがどのように考えているか、知りたかった。これまで夫婦が抱え込んできた疑問を、みなに問いかけた。ほとんどの人が自閉症とは「成長の過程で、自ら心を閉ざしていった心の病」「心の傷が原因で、引きこもっている」と答えた。

思った通りの結果に、章伸はむなしさを覚えた。「自閉」という言葉のもつ意味の強さが、誤解を招いている。あるときは自閉症で、あるときは発達障がいで、また幅広い症状があることから、「自閉症スペクトラム」や「広汎性発達障がい」と呼ばれるようになり、章伸は自分でもますますわからなくなっていた。ただひとつ言えるのは、楽守がいて、詞音がいるという目の前の現実である。それだけはだれにも否定できない。

「声高に叫んだところで、世間は遠ざかるばかり。ただ知ろうとするより、感じて欲しい」

自閉症の本を読んだり、関連する講演会や勉強会に出て、障がいについて深く学ぼうとした志ほみに対し、章伸は下手に知識をつけるのを嫌った。自閉症とはなにか、ほとんどなにも解明されていないのだから、そこに答えがあるはずがない。医師や教師の言うことを、ずっと疑ってかかってきた。わかろうとしても、わからなかった。だから感じるしかないのだと、章伸自身、考えていた。

楽守は演奏ばかりではなく、観客をいかに楽しませるかにも力を入れはじめた。ライブの合間に剣玉やマジックなどを余興でしたり、得意の昆虫の話をしたのである。

「うちのバンドはなんでもありです」

楽守はMCでそう自己紹介した。心に余裕ができ、演奏を楽しめるようになっていた。音楽を通じ、楽守の心はとても豊かになった。

親子バンドに、楽守が通っていた地域の小学校から出演依頼が来た。

「楽守、どうする？ いやなら断ってええんやで」

章伸は問いかけた。イジメの傷跡がいまも残る楽守は、当然いやがるだろうと章伸は思っていた。

「お父さん、ぼくやります」

楽守はきっぱり言った。同級生はみな高校に進み、先生も別の学校に移った。ただあの担任だけはまだ学校で教えている。それを知っても楽守は動じず、堂々と全生徒の前で演奏した。

「ぼくはこの学校で勉強しました。みなさんも、がんばってください」

MCで楽守は集まった小学生に語りかけた。楽守の元担任は最後まで顔を見せなかった。

親子バンドの集大成として、多くのプロミュージシャンがステージに立つ名門ライブハウスで演奏した。笑いあり、涙ありの2時間だった。求められるレベルが上がるにしたがい、章伸はきびしく楽守を指導した。普段はやさしいだけに、楽守が父親をどう受け止めるか、志ほみは心配した。愛情のたまものであることに気づいて欲しかった。

「ライブを通じ、楽守くんが大きく成長しているのを感じます。演奏のことを話すとき、いつもとてもいい表情をしています。顔に自信がみなぎっています」

　と担任は喜ぶ。そんななか、はじめてのCDを自主制作することになった。楽守は学校を休み、スタジオでのレコーディングに臨んだ。担任は気にせず、心から応援した。楽守にとっていま、章伸との音楽活動が生きる力になっているとそう思ったからである。録音が終わるまで、10時間近くもかかった。緊張して神経質になる章伸を気づかい、楽守はなにげにフォローした。章伸が楽守に寄り添うように、楽守が章伸に寄り添っていた。

「立派にやり遂げました。楽守も大きな達成感を得ています。完成したら、聴いてください」

　章伸は声をはずませて先生に知らせた。『どうしたら震えてる君を助けられる』というCDのタイトルは、そのまま章伸の子どもたちへの気持ちであり、覚悟だった。障がい者を支援するため、章伸が音楽仲間と立ち上げたレーベルが発売元になった。CDの歌詞カードに、一曲一曲への思いを短く綴った。

　今後について楽守を交え、家族でよく話し合った。楽守も楽守なりに将来のことを考えていた。いま体験していることはすべて、将来につながっていくと意識していた。家族でも作業所やケアホーム、生活訓練施設などを見学した。伝統工芸に取り組み、ハイレベルなものづくりをする作業所に、楽守は強く惹かれた。

　こうして訪れたある施設長が「大切なのは人材だ」と言うのを聞き、志ほみはこれまで漠然と感じてきた思いにつながる気がした。子どもの楽守はどんな仕事をするかをいちばん気にするが、どんな人が関わる作業所かをしっかり見極めなくてはならないということだ。

見学するたび、楽守に将来のことを聞いてみた。最初のころは「パンをつくってみたい。お母さんに食べさせたい」と志ほみに言った。そのうち「100均商品の仕事」に変わった。学校での実習に加えて現場研修も経験し、過ごしやすい、働きやすいと感じた仕事が、そのまま未来の楽守の夢につながっていく。

「もともと楽守くんがもっている力、これからつけていく力、そして力を活かしてくれる職場と、いくつもの要素が重なってはじめて、楽守くんにふさわしい環境になるのだと思います。お父さんとのライブ活動を通じ、家や学校とは離れたところでも刺激を受け、社会で生きていく力をつけていって欲しいと思います」

担任は夫婦の試みを高く評価し、応援した。

骨格がしっかりしてきた楽守は、いつしか大人の顔だちになっていた。ライブで多くの人と接する日々のなかで、楽守は意思伝達の困難を乗り越えようとしていた。話がうまく伝わっていないと思えば、理解されやすい言葉にすぐ言い直した。多動といった自閉症に由来する問題の多くは薄らぎ、気持ちを引きずることが目立つくらいになった。大人になりたい楽守は、引きずらないことを目標にすると言い出した。自分の課題を楽守はきちんと把握していた。引きずらないようにさえすれば、生きやすさにつながっていくはずだった。

イマ　イキテル

僕はキミから　教えられています
ほんとの事は　別のとこにあると
だけど　僕は　迷ってばかり　頭でっかち　脚は細く

わかり合うのは　言葉だけじゃない
それも　キミに　教えられました
しゃべれなくても　わかり合える
心の声が　あるって事を

僕の支えは　いつもキミだけど
キミの支えも　僕であってほしい
好きな道を歩け　今しかない今を活きて

イマ　イキテル　キミト　イキテル

イマ　イキテル　キミト　イキテル

結局　僕が　なりたかった人は
自分の子どもで　他の誰でもなかった
山に登るための　ゴミ拾いじゃなくて
キレイにするため　キミはゴミを拾ってる
生まれてくれて　ほんと　ありがとう
生んでくれた　君にカンシャ
自分らしく活きる　それでいいんだネ
今の自分を許してやろう

うるさい！

中学部2年の始業式早々、詞音は同じクラスになった小百合と唖の掛け合いをした。それを見た担任は、意識して関わりをもとうとしているのだととらえた。しかし、志ほみは詞音とやらない約束をさせた。

「たとえ唖がコミュニケーションだとしても、よくありません」

自分からはしなくとも、相手がしてきたらやり返すのではないかと心配したが、詞音は志ほみとの約束を忘れず、唇をブーブー言わせるだけで我慢した。

担任は言葉でやりとりするよう、小百合に促した。

「よろしくね」

詞音はまんざらでもなさそうなのに、

「よろしくじゃねーよ」

と小百合に強く言った。スクールバスのなかでも、小百合と目が合うたび、「よろしくじゃねーよ」と言った。様子を見ていた楽守から、志ほみに報告があった。言い方が悪いので、気を悪くしているのではないか、志ほみは心配した。詞音の言葉は直球が多く、人によっては痛手が大きい。

「言葉遣いが適切でなければ、その都度、教えてください」

志ほみは担任に頼んだ。

詞音にクラスメイトの名前を聞いたところ、小百合を合わせて5人の名前を出した。新学期がはじまったばかりなので、名前を覚えているのが志ほみには意外だった。他人のことなどこれまで眼中になかったからである。いつも人の名前を覚えられず、先生やクラスメイトがわからなかった。自分のことさえ、「詞音」と名前を呼ばれなければ気づかず、反応しないのだ。

「生活単元学習」でクラスの目標を決めるとき、詞音は「わかんなーい」と答えた。それでいて、

「ニコニコ」「なかよし」「げんき」と担任が候補を黒板に書くと、「ニコニコ」がいいと真っ先に手を上げた。

「詞音くんは発想が豊かですね。学校では、紙に絵を描いたり、ペーパークラフトをつくったり、創作を楽しんでいます。学習の流れや進み方、約束事などが2年生になって変わったところがあり、戸惑っていますが、なんとかがんばってくれています」

気に入らないことや、言いたいことがあれば、短いながら、詞音は言葉にして伝えられるようになった。声は小さく、聞き取りにくいが、聞き直せばもう一度、繰り返した。これまでは黙ったままだったので、意思疎通が格段にしやすくなった。

それでも、詞音の気持ちはときどきひどく不安定になる。とくに朝は混乱しがちだ。クラスの友だちが大きな声で話しているのに耐えられなくなって落ち着きを失い、身体を回転させたり、戸を叩いた。「つらいけど、がまんしてね」と担任は声をかけた。

「ゴミ箱に白くて透明なものを捨ててしまった」

別の朝、詞音は奇妙なことを言いながら、ゴミ箱をひっくり返し、なにかを必死に探していた。朝の会がはじまっても、ゴミ箱から離れない。いくら探しても、「白くて透明なもの」は見つからず、詞音は怒っていた。そのあげく、「気持ちが悪い」と言い出した。連絡を受けた志ほみは、詞音の混乱が限界に達する前に、どこかちがう静かな場所でクールダウンさせて欲しいと担任に頼んだ。

自閉症に由来する問題は、成長につれ、ある部分は影を潜める一方、ある部分はより際だった。楽守もそうだが、詞音はとくに聴覚過敏なところが強まり、特定の音をいやがった。犬の鳴き声を恐怖し、邦楽や童謡を嫌った。なぜか洋楽は平気だった。

しかし、世の中には音があふれている。ショッピングモールにも、ファミレスにも、当然のように、BGMが流れている。好きな音楽ばかりではないし、音がとても大きな場所もある。

登校したときからイライラする詞音に、担任が理由を聞いてみた。

「うるさい！」

詞音はぶっきらぼうに言い返した。たしかに学校の説明会がある日で、来客が多く、校内はざわついていた。スクールバスがうるさくても詞音は落ち着きをなくした。「うるさい！」と大声で怒りながら、床や前の席を足でどんどんした。詞音には、教室も、スクールバスも、町も、あらゆる場所が試練なのである。

なによりも嫌いで、即座に反応するのが、犬の鳴き声だった。

「うちにも大型犬がいますが、吠えるだけで詞音はパニックになります。校外授業で散歩に出るとき、犬がいるといやがるかもしれません。本人はどこの犬が吠えるか知っているので、ルートによっては行きたがらないと思います」

志ほみは担任に説明した。先生の気づきを待つのではなく、はっきりしていることはできるだけ先に知らせた。

山からイノシシやシカが家のまわりに現れ、飼い犬のルカが吠え出した。そのたびに詞音はパニックになり、ものにあたり散らした。どうしたわけか、詞音にとっていらないものや、嫌いな本だけを投げた。以前なら大切なものでも構わず、なんでも壊していた。冷静に選んでいるところが、これまでとはちがうところだ。「壊してもよい箱」でもつくればやりやすいのではないかと、志ほみは少しいじわるに考えてみた。

思いついた志ほみは、耳栓を買ってきた。役割と使い方を説明したところ、詞音は乗り気だった。耳栓用に自分で選んだ、キティーちゃんのケースを担任に自慢した。

「上手に使えるといいね」

先生は詞音に言った。

自分本位な詞音にも少しずつ、自分以外のことが見えてきていた。ライブで学校を休む楽守の連絡帳を、自分から先生に届けたのも、その現れだった。詞音の担任が声がけをしたのではないかと志ほみは思い、楽守の先生が詞音に頼んだのだろうと担任は思った。しかし、いずれもちがった。だれかになにかを言われたわけではなく、詞音は自分で判断したのである。

「取りに来たの？」

楽守の先生が聞いても、詞音はなにも答えない。それでいて欠席する日は、必ず連絡帳の受け渡しを言われなくてもした。やらなくてはいけないことだと、詞音はどうやら認識していた。こうしたことが１つひとつ、きっちりできれば、詞音はもっと生きやすくなる。担任も志ほみも支援者として思った。

そんなとき、詞音の生まれたころから飼っているルカが死んだ。裏庭にみんなで穴を掘り、埋めた。線香を立て、手を合わせているとき、ガサッと物音がした。

「生き返って、土のなかから出てきたらどうする?」

章伸は詞音に聞いてみた。

「ヤダね」

即座に言うのを聞き、家族はさすがにちょっと複雑な気持ちになった。

遠い世界

詞音は毎朝、教室に入るとき、「おはよう」と声を出して言うようになった。言葉がまったく出なかったころに比べ、大きな進歩だが、出てくる言葉はしかし、人前ではあまり口にすべきではない下ネタが多かった。

「くさいちんこ」

そんなことばかりをクラスメイトに言っては、女子が真似して言うのをニタニタして聞いている。ただ「ちんこ」とは言わず、「くさい」という形容詞をつけ、おもしろい言い回しにするところが、詞音らしいところだった。志ほみが「ちんこ」はダメと言うと、「くさいおなら」と言い換えた。

詞音にとって、言葉は魔法でもあった。なにか悪さをしたとき、なにがしかのキーワードを口にするだけで、二度とやらなくなるのだ。誕生日前なら「誕生日」、クリスマス前なら「クリスマス」、詞音が連れて行って欲しい店があるときは、店名が呪文になる。それを言うだけで、詞音は従順になり、悪さをやめる。聴覚が過敏なように、言葉にも敏感だった。

数の概念も正確につかみはじめた。お小遣いを貯めた500円玉1枚、100円玉4枚、10円玉10枚を手に、1000円札に替えて欲しいと頼んできたときは、志ほみもびっくりした。計算が合っているのはもちろん、それが1枚のお札になるのがわかっていたからである。

この1000円札を使い、新しくできたショッピングモールでキャビアを買いたいと詞音は考えていた。ピザに載せて食べるレシピを試したかった。食べることに詞音は強い関心を示し、普段は淡泊な性格が一変し、とても貪欲になる。

キャビアと言えば、高級品。名前は知っているが、これまで食べたことがないので、どんな味か気になる。キャビアを売っているモールに行く約束も章伸とした。もっとも、詞音の貯めたお小遣いで買えるものなので、チョウザメの卵ではない。代用品だとは知らなかったが、そんなことはどうでもよかった。詞音にしてみれば、キャビアはキャビアである。それにしてもどうしてキャビアなのか、志ほみは見当がつかなかった。値段まで知っているので、家族で買い物したときに見つけたのか、折り込み広告で見たのだろうか。インターネットで調べたのかもしれない。詞音は情報検索のアンテナをいつも張り巡らしている。

章伸との約束は、延び延びになっていた。ライブがあったり、家の用事が重なった。学校を休んだ詞音が父と2人で過ごした日も、結局、別の場所に行って、キャビアの店には寄れなかった。「ここまで目的が達成できないのに、詞音が平気でいられるのは意外やな。思い通りにならないと、これまではすぐパニックを起こしていたのが嘘のようや。章伸との信頼関係上、納得させられているのかもしれへん」

志ほみは自分の考えを章伸に言った。詞音にとって父である章伸は、なんでも直す、スーパーマンだった。学校のプリントにも、「お父さん、こしょう、なおして！ DELLのノートパソコンのこしょう！」と書いていた。パソコンが使えないのは、詞音にとって大問題だった。もう動かないと思っていたパソコンを簡単に直す父を、詞音は尊敬した。

ようやくショッピングモールに行けたものの、キャビアはどこにも見あたらない。店の人に尋ねると、ニーズがなく、売れないので、置くのをやめたとつれない。説明を聞いて詞音は納得し、駄々をこねることはなかった。大爆発していてもおかしくない場面である。

図書館で読むのも料理の本ばかりになり、教科書にレシピを落書きした。「生活単元学習」で献立をつくったときは、自分の食べたいものだけを選び、楽しげな絵を添えた。栄養のバランスを考えているとはとても思えなかったが、詞音は幼いころからおいしいものに目がないのに食が細く、好き嫌いが激しかった。給食に嫌いなものが出る日には、教室に貼ってある献立表に×をして、「やすむ」と書き込んだ。好き嫌いもこだわりのうちである。

クラスの友だちの誕生日会でケーキの飾りつけを買って出た詞音は、生クリームで「美」という漢字を書いた。なぜ誕生日に「美」なのか、クラスメイトにも先生にもわからなかったが、詞音は1人、ご満悦だった。イベントの餅つきでは、つきたてをコーラにつけて食べた。

「新しい食べ方だね」

友だちの笑いを誘った。

友だちを通じた人間関係は、学校でしか学べないことばかりである。しかし、詞音は1人でいることのほうが多かった。給食の時間もいつも教室の隅っこで、1人で食べていた。人を避け、真ん中より隅を好むのも、自閉症の特性である。

「こっちにおいでよ」

友だちが詞音に声をかけた。一瞬戸惑いつつ、詞音はそそくさと場所を移動した。それ以来、みんなと一緒に給食を食べるようになった。友だちに肩を組まれて写真を撮っても、平気になった。新しい詞音を見つけた気がして、志ほみには新鮮だった。

スクールバスから降りて教室に入るとすぐに着替え、さっさと雑巾がけをすますと、友だちとプレイルームに向かう。少し前まで避けていた友だちとも、仲よく遊んだ。

「子どもって仲よくなったり、離れたり、いろいろありますよね。仲よしの期間が、少しずつ長くなるとうれしいです」

担任の言葉を聞き、志ほみはその日の気分で近づいたり、離れたりしているのだろうと思った。

詞音にしてみれば、一緒に遊ぶ友だちができたことに変わりはない。学校の様子は、担任の発行する学級新聞を通じて知った。熱心に書き込んでくれるので、安心できた。

スクールバスで仲のよい友だちの隣に座りたい気持ちも出てきた。しかし、カーテンを少し開けたいこだわりのある友だちは、カーテンを閉めたいこだわりのある詞音とは折り合いがつかない。自閉症特有のこだわりが、友だちの関係を少しむずかしく、複雑なものにしていた。

「言葉・数」の授業で絵本『11ぴきのねこ　どろんこ』(馬場のぼる)の読み聞かせをしているときには、猫が恐竜を懲らしめる場面に詞音は反応し、悲しげな顔をした。

「懲らしめるのは、イヤだ」

と大きな声で言った。詞音のやさしさに触れ、担任の気持ちは和んだ。しかし、授業が終わった休み時間、なぜかカーテンにくるまった詞音が、

「懲らしめてやる!」

そう叫んで、クラスの友だちをからかっていた。さっきの詞音はどこにいったのだと担任は呆れながら、そんなところに詞音のおもしろみを見ていた。

詞音の夢はドイツに行くことだ。ドイツに行って、ハリボーというグミのお菓子を好きなだけ、買いまくるのである。いつも買い物に行くスーパーにも売っているが、ドイツのホームページで調べると、日本では見たこともないものがたくさん並ぶ。いろんなかたちや色があり、味を想像するだけで、わくわくしてくる。

「無駄遣いせず、ドイツ行きの飛行機代を貯めてください」

志ほみが言うと、わかったとうなずいた。楽守もアメリカで音楽修行をすると言って、お小遣いをこつこつ貯めている。とても狭い、小さな世界で生きているようでいて、子どもたちが広い世界を見つめていることに志ほみはうれしくなった。

退学

「父親としている音楽活動で、学校のある日もお休みさせていただくかもしれません」

高等部2年の新学年がはじまってすぐ、志ほみは担任に挨拶し、平日にもライブがあることに理解を求めた。

「楽守くんにはクラスのリーダーとして、がんばってもらうことになりそうです」

まだ高校生なのだから、あくまで学校を中心にするよう、担任は暗に釘を刺した。

「作業」の授業で楽守は農芸班に加わった。有機野菜を自分でつくるため、きちんとした知識を身につけたいとかねがね思っていた。

最初の授業の前に、楽守は準備物の確認をした。うっかり忘れ物をしたことに気づいたが、先生の支援で落ち込まずにすんだ。それからジャージに着替え、運動した。スムーズに農作業ができるようにするためである。まずは畑の説明を聞き、農具の使い方を習った。それから畑に肥料の牛糞をまいた。畑にマルチフィルムと呼ばれる黒いビニールを張ったうえ、ナスの種をまき、ミニトマトの苗を植え、シシトウの植え替えをした。実際の農作業に準じ、本格的に取り組んでいる。

「一生懸命、やりました」

学校から帰った楽守は、いい顔をして志ほみに報告した。慣れるまでは緊張するだろうし、重労働でつらいかもしれず、志ほみは心配していたが、まんざらでもない様子だった。

気になって、志ほみは農芸班の授業を覗いてみた。志ほみが近づいても、楽守は黙々と作業に打ち込んでいた。指示されることはなんでも、きっちりするのは自閉症の特性である。汗を流す楽守の姿を見て、この先、自分に合った仕事を見つけてくれるといいなと志ほみは思った。農芸班で花の苗を販売していると聞いた志ほみは、楽守に選んでもらい、買って帰った。家に花壇をつくり、きれいな花を咲かせるつもりだった。

2年生になって、作業所を見学する機会が増えた。規模の小さなところから、大きなところまで、千差万別だった。大きなところにはさまざまな仕事があり、幅広い選択肢があるが、利用者が多い分、せわしなく、落ち着かなかった。小さなところは仕事が決まっていて、人間関係が息苦しそうだ。

ある作業所では、売れ残りのCDを再利用する作業をした。せっかくレコーディングしたのに聴かれることもなく、CDとケースと紙に分別していく。

「ちょっと悲しかったです」

高校生ともなると、アルバイトなどを通じて社会の仕組みを知る機会が増えるものだが、楽守も「作業」の授業を通じ、音楽産業の裏側に触れていた。大きな作業所なので、ほかにも梱包に使う段ボールをつくったり、パンを焼くなど、多くの仕事があった。

楽守はよく作業をやり過ぎて、叱られた。よかれと思い、指示された以上のことをがんばっているのに、

「そこまでやらなくていい」

と強く言われてしまう。そのたびに楽守は自分が否定されたようで、ひどく落ち込んだ。まだ教わっていない作業だったり、ほかの人がやる工程だったりするのだが、気持ちが先走りしてつい手を出した。

地域にある作業所を回っているうち、とても居心地のよいところに楽守は出会った。障がい者の居場所づくりからはじまった施設である。

「厳しいけど、暖かかったです」

楽守の感想が気になり、志ほみは1人で見学に出かけた。

「福祉って、すべての人が幸せであることだと思います。利用者ばかりではなく、家族も職員も、まわりがみな幸せでないとだめなんです」

職員の思いに耳を傾け、さをり織りで小物をつくる様子を志ほみは見た。楽守の言うとおり、ここなら安心して任せられるとはじめて思えた。なによりしっかりした考えをもつ職員がいる。

卒業後の進路を見極めながら、楽守は章伸の工房を進んで手伝った。ギターを磨くといった簡単な作業からはじめた。工房を訪れる人に気持ちのよい、ていねいな挨拶をした。自分から言い出したことだった。「ていねいに」は、「言葉・数」の授業の課題でもある。字をていねいに書く。人の目を見て、ていねいに話す。そうすれば気持ちが伝わると教えられた。

「作業」の授業では木工班のカホンが完成し、楽守に試奏して欲しいと声がかかった。クラスのみんなの前で叩いた楽守が、「OK！」とうれしそうに言うと、木工班の生徒から歓声が上がった。

「最近、人のアドバイスを素直に聞き入れられるようになっとる。いままでは注意されるだけで腹を立てていたけど、スムーズに生活するには大切なことや。ほんまに成長しとるで」

章伸は志ほみに言った。穏やかに思える日々がつづくなか、ライブで学校を欠席する日が増えていた。1年生のときの担任は、楽守を伸ばす大切な課外授業として認めたが、2年生の担任は快く思っていなかった。休みが重なったある日、学校を休む連絡を入れると、

「お母さん、学校は二の次ですか？」

担任は厳しく苦言を呈した。志ほみはもっともだと思った。

「先生、そんなこと、ありません」

理解を求め、苦笑いした。親にこんなことを言ってくる先生なら、楽守にはもっときびしいことを言っているのではないかと思えてきて、志ほみは不安を感じた。ライブで夜遅くなり、次の

日も休む日が重なった。

「学校、行かなくていいですか?」

突然、楽守が志ほみに聞いてきた。

「ああ、ええよ」

志ほみは躊躇することなく答えた。楽守が自分で決めたことなら、なんでも受け入れるつもりだった。

「学校でなにかあったん? 先生になにか言われとる? 正直に言っていいんやで」

「ぼくはがんばっているのに、もっともっと、早く早くって言われます。それがつらいです」

志ほみの不安が的中した。楽守がまた信号を出していた。やっぱりなと思った。しかし、気持ちをうまく言葉にできなかった小学校5年生のときとはちがい、はっきり口にしている。ちょうど懇談会があったので、楽守と章伸、志ほみの3人で出かけた。

「2年生で学校を辞めようと思います」

それを聞いた担任は言葉を失っていた。まさか障がいをもつ子どもが特別支援学校を退学するなんて、思ってもいなかったらしい。障がい児の多くは、居場所を探し、右往左往しているからだ。先生との話し合いがしばらくつづいた。楽守も神妙な顔つきをしている。

「わかりました」

最後に担任は言った。そして、

「で、楽守くん、卒業せんで、ええんやね」

と、念を押した。その一言に強烈なものを志ほみは感じた。楽守の性格からすれば、物事を最後までやらないと気がすまない。それを担任もよく知っているはずだ。地域の学校でのつらい日々が、志ほみのなかで一気によみがえる。あのときも小学校を卒業しなくていいのかと、脅しのように言われた。

「学校は好きです。でも、音楽のほうがもっと好きです」

楽守がきっぱりと答えた。すべてを乗り切り、次に向かおうとしている楽守の姿がまぶしかった。

その週末、ひさしぶりに志ほみは福井の実家に遊びに行った。ホタルの鑑賞会があるとの連絡を受け、1泊2日の旅に出たのである。楽守と志ほみは福井に、詞音と章伸は名古屋までコンサートを聞きに行った。いつもは楽守と章伸、詞音と志ほみで動くのがほとんどで、遠出ともなるとはじめての組み合わせだった。詞音の多動がひどく、章伸には長いこと、手に負えなかったのである。コンサートを詞音が最後まで我慢できなかったので途中で退席し、イタリア料理のレストランに出かけた。詞音があらかじめネットで見つけた人気店である。ピザにうれしそうにかぶりつく詞音の顔を見て、章伸は幸せを噛みしめた。

昆虫が大好きな楽守は淡く光るホタルを目にして、興奮していた。久しぶりに会う祖父母の肩を叩き、足下が危っかしいのに気づいて、「段差あるよ」と声をかけた。

「章伸さんに、よっぽど感謝しなくてはだめだよ」

母は志ほみを諭すように言った。たしかに志ほみの周囲には、障がい児が生まれたことをいつまでも受け入れられず、関わろうとしない父親がいた。子どもの障がいは母親のせいだと一方的に決めつけ、離婚した人がいる。祖父母が障がいに拒否反応を示す家庭も知っている。子どもの障がいを苦に、一家心中するケースもある。

「そやな。笑顔を取り戻すため、音楽の道に引っ張り込んで、こういう楽守にしてくれたのには感謝しとる」

志ほみは晴れがましい気分で、ホタルが舞うのを見ていた。

Ramo Shion's Room

スクールバスから降りてきた詞音高２を迎える志ほみ

楽守のライブ会場でゲームをする高１の詞音

高等部２年の楽守。この年を最後に中退する

親子バンドをはじめたころの楽守。鋭い目つきで人を警戒する

証言10

障がい者の側に立つ目線

堀内章子（作業所支援員）

はじめて楽守くんと会ったのはコンサートでした。そのころは恥ずかしそうにうつむいて、ここで音を出してもいいのかなという感じで演奏していましたが、いまは自信に満ちあふれ、楽しくて仕方ないように見えます。作業所で働いているときも、いい表情をしています。仕事にやりがいをもって、一生懸命、すごい量をこなしています。

この作業所では、「生活介護」といって、障がいのために作業のできない子や自分で自分のことができない子が10名、それに「就労継続支援B型」といって社会に出て働きたいと思っている子や、仕事はむずかしくても自立した生活を送れる子が17名います。

楽守くんは「就労継続支援B型」で、仕事は「出席日数」「協調性」「清潔」「挨拶」「仕事」「集中力」の６つの項目を４段階評価します。楽守くんはお店やライブがあるので、出席日数は少ないのですが、その他は全部４の高い評価です。その評価で賃金が決まります。いちばん多い子で、月１万３０００円くらいです。「就労継続支援Ａ型」になるともっとしっかりとした仕事があるので、賃金が上がります。

この作業所は１９９５年に４人のスタッフでスタートしました。もう20年以上になります。特別支援学校を卒業しても一般就労はむずかしい。かといって家ばかりにいても困る。居場所づくりとして、障がい者の親御さんがはじめたのがそもそものはじまりです。

私は3人の子育てをしたのですが、いちばん下の子どもが保育園の年中になって、そろそろ働こうかなと思っていたところ、声をかけていただきました。最初はボランティアとして関わり、それからパートになって、契約社員になって、正社員になりました。障がい者施設で働いたことはなかったのですが、小学生のとき、同級生に障がい者がいて、ずっと面倒を見ていました。だからその子と私はクラス替えしてもいつも一緒でした。たぶんそのころから好きだったのでしょうね。

障がい者って、人を見る目がとても鋭いんです。かわいそうでしてあげるとか、そんなふうに思っている人を絶対信用しません。障がい者ではなく、ただちょっと不自由なだけ。できないところをうまく補えば、自由に生活できるんです。自閉症の人にはむずかしい面もありますが、じっくり観察し、なにをどうしたいのか見抜けるようになれば、だんだんわかってきます。障がい者の子は裏切らないし、純粋ですから、とてもかわいいです。

でも、最初のころはたいへんなことばかりで、何度も辞めようと思いました。いっぱい噛まれたりして、正直、障がい者が怖かったんです。心を病んで、眠れない夜もありました。「むずかしい」「たいへんだ」とばかり考えていました。

怖くなくなったのは、わかろうとしてからです。噛むに至るまでの気持ちを受け入れていない自分に気づいたんです。信頼関係がまだできていなかったということです。いまは絶対に噛まれない自信がありますよ。障がいをもつ子どもたちを、なんとかして、私のなかに入れてやろうしてきた結果です。やはり、経験というか、関わりなのでしょうね。どんな仕事でも同じかとは思いますが、福祉はだれもがすぐにできる仕事ではありません。

楽守くんが小学校のとき、先生やお友だちにイジメられ、トイレに籠もって泣いていたとき、爆発すればよかったんですよ。「もう学校には行かない！」と暴れて、思い切り自分を出せればよかったんだけど、それができませんでした。

今後生きていくうえで、楽守くんはもう少し、自分を出せるといいなと思います。自分の考えや思いをはっきり言えるように、言いやすい人をつくるのが早道かもしれません。できれば両親ではない支援者がいいと思います。

昼間はお父さんと仕事しているので、朝晩、ヘルパーを頼むだけで自立した生活が送れるでしょう。ヘルパーと一緒に料理をつくったり、買い物に行ったりするのです。親ではなくほかの人と一緒にすることに意味があります。きっとすごく勉強になって、できることが増えるでしょう。

私たちのこれまでの支援計画が間違っていたのは、「これが必要だから、こうしなくてはいけない」と考えてきた点にあります。しかし、それはあくまで私たちが予測した支援にすぎません。挨拶しなさいと言われても、本人はしたくないかもしれないし、そんなことを言われたらしたくなくなる子もいるかもしれません。そうではなく、「なにをいちばんしたいのか」「こうして欲しい」など、本人の希望に基づいた支援計画をこれからは立てなくてはいけないと思っています。

エピローグ
epilogue

学校を離れて

楽守が特別支援学校を高等部2年で退学したのは2012年3月のことだった。それからは音楽活動をつづけながら、章伸の楽器店を手伝い、作業所で働いている。作業所とはいっても、楽守の卒業を機にはじめようとしていた章伸の心づもりは頓挫していた。障がい者の手で楽器をつくるのは精度を出すのがむずかしく、商品化にはまだほど遠かった。そこで計画をひとまずおき、章伸は楽器店をひらいた。見学していちばん心地がいいと感じた作業所にも通っている。

2016年3月には、詞音が特別支援学校の高等部を卒業し、楽守と同じ作業所で働きはじめた。楽守が居場所をいくつか掛け持ちするのに対し、詞音は毎日、作業所に出かけている。

「大きくなったね」

「成長したなあ」

「これでもうひと安心だ」

学校生活を終え、社会に出た兄弟を見て、家族を知るだれもが感慨深く思う。いまはもう小さな子どものころのような多動は見られない。自傷行為に走ることはなくなり、人を叩くこともなくなった。そもそも第一印象としては、「ちょっと変わった子」と思うくらいで、ほとんどの人は障がいに気づかない。ぼく自身が楽守にはじめて会ったときもそうだった。たとえわかったにしても、それほど深刻ではないと受け止めるだろう。だからこそ誤解を受けることになる。

さまざまな困難や問題に直面しながら、年を重ねるごと、兄弟は大きく成長してきた。しかし、学校生活を終え、兄弟をめぐる環境は一変する。

「楽守くんはわかるけど、詞音くんは話さないから、よくわからない」

社交性があり、人と関わろうとする楽守はどこでもやっていける。しかし、あまり話さず、関わりをもとうとしない詞音はきびしい。それは家族とつきあいのある多くの人に共通する意見だ。事実、楽守より詞音のほうが障がいの程度は重いと診断されている。もともと2人とも中度だったが、途中から詞音は重度に変わった。診断がそのまま周囲の人に与える印象につながる。

2008年、ちょうど中学部3年に進級する前の春休みにぼくが楽守と知り合って以来、「変わった子」という最初の印象から、「おもしろいことを言う子」「どきりとさせられる子」「笑顔がかわいい子」「ちょっとしつこい子」など、いくつものイメージが重なっていった。しかし、詞音は「話さない子」のまま、人柄を形容する語彙がいっこうに増えない。親しみやすい楽守に対し、詞音には人を寄せつけないところがある。触れてはいけないものとして、みな遠巻きにしている。他人に自分から近づくこともない。タブレットやスマホをいじる姿から、せいぜい「いつもゲームをしている子」と思うくらいだ。

楽守が働く父の楽器店が現在、間借りしているストーブ店の堀木元木は、楽守をもっとも身近で見ている1人である。月の半分は顔を合わせ、一緒に働く。

「楽守くんはお店でいつも、『触《さわ》れる楽器屋さんです』とお客さんに声をかけています。普通の大人が言えば、『これ、買ってください』になるのでしょうから、楽守くんの言葉はまろやかで、人を和ませるんです」

堀木はそんなふうに指摘する。また、同じストーブ店で働く平野由崇《よしたか》は、

「店を閉めるとき、楽守くんは戸締まりをチェックして電気を消し、看板を裏返すなど、率先してやってくれます。手を出そうとすると、楽守くんはいつも断ります。片づける段取りが狂い、どうしたらよいか、わからなくなってしまうらしいんです」

と言う。章伸は平野に「順番通りでないとわからなくなるのは自閉症の特性」と説明した。以来、平野は楽守に任せるところはきちんと任せてきた。

そんな2人にも詞音のことは、顔を出すのが週末くらいなのもあり、ほとんど見えていない。

「こんちは」と挨拶はきちんとするものの、これといったやりとりはなかった。人の輪に入ろうとせず、店の隅でなにやら1人でやっている詞音を見て、「こういう子なんだ」とそのまま受け入れるしかない。

「詞音くんはなんでも遊びで、おやつのミカンをストーブで焼いたりします。触ると熱いし、やけどしたらたいへんなので、やんわり注意すると、『ダメダメ、実験、実験』と言うんです」

平野は詞音との数少ない関わりを思い出すように言う。ミカンなんて焼いてもおいしいはずがないと平野は心配するが、詞音は「おいしい」と喜んで食べた。

堀木はときどき釣りに楽守を誘う。近所の川まで、楽守はうれしそうについていく。

「まず餌を探し、それから釣りをします。狙いはブラックバスのほか、ハヤやカワムツです。川に入って、カニや貝をとることもあります。仕掛けをポイントに投げたり、むずかしいことは手伝います。ウキが沈んだら、巻いてと言ってあげます。感覚的には小学校低学年の子を連れて行く感じでしょうか。高学年になればなんでもできるので、そんなものだと思います。この先できるようになるかもしれませんが、いまはまだむずかしいです」

暇さえ見つけては、虫かごを首から提《さ》げて昆虫採集する姿にしても、堀木の言う通り、楽守の行動には小学校低学年を思わせるものが多い。小児心療センターでの知能テストがそれを裏づける。詞音にしても同じだ。

しかし、志ほみは周囲の見方とはまったく逆のことを言う。

「心配なのは詞音より、楽守なんです」

人前でにこやかに演奏し、拍手を浴びる楽守のほうが、人を避け、拒絶している詞音より不安だとはどういうことだろう。志ほみの言葉がなにを意味するのか、はじめのうち、よくわからなかった。しかし、そこには自閉症を理解するのに、もっとも重要な鍵が見え隠れしている。「自閉症はわからないけれども、楽守と詞音のことならわかる」と、志ほみが教師に何度も訴えてきた理由でもある。大切なのは自閉症をわかろうすることではなく、1人ひとりを見つめることにある。自閉症の知識があるとしても、楽守のことがわかっていないからこそ、二次障がいになるほど大きな問題を引き起こす教師がいた。

章伸と志ほみが2人の自閉症児を育てるうえで周囲に懇願してきた「寄り添う」という言葉の真意はそこにある。傍観者の目線では、核が見えてこないのだ。志ほみは「障害」という言葉にある「害」の字がいやでたまらなかったと言う。子どもたちの存在が社会の害であるように思われている気がしてならなかったのである。傍観者でいては、そんな切ない気持ちがわからない。

楽守のいま

毎日、楽守は章伸と一緒に、山間の古民家からクルマで1時間ほどかかる楽器店まで往復している。小学生のときから楽守が夢見てきた1人暮らしはまだできていない。便利な町中ならなんとかなると志ほみは考えているが、訪問販売などの悪意につけいれられるのが心配で、踏み出せないできた。9割のことは自分でできても、残りの1割に不安が残る。地域の人たちやヘルパーらの支援が必要な部分である。

店に着くまでのあいだ、楽守は運転する章伸をかいがいしく世話する。のどが渇いていそうなら水筒のお茶をコップに入れ、咳をしたら飴を渡し、高速道路が近づけばETCカードを確認する。ほんとうに細かなところまで気がつく。普通ならうるさいと感じるほどだが、章伸は上手に楽守のこだわりを受け入れている。

店では扉の鍵を開けて電気をつけて回り、ストーブに薪《まき》を入れて火を起こしたあと、店内を掃除する。火を絶やさないように薪をタイミングよくくべ、灰を片づける。こうした雑用はほとんど楽守が1人でこなしている。このため作業所に行く日は、楽守の不在を強く感じさせる。訪れた客も「楽守くん、お休みですか？」と真っ先に聞いてくる。それほど店の雰囲気が変わるのだ。章伸は楽守の明るさに救われていた。章伸が楽守に寄り添っているというより、楽守が章伸に寄り添っているとさえ思える。

開店準備で楽守が掃除しているとき、章伸が戯れにギターを弾きはじめる日があった。慌てた楽守が掃除の手を止め、カホンを叩き出す。章伸はギターで音を探しながら、つくっている最中の曲を試している。楽守もなんとか必死について行く。

「だんだんよくなったな」

演奏を終えた章伸は楽守をほめた。しかし、その一言に楽守はカチンとくる。章伸はグループ感が出てきたことを言ったつもりなのに、楽守は演奏がよくなかったと誤解した。

「どうせぼくはへたくそです！」

真っ赤な顔して言ったきり、店を出て行った。章伸はまたやってしまったという顔をして、自嘲気味に笑った。言葉が足らないのを、いつも志ほみに指摘されている。店を飛び出した楽守は、志ほみに電話した。

「お母さん、ぼくは腹を立てました」

志ほみは楽守の言い分に耳を傾け、またかと溜息をつく。掃除が終わったあとに練習したなら、もっとうまくできた。そんな思いが楽守にはある。

「何度も言うけど、自閉症の特性として、2ついっぺんになにかをするのがむずかしいんやで。掃除が終わったら練習しようとか、掃除はええからカホン叩いてくれへんかとか、一言でいいから声がけせなあかん」

志ほみは章伸に文句を言った。そもそも掃除中に章伸がギターを弾きはじめたことから、楽守の混乱ははじまった。章伸は章伸で、曲づくりでてんぱっている。お互いが余裕を失い、ぶつかった。30分ぐらいして、楽守が店に戻ってきた。

「明日は、作業所に行きます」

目をつり上げた顔で言ったきり、足をどんどんさせ、どこかに行ってしまった。怒っていても楽守の言葉遣いはとてもていねいで、方言はあまり口にしない。章伸はなにをするでもなく、おろおろしている。楽守のあとを追うこともない。いつものことなので、慣れっこになっていた。すぐにどうなるわけではないのはわかっている。なにをするにも、とにかく時間がかかるのだ。

楽守が高等部を退学して以来、章伸はいつも楽守のそばにいた。それが章伸の考える寄り添うことだった。しかし、いつも2人きりでいれば、どうしても衝突する。演奏をアドバイスするときも、ギターの修理を教えるときも、ライブの予定を伝えるときも、昼食をなににするかさえ、些細な一言に楽守はつまずく。そうしたら最後、1日中、引きずる。子どものころのように泣きわめくことはないものの、怒ることでパニックを表現した。反抗期を成人して迎えていた。

「お父さん、ぼくはまだ腹が立っているもんで、謝ってください」

夕方近くになって、楽守が言ってきた。

「すまん、悪かった」

章伸は口先で言った。夜中まで引きずり、寝ている章伸を起こして謝罪を要求することもある。

「わかりました。いいです。でも、明日からは作業所に行きます」

ここまでならなくとも、よく近くの神社まで1人で散歩に出かけた。歩きながら気分転換を図り、頭を冷やすのである。なにがあったのか、章伸にはわからない。当の楽守もわかっていない。

「よい子になるよう、お詣りしてきます」

楽守は言った。

「気つけてな」

章伸は曖昧に声をかけた。

すべては章伸にかかっていた。学校では先生が毎日のように課題を楽守に与え、それをこなしながら友だちにも刺激され、1つひとつ楽守は壁を乗り越えていった。それが確実な成長につながった。しかし、これまで学校や先生に委ねていたものをすべて、章伸が背負わなくてはならなくなった。他者のせいにはできず、なにもかも引き受けざるを得ない。はじめはよかった。しかし、4年、5年と経つうちにアイデアは涸《か》れ、自信を失う。脳天気に考えられなくなる。そもそも親が子に仕事を教えるのは並大抵なことではない。互いによほど心しないと、子どもは反発する。詞音が高等部を卒業し、学校との縁が切れてからはそれが顕著になった。50代になった章伸は老いを感じる場面が増え、気力も体力もそれまでのようにはいかなくなった。自分が死んだら、子どもたちはどうなるのだろうとばかり考えた。

執拗に同じことを聞いてくる楽守に、章伸は粘り強く接してきた。楽器をどう調整するか、基本的なことはひと通り教えた。何度もやっているうち、とりあえずはできるようになる。しかし、厄介なことに楽器は1本1本、状態がまったく異なる。それをしっかり見極め、手を入れなくてはならないが、微妙な差を楽守は判断できない。いきおいクロスで拭《ふ》いて埃《ほこり》を落とす程度の簡単な作業に落ち着く。それでも楽守は一生懸命、塵《ちり》ひとつ見逃さずに磨くが、店に並ぶギターはどのみち数に限りがある。手持ちぶさたになって、楽守はイライラしてくる。章伸の根気もつづかなくなる。家族経営にありがちな悪循環だった。

志ほみにも楽守はよく腹を立てている。甘えられるのは親しかいなかった。

「クルマから荷物、下ろしてきて」

志ほみは楽守に頼んだ。これまで何度も手伝ってくれているので、大丈夫だと思った。しかし、クルマの鍵が閉まっていたことに、楽守は怒り出す。

「お母さん、お父さんに鍵をもらってくる」

志ほみは楽守に言った。1回でも経験していればできるのに、場面が少しでもちがえばできなくなる。鍵が閉まっていたら、鍵を取ってくればいいという簡単に思える判断が楽守にはできないのだ。最初に「お父さんに鍵をもらって、クルマから荷物を下ろしてきて」と言えばよかったのだと、志ほみは反省した。しかし、鍵が開いているかどうか、志ほみにもわからなかった。

「いや、ぼくが行ってきます」

楽守は言い張った。

「ほな、行ってきて」

その一言に、楽守はキレる。

「走って取ってきます」

楽守は大きな声で言った。志ほみが取りに行くと言ったはずなのに、なんで行かなくてはならないのか楽守はわからなくなった。それで無理に行かされたと勘違いした。矛盾しているし、怒るところがちがうと志ほみは思うのだが、そうなってはなにを言っても無駄である。説明のしようがないのだ。1日中、引きずったあげく、寝不足で腹を立ててしまったと楽守は自分を納得させていた。そんな楽守が志ほみは不憫だった。

「男って弱いものなんですね」

楽守は呟いた。吹っ切れない章伸のことで、「男は弱い」などと志ほみがいつも言っているのを覚えて真似をした。

「楽守は言葉をよう知らん」

章伸はことあるごとに言う。しかし、そうではないと志ほみは感じてきた。たくさんの言葉を知っていても、使い方を知らないのである。だから言っていることはわかっても、言い返せない。そんなジレンマのなかで楽守は生きている。ほとんど話さない詞音も似たようなものだ。

志ほみは楽守にできるだけ失敗体験をさせたくないと思っていた。失敗したらいつまでも引きずりかねない。しかし、大きくなって振り返れば、少しは失敗したほうがよかったと考えを変えた。社会にはいろんな人がいるからだ。学校の先生でも、作業所の支援員でもズバリとものを言うタイプの男性との関わりがとくにつらく、繊細な楽守はすぐに傷ついた。

「ぼくのために言ってくれているんだ」

楽守はなんとか自分に言い聞かせるのだが、それでも引きずってしまう。なにかを考え、自分なりに1つひとつの結論を出して行動に移すことができないのである。冗談も通じない。

二次障がいになった楽守を救った音楽もいま、大きな壁になっている。夢だった文化会館のステージで歌うなど、たとえ親子バンドのライブで忙しい日々を過ごしているにしても、この先、楽守がプロのミュージシャンとして独り立ちするのはむずかしい。ある意味、失敗体験があらかじめ組み込まれているチャレンジなのである。

詞音のいま

ライブ会場に着くなり、詞音はコンセントのある場所をめざとく見つけて駆け寄り、タブレットをつないでゲームをはじめた。楽守が汗を流して機材を運ぶのを、手伝おうとはしない。

「おー」

「クソー」

「やったー」

笑ったり、悔しがったり、感情をあらわにして、ゲームの世界にのめり込んでいる。ライブがはじまっても、イヤフォンを外そうとはしない。詞音に聞こえているのは、会場に集まった観客が涙を流して耳を傾ける父と兄の音楽ではなく、ゲームの電子音だった。そんな姿を人に見られても、気にする様子はない。だれかに声をかけられ、ゲームを中断されようものなら、詞音は怒った目でにらみつける。最初に見つけた場所の居心地が悪ければ、どこかまた別の場所を探し、すうっと移動していく。いつも決まっていちばん隅のほうだったり、だれもいない物置のようなところである。そうして詞音は人との距離をおいた。放っておかれたいのだ。

ライブが終わって楽守が片づけはじめても、ゲームをやめない。それでいて打ち上げにお茶やお菓子が用意されると、ひょっこり現れ、おいしそうに飲み食いするが、会話に加わることはない。そこにいながら、いないのである。

たまたまではなく、いつも、いつもそうだった。詞音がライブについていくことはいまはほとんどなくなり、志ほみが行くときだけ、仕方なさそうに、面倒くさそうについていく。外食をしたり、どこかに立ち寄るなど、ほかに楽しみを見つけ、それを目的に出かける。詞音にしてみれば、ライブなんてどうでもいいことだった。

ある日のライブでは帰り、新しくできたショッピングモールに行く約束を章伸としていた。機材を積み終えたクルマの助手席に、詞音は当然のように乗り込み、ゲームのつづきをした。文句も言わずに後部座席に座った楽守は、ときどきなにやら独り言をしている。

「バカヤロー」

交差点を曲がった瞬間、詞音が突然、大きな声を出した。

「あぁ、もうダメだ」

「チクショー」

無口な詞音が饒舌《じょうぜつ》に、ハッキリした口調で怒っている。いつもはぼそぼそ低く呟くように話すのに、早口でまくし立てている。何度も繰り返し「バカヤロー」と叫び、まだ新しいクルマのグローブボックスを思いっきり蹴飛ばした。そのたびにガツン、ガツンと、壊れそうな音で軋《きし》む。

「やめろ」

運転する章伸が思わず助手席に身を乗り出した。

「約束なんかするからや」

楽守の隣に座る志ほみが、章伸にきつく言った。詞音が怒ったのは、約束していたショッピングモールの方角ではないのに気づいたからである。交差点をまっすぐ行けばモールに、曲がれば高速道路の入り口に行く。一度でも通った道を、楽守も詞音も驚くほど細かなところまで覚えている。

「戻ってください。そやないと、詞音は収まらへんで」

しかし、章伸は口を濁して、そのまま運転をつづけた。予定より帰りが遅くなり、寄っている時間がないと章伸は判断していた。県内でも家から遠い町でのライブで、帰り着くのに3時間はかかる。高速が渋滞していたら、もっとだろう。翌日にもライブが入っているので、章伸は早く帰りたかった。

「ここでぼくがなにか言ったらダメなんだ。詞音はもっと怒る」

楽守がおろおろ自分に言い聞かせている。その間も詞音は窓ガラスを強く叩き、クルマを蹴った。華奢な身体のどこから出てくるのかと思えるほどの力強さだ。

帰りのクルマに乗る前に、行けなくなったことを詞音に伝え、納得させるべきだった。しかし、志ほみがいくら言っても、章伸は動じない。楽守も詞音も頑固だが、章伸も負けていなかった。夫婦でやり合いながらも、詞音には声をかけない。なだめることもしなければ、叱ることもない。ただださせるがままにしている。それがパニックになった詞音への夫婦の支援だった。約束通りに行くか、落ち着くまで待つかの2つに1つで、ほかになにを言っても意味がない。

疲れたのか、激しい怒りは20分ほどで弱まり、悔しそうな表情で前をじっとにらんでいる。静まりかえった車中に、ときどきクルマを蹴る音が響く。引き返すにしても、交差点からはもうだいぶ離れている。インターチェンジはすぐそこだ。もうどうにもならないのは詞音にもわかっていた。

コンビニの灯りを見つけた章伸はクルマを止め、休憩に立ち寄った。神経をすり減らし、みな疲れ果てていた。いつもは我先に降りて欲しいものを探す詞音は、降りようとしない。気にして外から覗き込んだ章伸と目が合い、詞音は窓ガラスを1回、強く叩いた。それを合図に、いつものようにまただまりこくった。

予定通りに行かないとキレる幼いころからの性格は変わらなかったが、作業所での仕事は周囲の心配をよそに、意外なほど順調だった。まずはじめ、町中の小さな作業所で、野菜の出荷を手伝う研修をした。収穫された野菜の根を切り、しおれた葉を取り除くのが詞音の仕事だった。手先の器用な詞音ははさみを巧みに使い、きれいに整えた。ひとつ終われば、取り残しがないか、真剣なまなざしで全体を細かく見渡す。決して早くはないので数はこなせないが、ていねいな仕事ぶりだ。だれか別の人があとで確認する必要がないので、手間がかからないとほめられた。

次いで楽守の通っている作業所に入った。志ほみも作業所の近くで仕事を見つけた。送り迎えがしやすくなるし、なにかあっても、すぐ駆けつけられる。それが志ほみの考える支援であり、寄り添い方だった。子どもたちが自立した生活を送れるようになるまで見守るのが、卒業後の新たな目標になっている。

手先の器用さを買われた詞音は、さをり織りを担当した。織った布で小物をつくるのだが、裁縫して商品化する職人から詞音の行き届いた仕事ぶりと色のセンスを気に入られ、そのうち任せられた。これまでは職人が自ら織り、ほかの人が織った布を使うことはなかった。仕事が評価されれば、それだけ多くの賃金が出る。楽守に与えられるのがいつまでも簡単な組み立てであるのとは大きなちがいだ。

詞音は仕事をするときも、ゲームをして遊んでいるのと変わらず、並々ならぬ集中力を発揮する。息をするのも忘れているると思えるほどだ。そんな性格がうまく仕事に結びつき、よい結果をもたらしていた。

「お疲れさま」

仕事を終えた詞音に、迎えに来た志ほみが声をかけると、

「疲れたぁ」

一言だけ言って、緊張の糸が切れたように眠りはじめた。

人としての核

「人は必ず成長します」

章伸はライブのMCでいつも観客に呼びかけ、志ほみの体験した〝手をつかむ〟から〝手をつなぐ〟に変わったときの喜びを紹介する。多動で言葉の遅い子どもの成長を、はじめて感じた瞬

間だった。

楽守も詞音も大きくなるにつれ、自閉症に特有とされる「問題行動」が次第に影を潜めていった。できなかったことが、できるようになった。

「子どものために親が注ぐ思いはすぐに結果が出なくても、通じていないなあと感じても、いつか気持ちが通じていると実感できる日が必ずきます。笑える日がきます。その時期は1人ひとり、ちがいます。うちは楽守と詞音がそれぞれ成人してから感じられました」と志ほみは言う。こうして「自閉症まるだし」ではなくなっていくなかで、ただ人との関わりにだけは、いつまでも引っかかりを残した。突き詰めれば関わり方に集約されたといっても過言ではない。社会で働きはじめてからは、それが在学中とはちがうかたちで立ち現れた。

楽守は周囲の目を気にし、「認められたい」「認めさせたい」との気持ちを絶えず強くもっている。なにより役に立つと思われたい。作業所ではいつも人より多くの仕事を、だれより早く、てきぱきこなす。ライブでは演奏やMCをリードし、余興で観客の笑いをとる。準備や片づけもいとわない。役に立ってほめられたいとの気持ちが、なによりの動機になっている。だからどんな些細なことであれ、その場で「ありがとう」「すごいね」などと言われないと、「役に立っていない」「認められていない」と楽守は早合点する。思い込んだら最後、いつまでも引きずる。

幼児期からつづく「一番病」が仕事でも、音楽活動でも、得意の絵でも、どんなところにでも出てきた。とくに同世代にはライバル心を剝《む》き出しにし、章伸や志ほみがほかの人をほめたりすると過敏に反応する。とにかく自分が一番なのだ。周囲に気を遣って自分の意志を押し通さない反面、他者を認めず、一番であろうとする。相反する気持ちがぶつかり合ってもどうにもできず、気持ちが苦しくなっていく。そのため集団生活に、どうしてもなじめない。

詞音はそもそも人と関わろうとしない。自分は自分というスタンスがはっきりしていて、いつも人と適度な距離を保とうとする。まわりの人を気にせず、左右されることがないので、集団でもやっていける。度を超しているので問題とされがちだが、詞音が苦にしている様子はない。「詞音は生きていけても、楽守は生きにくい。はちゃめちゃな詞音のほうがたいへんやとみんなは言うけど、そうやない」

詞音よりも楽守を心配する志ほみの真意は、2人の性格のちがいにある。子どもたちがまだ小さなころから、志ほみは持って生まれたものに母として気づいていた。しかし、働きだしてからの2人につきまとう「生きにくさ」は、人間が抱える普遍的な問題でもある。認められたくて空回りしてしまう人はどこにでもいる。つい余計なことを言ったり、お節介なことをして、煙たがられる人がいる。空気が読めないとうとまれる人がいる。仕事は仕事、自分は自分と割り切り、退社後に会社の人とつきあわない人は少なくない。なにも自閉症だから、障がい者だから特別なわけではないだろう。ただ普通は我慢したり、諦めて自制し、表に出さないだけである。楽守も詞音も障がいが原因で、感情を抑えられず、的確な判断ができない。その部分は理解と支援が不可欠になる。もっともいま、SNSなどを通じ、本来なら隠すべき本音をさらけ出す人が世界中にいる。逆に感情を抑えすぎて、心を病む人が後を絶たない。

ぼくが楽守と詞音を見つめ、10年に及ぶ月日が流れた。この間、ずっと「自閉症」や「障がい」という言葉を通じ、兄弟を見ようとした。「楽守の気持ちにむらがあるのは、知的障がいのせいなんだ」とか、「詞音が話さないのは、自閉症だからだ」という具合に、「変わった子」「普通とはちがう子」として理解した。「自閉症」とはなにかばかりが気になり、肝心の2人と向き合っていなかった。それでわかったつもりになっていた。しかし、兄弟と濃密な時間を過ごしているうち、なにが障がいで、なにがそうではないのか、わからなくなってくる。繊細で傷つきやすい2人がまともで、不条理な世の中を平気で生きられる人のほうがよほどおかしく思えてくる。

そもそも自閉症とは「脳の機能障がい」であり、それにより「脳の部位の連絡がうまくいかず、コミュニケーションが苦手になる」。それは章伸と志ほみが子どもたちを診断した医師から受けた説明であり、これまで2人が「自閉症」として理解してきた特徴である。たしかに楽守が些細なことにとらわれ、混乱している姿を見ていると、「いま連絡がうまくいっていないのだな」と妙に納得させられる。心と身体と言葉がばらばらで、つながっていない感じなのである。

脳と一口にいっても、大脳（前頭葉・頭頂葉・側頭葉・後頭葉）、間脳（大脳基底核・視床・視床下部）、脳幹、小脳に分かれる。「ブロードマンの脳地図」ではさらに52の領域に分け、それぞれに役割があるとする。つまり自閉症とは、それら領域の連絡がうまくいっていないということになる。

脳の病気を専門とする丸山俊一郎・脳神経内科医に尋ねると、意外な言葉が返ってきた。

「〝連絡〟といっても、どの神経細胞と神経細胞が、シナプス間で電気信号や神経伝達物質、あるいは液性因子を介して情報伝達や連携をおこなっているなどといった、具体的な説明ではありません。心臓の99％は解明されていますが、脳は未知の領域が多く、1～2割しかわかっていないのが現状です。そのなかで、医学生理学的というよりむしろ人文社会学的な文脈で、たぶんに抽象的な〝イメージ〟として〝連絡〟という言葉を使っているのではないでしょうか」

わかりやすく言葉で説明した文学的な解釈や、サイエンスではない説明では当事者の理解を妨げ、誤解を招きかねないということだ。はっきり解明されてないことを言葉にしようとすれば、どうしても曖昧な表現になってしまう。かといって専門的過ぎてもわからない。

「新種の人間とちゃうやろか」

章伸と志ほみは子どもたちの障がいに悩みながら、ふとした折にそんなふうに感じたという。実際、自閉症や発達障がいを、生きにくい世の中を生き延びようとする「進化の過程」としてとらえる説もある。それこそサイエンスではない、突飛な考えであるにしても、視点を少し変えれば、普通なら見えないものが見えたり、聞こえないものが聞こえる不可解な行動の一端を感じられる気がする。

「知ろうとするより、感じて欲しい」

章伸はライブのＭＣで繰り返し問いかける。自閉症とはなにか、わかろうとすればするほど、なんだかわからなくなる。だからこそ感じて欲しいと章伸は考える。

そもそも自閉症という言葉で1つにまとめるのがむずかしいのは、楽守と詞音の2人を見ているだけでもよくわかる。自閉症に共通する多動といった特性がある一方で、明らかなちがいも少なくない。それで「スペクトラム」や「広汎性」と形容されるようになったが、当事者は混乱するばかりである。一般の理解も遠ざかる。しかし、ひとたび「自閉症」や「障がい」という言葉のベールを剥《は》いでみれば、その向こう側に「楽守はこういう子なんだ」「詞音はこういう子なんだ」という核がだんだん見えてくる。「自閉症の楽守」ではなく1人の人間としての楽守、そして「自閉症の詞音」としてではなく1人の人間としての詞音ととらえることで、出口のない螺旋《らせん》のような自閉症のほんとうの姿が立ち現れる。そして、「自閉症」や「障がい」で括弧にくくっているうちは、単なる傍観者の目線にすぎないのにも気づかされる。そこにある問いは、「自閉症とはなにか」ではなく、「人とはなにか」「存在とはなにか」という、より根源的なものになってくる。人としての核にあたるものを、「個性」や「持って生まれたもの」とわかりやすく言い換えてもいい。

ノンマルト

詞音が特別支援学校を卒業したのを機に、楽守がプチ家出を繰り返した家に泊まり込み、家族と、家族を取り巻く人びとを追った。澄んだ水の流れる川のそば、星空のきれいな山間の地に建つ家だった。空一面の星をぼんやり眺めては、楽守と詞音はいいところで育ったなあと思った。

「ぼくが悪いと、うちの奥さんが言うんだ」

山のなかの、行列ができる食堂で醤油ラーメンをすすりながら、ぼくはなにげに言った。章伸に言っているつもりだった。すると楽守は首を振り、そんなことはないとゆっくりした口調で否定した。

「いいえ、増田くんはいい人です」

そして、なぜ「いい人」なのか、理由をいくつもあげてくれる。楽守にはぼくがいつも落ち着いているように見えるのだそうだ。

「太りすぎと言われ、気にしている」

そんなことを口にしても、

「いいえ、増田くんはちょうどいいです」

楽守はすかさず反応する。いつもこうして否定的なことを肯定的に言い換え、人と接する。ぎすぎすした世の中にこそ必要な、おもしろい思考回路だと思う。その一方で、そう言えば人が喜ぶのを楽守はちゃんとわかっていて、言うたびにどや顔をする。否定されているものを肯定することで、楽守は矛盾を抱え込む。それで不安定になって一気に破綻をきたす。

「お父さんを信じていいのか？　お母さんは信じられるのか？」

いまにも泣きそうな声で、楽守は章伸に訴えだした。

「増田くんは信じられるのか?」

楽守はつづけて章伸に疑いをぶつける。さっきまで「いい人」だったはずのぼくは、それを聞いてドキリとさせられる。目の前にいる人を信じられるかどうか、頭のなかで瞬時に判断しているのがばれたかと思ったからである。人前ではそんなことを言わないものの、だれもがそうしてなにをどうするか決め、行動している。

口の重い詞音も、ぼくの顔を見るなり、「おはよう」と早口で言う。

「増田くんはドイツに住んでいるのか?」

手土産にお菓子「ハリボー」をどっさり渡した詞音が聞いてきた。たとえ交わす言葉は少なくとも、詞音はものごとを正しく理解している。

「げぇ、まずい!」

お土産のひとつを口にした詞音がぼくの前で吐き出した。たしかに癖のある飴だが、思わず苦笑いさせられる。そして、詞音はこういう子なんだと思い直した。レストランでも同じようにはっきり言っては、周囲を困惑させる。ストレートな言葉が突き刺さっても、大人たちはみな曖昧な態度を崩さない。

ノンマルト。子どものころに見たウルトラセブンに、不思議な少年が出てきた。海辺でオカリナを吹き、「地球はノンマルトのものだ」と怒っていた。ノンマルトはもともと地球に住んでいた人びとだが、人類に侵略され、海底に住むようになった。ウルトラセブンの故郷M78星雲では地球人のことを、ノンマルトといっていたと暗喩される物語である。

楽守と詞音とのつきあいを重ねながら、ノンマルトのことが頭から離れなかった。ぼくもまた、ノンマルトだった。子どものころから、人と話すのが不得手で、クラスでいつも浮いていた。なにかを話そうとしても、考えが先走ってまとまらず、言葉に結びつく前に、ぽろぽろこぼれ落ちていく。親にも、兄弟にも、先生にも、同級生にも、知らない人にも、みなそうだった。そんなことがこれまで数え切れないほどあった。まるで思考が腐蝕していくかのようなのである。無理に話そうとして、どもったり、滑舌《かつぜつ》が悪くなり、変な顔をされる。発音不明瞭だと、よく叱られた。協調性がないと指摘され、それでもまた怒られる。

話すのが苦手だから、人づきあいがとても苦痛で、怖くて仕方ない。いつも人との距離に悩み、どう関わってよいのか、正直、いまだにわからない。そんなこともあって、小さなころから親しい友だちができなかった。しかし、ほとんど話をしない詞音を理解するにつれ、上手に話せなくても、人と関わりをもとうとしなくても、別にいいのだと諭されている気がしてならなかった。そう思うだけで、ずいぶん気持ちが軽くなる。

子どもが成人したいまもときどき子育てのことで章伸とやりとりする。「僕がなりたかった人は　自分の子どもで　他の誰でもなかった」（『イマ　イキテル』）という印象深い彼の歌は、一生懸命、子育てをしてきた境地にほかならない。ぼくもまた、自分の子どもたちに同じような思いがある。あのときこうしたほうがよかったと悩んだり、ほかの人からとやかく言われたとしても、親はだれもみな、子どものことを考え、そのときそのときでいちばんよいと思う選択をしているものなのだ。

＊　＊

「取材ってこんなにするものなのですか」と呆れながら、根気よくつきあってくれた垣内さん一家の協力なくして、本書は生まれなかった。家族を見守るおおぜいの方々にも話を伺った。「物語」をまとめるにあたり、まず関係者に取材し、さらに膨大な量におよぶ幼稚園や学校での連絡帳をひもといていった。事実を事実としてしっかり踏まえたうえで、エピソードの時系列を前後させるなど、自閉症児をもつ家族のありようを理解しやすくするため、単純な脚色をした。その意味で正確な「記録」ではない。

家族の物語を最初に記事にしたのは、雑誌『ソトコト』だった。編集長の指出一正さんは、自閉症児を取材する意義を認め、２０１４年４月号と２０１６年８月号の２度にわたって特集をつくる機会を用意してくれた。本書をまとめるにあたり、そのときの記事も一部、反映させている。障がいへの深い見識をもつ編集者を探すなかで、明石書店の森本直樹さんと大野祐子さんに巡り会い、ご尽力いただいた。みなさんに深く感謝したい。

２０１７年７月７日　ブラチスラヴァにて

増田幸弘

著者紹介

増田幸弘（ますだ・ゆきひろ）

1963年東京生まれ。早稲田大学第一文学部卒業。スロヴァキア在住のフリーランスの記者・編集者。主な著書に、『プラハのシュタイナー学校』（白水社、2010年）、『棄国ノススメ』（新評論、2015年）、『黒いチェコ』（彩流社、2015年）、『岐阜を歩く』（彩流社、2016年）、『不自由な自由　自由な不自由　チェコとスロヴァキアのグラフィック・デザイン』（六耀社、2017年）がある。

イマ イキテル　自閉症兄弟の物語

―― 知ろうとするより、感じてほしい

2017年7月26日　初版第1刷発行

著　者　増　田　幸　弘

発行者　石　井　昭　男

発行所　株式会社 明石書店

〒101-0021　東京都千代田区外神田 6-9-5

電　話　03（5818）1171

FAX　03（5818）1174

振　替　00100-7-24505

http://www.akashi.co.jp

装　幀　仁木順平

印刷・製本所　モリモト印刷株式会社

（定価はカバーに表示してあります）　ISBN978-4-7503-4542-0

自閉症スペクトラムの子どもと「通じる関係」をつくる関わり方
言葉に頼らないコミュニケーション力を育てる
牧真吉著　◎1800円

自閉症スペクトラム“ありのまま”の生活
自分らしく楽しく生きるために
小道モコ、高岡健著　◎1800円

孫がASD（自閉スペクトラム症）って言われたら?!
おじいちゃん・おばあちゃんだからできること
ナンシー・ムクロー著　梅永雄二監訳　上田勢子訳　◎1800円

発達が気になる子のステキを伸ばす「ことばがけ」
一番伝わりやすいコミュニケーション手段、それがその子の“母国語”です
加藤潔著　◎1600円

自閉症スペクトラム　家族が語るわが子の成長と生きづらさ
診断と支援にどう向き合うか
服部陵子著　◎2000円

教室の困っている発達障害をもつ子どもの理解と認知的アプローチ
非行少年の支援から学ぶ学校支援
宮口幸治著　◎1800円

ひとりひとりが特別だよ　**自閉症のある子どもの「きょうだい」のための本**
フィオナ・ブリーチ著　上田勢子訳　◎1500円

Q&A　家族のための自閉症ガイドブック
専門医による診断・特性理解・支援の相談室
服部陵子著　◎2000円

自閉症百科事典
ジョン・T・ネイスワース、パメラ・S・ウルフ編著
萩原拓監修　小川真弓、徳永優子、吉田美樹訳　◎5500円

自閉症スペクトラム障害のある人が才能をいかすための人間関係10のルール
テンプル・グランディン、ショーン・バロン著　門脇陽子訳　◎2800円

アスペルガー症候群・高機能自閉症の人のハローワーク
能力を伸ばし最適の仕事を見つけるための職業ガイダンス
テンプル・グランディン、ケイト・ダフィー著　梅永雄二監修　柳沢圭子訳　◎1800円

アスペルガー症候群の人の就労・職場定着ガイドブック
適切なニーズアセスメントによるコーチング
バーバラ・ビソネット著　梅永雄二監修　石川ミカ訳　◎2200円

毎日が天国　自閉症だったわたしへ
ドナ・ウィリアムズ著　河野万里子訳　◎2000円

まんが　発達障害のある子の世界　**ごもっくんはASD（自閉症スペクトラム障害）**
大橋ケン著　林寧哲、宮尾益知監修　◎1600円

アトウッド博士の自閉症スペクトラム障害の子どもの理解と支援
どうしてクリスはそんなことをするの?
トニー・アトウッド著　内山登紀夫監訳　八木由里子訳　◎1600円

神経発達症（発達障害）と思春期・青年期
「受容と共感」から「傾聴と共有」へ
古荘純一編著　古荘純一、磯崎祐介著　◎2200円

〈価格は本体価格です〉